Arena-Taschenbuch
AB 7

Walter Scott
Robin der Rote

Frei erzählt von Herbert Kranz

Ein heimlicher König unter schottischen
Partisanen und englischen Rebellen

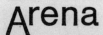

1. Auflage als Arena-Taschenbuch 1978
Lizenzausgabe des Verlags Herder, Freiburg i. Br.
© 1965 by Verlag Herder Freiburg im Breisgau
Alle Rechte vorbehalten
Reihengestaltung: Peter Frohne
Umschlag: Frantisek Chochola
Gesamtherstellung: Richterdruck Würzburg
ISBN 3 401 00207 4

Inhalt

- 7 Krach mit dem alten Herrn
- 17 Der merkwürdige Mann mit dem Mantelsack
- 23 Die Hundeburg
- 29 Diana
- 36 Herr Inglewood sitzt in der Zange
- 56 Auge in Auge
- 64 Schatten
- 74 Wenn man hinter den Schrank schaut
- 80 Mein Herr, Sie sind in Gefahr!
- 84 Um Mitternacht auf der großen Brücke
- 89 Der gute Owen will sich beschweren
- 94 Bitte, leihen Sie mir Ihre Pistole!
- 100 Erstaunlich, höchst erstaunlich!
- 107 Noch einmal unter vier Augen
- 115 Herr Jarvie holt weit aus
- 126 Mit Feuer und Schwert
- 135 Gesucht: eine ältere und eine jüngere Mannsperson
- 140 Schlimm, aber nicht zu ändern
- 143 Zu Besuch bei Tante Helene
- 156 Ihm noch einmal die Hand drücken
- 167 Vorsichtig, Francis, vorsichtig!
- 175 Immer gut von ihr denken
- 182 Herr Jarvie fürchtet die Schandmäuler
- 186 Die Entdeckung kommt zu spät
- 192 Nimm's! Nimm's! Nimm's!

Krach mit dem alten Herrn

Das Geschäft meines Vaters, das hochangesehene Handelshaus Osbaldistone & Tresham, befand sich in der Londoner City, Kanonenstraße, aber ich saß in Bordeaux und arbeitete als Volontär in der Firma eines Geschäftsfreundes meines Vaters. Dort sollte ich nämlich Französisch und das Import- und Exportgeschäft lernen. Du liebe Zeit – ich war ein junger Dachs von einundzwanzig, und das Import- und Exportgeschäft kümmerte mich wenig. Lieber lernte ich fechten, lieber las ich die französischen Dichter, machte selbst Verse und war überzeugt, daß ich niemals im Leben einen guten Kaufmann abgeben würde. Als mir mein Vater schrieb, ich solle nach London zurückkehren, um ihm eines Tages als Juniorchef zur Seite zu stehen, da setzte ich einen langen Brief an ihn auf, in dem ich ihm klarzumachen suchte, daß ich von meiner Zukunft leider eine andere Vorstellung hätte als er. Mein Schreiben las ich noch einmal sorgfältig durch und fand es stilistisch ausgezeichnet. Aber aus meines Vaters Antwort konnte ich nicht ersehen, daß meine wohlabgewogenen und sich kunstvoll steigernden Sätze seinen Beifall gefunden hätten. Er schrieb kurz und knapp, ich solle auf der Stelle nach Hause kommen, und zwar auf dem schnellsten Wege.
So wie ich vom Postpferd abgestiegen war, suchte ich meinen Herrn Vater in seinem Zimmer auf. Vier Jahre hatten wir uns nicht gesehen. Noch immer hatte er seinen scharfen, durchdringenden Blick, aber sein Antlitz sah ich von Linien gezeichnet, die vordem nicht darin

gewesen waren. Ich warf mich in seine Arme. Zärtlichkeit lag nicht in seiner Natur, und doch war es mir, als würden seine Augen feucht. Freilich sagte er nichts weiter.

Er war bei seiner Gewohnheit geblieben, nichts zu äußern, was er für überflüssig hielt. Aus einem wohlgeordneten Stoß von Geschäftsbriefen zog er einen hervor, den ich als mein Schreiben erkannte.

»Dies ist dein letztes vom dreiundzwanzigsten ultimo«, sagte er. »Du teilst mir darin mit, daß du auf mein väterliches Herz vertraust und daß du unüberwindliche – ja, du gebrauchst das Wort ›unüberwindlich‹. Ich empfehle dir, bei deinem kleinen l die Schleife deutlicher zu machen. Bei dem kleinen t versäumst du sehr oft den Querstrich. Auch brauchst du acht geschriebene Seiten, um etwas auszudrücken, das sich in wenigen Sätzen klar und deutlich sagen läßt: du willst nicht tun, was ich von dir wünsche.«

»Herr Vater, ich *kann* es nicht tun.«

»*Kann nicht* klingt höflicher als *will nicht*. Das ändert jedoch nichts in der Sache. Nach dem Essen komme ich darauf zurück. Owen!«

Der Erste Buchhalter der Firma Osbaldistone & Tresham trat herein, der gute Owen, der hier seit dreißig Jahren tätig war und dessen Anzug während dieser dreißig Jahre niemals den Schnitt oder die hellbraune Farbe gewechselt hatte, dazu die immer gleichen perlgrauen seidenen Strümpfe, die gleiche Halsbinde mit ihrer silbernen Schnalle, die gleichen Manschetten von gefälteltem Batist – jetzt im Zimmer des hohen Chefs hervorgezogen, daß sie bis auf die Knöchel fielen, im Büro aber im Rockärmel versteckt, damit sie keine Tintenflecken bekamen. Der gute Owen trat auf mich zu und gab mir herzlich die Hand.

»Owen«, sagte mein Vater, »Sie essen mit uns. Hören Sie mit an, was Francis aus Bordeaux zu berichten hat.«

Der gute Owen verneigte sich steif und ergeben. In jener

Zeit war die Kluft zwischen Chef und Angestellten noch groß, und eine solche Einladung bedeutete viel.

Dieses Mittagsmahl wird mir unvergeßlich bleiben. Mein Vater setzte mir mit Fragen über die Geheimnisse des Agio, der Tarife und der handelsüblichen Rabatte zu, daß ich nicht mehr aus noch ein wußte. Dabei geriet der gute Owen in eine schwierige Lage. Er kannte mich von klein auf, hatte mich so gern wie ich ihn und wollte mir beistehen, aber er wagte es auch nicht, meinen Vater zu erzürnen. So versuchte er wenigstens, gewissermaßen meine Rückzüge zu decken; doch auch das erregte das Mißfallen meines Vaters.

Offen gesagt, mein Vater war über meine Unkenntnis, die hier an den Tag kam, geradezu empört, und als er feststellte, daß ich völlig ahnungslos über die Folgen war, welche die Abwertung des französischen Louisdor hervorgerufen hatte, rief er erregt aus: »Das wichtigste Ereignis unserer Geschichte – und davon weiß der Junge sowenig wie ein Nachtwächter!« Ich dachte daran, daß mein Herr Vater immerhin die Absetzung und Hinrichtung unseres Königs Karl miterlebt hatte, versagte mir aber, ihn darauf hinzuweisen.

Owen griff ein, etwas schüchtern zwar, jedoch tapfer. »Herr Francis hat bestimmt nicht vergessen«, sagte er, »daß infolge eines königlichen Dekrets vom 1. Mai 1700 –« »Ihr Herr Francis«, so unterbrach ihn mein Vater schroff, »wird Ihnen dankbar sein, daß Sie die Güte haben, ihn über das zu unterrichten, worüber er sich selbst leider nicht unterrichtet hat. Wie ein unnützes Kind hat er seine Lehrjahre vertrödelt, und die Folgerungen, die ich daraus ziehen werde, wird er sich selbst zuschreiben müssen.«

Mangel an Mut war nie mein Fehler, jedoch der Respekt, den ich meinem Vater schuldig war, verbot mir zu antworten, was ich ihm gern geantwortet hätte. Aber ich war fest entschlossen, nicht nachzugeben, sollte das nun gehen, wie es wollte. Den Konflikt, in den mein Vater und ich geraten waren, sah ich damals ja nur von mir aus. Erst sehr viel später ging mir auf, was mein Widerstand für ihn bedeutete.

Er war ein unermüdlicher Arbeiter und ein Mann von großen Plänen. Durch ihn war die Firma Osbaldistone & Tresham zu der Bedeutung gelangt, die sie jetzt hatte. Aber das Erreichte genügte ihm nicht. Wie ein kühner Eroberer nicht innehalten kann, wenn ihm seine erste Unternehmung geglückt ist, und jede Eroberung die nächste hervorruft, so konnte ihm nicht genügen, das Erlangte zu sichern oder gar es zu genießen. Das gewaltige Vermögen, das er sich erworben hatte, war für ihn nicht mehr als der Einsatz zu neuen Wagnissen. Er glich einem Kapitän, dessen Selbstvertrauen steigt, wenn sich vor ihm ein Sturm zusammenballt. In mir sah er nicht nur den einzigen Sohn, der seinen Reichtum erben sollte, sondern den Mann, der das von ihm geschaffene Werk meistern und noch größer machen sollte.

Wie schon gesagt – ich war damals noch sehr jung und hatte Rosinen im Kopf. Wie so viele meines Alters wußte ich nicht, was ich eigentlich wollte. Mir war nur klar, daß ich auf keinen Fall Kaufmann werden wollte, und ich hatte denselben Dickkopf wie mein Vater. Als wir nach dem Mittagessen wieder in sein Zimmer gingen, war ich bereit, es auf Biegen und Brechen ankommen zu lassen.

»Hast du in Bordeaux ein genaues Tagebuch geführt, wie ich es dir geraten hatte?« fragte mein Vater.

»Ja, Herr Vater.«

»Dann sei so gut, es uns zu zeigen.« Der gute Owen war nämlich auch wieder dabei.

Ich holte es. Tatsächlich hatte ich es so geführt, wie mein Vater es mir aufgetragen hatte. Was ich in der Firma Tag für Tag erledigt hatte, das hatte ich vermerkt, ebenso was mir an Geschäftlichem unterlief. Freilich, mit dem Herzen war ich nicht dabeigewesen. Aber der dicke Band, mit dem ich nun wieder ins Zimmer trat, sah so kaufmännisch aus, daß sich Owens bedrückte Miene sichtlich

aufhellte. Der Gute hatte wohl Schlimmes befürchtet. Das Buch war breiter als hoch, in Kalbsleder gebunden und mit Messingecken versehen.
Es sah wirklich nach einem Hauptbuch aus, und als mein Vater nun daraus vorlas, strahlte der gute alte Owen geradezu.
»Branntwein«, so las mein Vater laut, »wird abgefüllt in Tonnen, Fässern und Fäßchen. Preise: in Nantes für das Faß 29, in Cognac und Rochelle 27, in Bordeaux 32.« Dazu bemerkte er: »Das ist wichtig. Solche Preisunterschiede muß man einkalkulieren.«
Er las weiter: »Zölle – Tonnengelder – Extraabgaben am Zollhaus: siehe dazu die Tabellen von Saxty, Seite 12 ff.« Dagegen hatte er Einwände: »Das genügt nicht. Du hättest die entsprechenden Tabellen gleich abschreiben müssen. Dann hätten sich die Zahlen dir sofort eingeprägt.«
Er blätterte weiter und las: »Man unterscheidet Stockfisch, Mittelfisch, Dorsch, Kabeljau.« Er schüttelte den Kopf. »Das ist ungenau. Alle diese Sorten werden als Mittelfisch bezeichnet. Wieviel Zoll hat übrigens ein Mittelfisch?«
Ich wußte es nicht. Ich wollte es auch nicht wissen. Aber der gute Owen gab sich eine so verzweifelte Mühe, mir die Antwort zuzuflüstern, daß ich ihm zu Gefallen sagte: »Achtzehn Zoll, Herr Vater.«
»Richtig«, sagte mein Vater. »Das muß man für die Einfuhren aus Portugal wissen.«
»Man sieht doch, Herr Osbaldistone«, bemerkte der gute Owen, »der junge Herr hat sich in Bordeaux gehörig umgetan!«
Mein Vater gab einen knurrenden Laut von sich, der wohl eine widerwillige Zustimmung ausdrücken sollte. Aber da fiel aus dem Buch ein beschriebenes Blatt, und ehe ich oder Owen, der sich auch danach bückte, es aufnehmen konnte, hatte es mein Vater in seiner Hand.
»Was ist das?« rief er aus, und las dann vor:

*Elegie
auf den Tod des
Schwarzen Prinzen,
dessen Auge
auf dem Schlachtfeld
im Todeskampfe brach.*

Die gedämpfte Zuversicht, in die sich der gute Owen hineingesteigert hatte, war verflogen, und aus dem Ton, in dem mein Vater nun weiter vorlas, klang Entrüstung, ja Verachtung:

> *Wie furchtbar klang sein Todesschrei
> Weit über Wald und Feld!
> Kein Ritter kam zur Hilf' herbei,
> Verlassen starb der Held.*
>
> *Doch hoch an Englands Firmament
> Sieh Flammenwolken stehn!
> Das leuchtet, glüht und strahlt und brennt:
> Nie wird, mein Prinz, dein Ruhm vergehn!*

Unwillkürlich stöhnte der gute Owen auf, versuchte jedoch sofort, diese verzweifelte Meinungsäußerung zu unterdrücken, während mein Vater mit der Stimme eines unerbittlichen Richters erklärte: »Eduard, Prinz von Wales, alias der ›Schwarze Prinz‹, ältester Sohn des Königs Eduard III., 1330 bis 1376, starb auf keinem Schlachtfelde, sondern verschied an einer unheilbaren Krankheit in Westminster.«

Der gute Owen setzte sich mutig ein. »Ich glaube«, sagte er, »die Kunstrichter sprechen in einem solchen Falle von dichterischer Freiheit.« Als Hagestolz verfügte er über viele einsame Stunden, die er mit eifrigem Bücherlesen ausfüllte.

»So etwas nenne ich einen Schwindel«, war meines Vaters schroffer Bescheid. »Und ›Flammenwolken‹ – es gibt

Flammen, es gibt Wolken, aber Flammenwolken gibt es
sowenig wie Wolkenflammen. So etwas nenne ich hellen
Unsinn.«
»Herr Osbaldistone, wenn Sie gütigst gestatten – die
Phantasie – «
Mein Vater überfuhr ihn, indem er mich schneidend
fragte: »Wozu hast du dir so dummes Zeug abgeschrieben?«
Biegen oder Brechen! »Herr Vater, diese Verse habe ich
nicht abgeschrieben. Sie sind von mir.«
Jetzt war es mein Vater, der aufstöhnte. »Ein Versemacher, Owen! Ein elender Versemacher!«
Darauf wußte der gute Owen nichts mehr zu sagen, und
mein Vater rief voller Zorn: »Wie hat sich denn mein
Herr Sohn seinen Lebenslauf eigentlich vorgestellt?!«
»Herr Vater, ich bitte um Ihr gnädiges Einverständnis,
daß ich zwei, drei Jahre reisen kann, um mich in der Welt
umzusehen. Wenn Sie das nicht billigen können, dann
bitte ich Sie, mich in Oxford oder Cambridge studieren
zu lassen.«
»Jetzt, mit einundzwanzig Jahren, willst du dich noch auf
Schulbänken herumdrücken?«
»Wenn Sie, Herr Vater, weder das eine noch das andere
erlauben, dann bleibt mir noch eins übrig: bitte, kaufen
Sie mir ein Offizierspatent, und ich versichere Ihnen,
Herr Vater, ich werde meinen Mann stehen.«
»Jetzt habe ich von dem Unsinn genug«, sagte mein
Vater. »Höre gut zu, Francis. Du weißt, was ich einmal
beschließe, dabei bleibt's!«
Er holte tief Atem und sprach dann gesammelt und fest:
»Ich war in deinem Alter, als mein Vater mich vor die
Tür setzte und mein gesetzliches Erbteil auf meinen jüngeren Bruder übertrug. Ich verließ Schloß Osbaldistone
auf einem zuschanden gerittenen Gaul. Zehn Goldstücke
hatte ich in der Tasche, weiter nichts. Ich habe mein
Vaterhaus nie wieder betreten. Ich weiß nicht, ob mein
Bruder, dieser verrückte Fuchsjäger, noch am Leben ist

oder schon den Hals gebrochen hat, und ich will von ihm auch nichts wissen. Aber daß er Söhne hat, das weiß ich, und ich sage dir: wenn du keine Vernunft annimmst, dann nehme ich einen von deinen Vettern in die Firma und setze ihn als den alleinigen Erben ein.«

»Herr Vater«, antwortete ich kalt und stolz, »mit Ihrem Eigentum können Sie ganz nach Belieben verfahren.«

»Und das werde ich auch, und zwar auf der Stelle!« rief mein Vater mit zornrotem Kopf.

Da warf sich der gute Owen in die Bresche. »Herr Osbaldistone«, sagte er mit bebender Stimme, »erinnern Sie sich daran, daß Sie noch nie eine Entscheidung in der Hitze eines Augenblicks gefällt haben, sondern immer nur nach reiflicher Überlegung! Lassen Sie den jungen Herrn in aller Ruhe die Posten addieren, ehe Sie die Bilanz abschließen! Geben Sie ihm vier Wochen Zeit, daß er sich besinnen kann!«

»Ich weiß, Owen, was ich an Ihnen habe«, sagte mein Vater. »Sie denken an das, woran mein Herr Sohn nicht denkt – Sie denken an die Firma... Also gut – vier Wochen! Aber keinen Tag länger.«

Damit ging er aus dem Zimmer, als könne er meinen Anblick nicht länger ertragen, und der gute Owen redete mit aller Macht auf mich ein: »Um Himmels willen, Francis – ich beschwöre Sie! Daß ich einen solchen Tag erleben muß! Wissen Sie denn, worauf Sie verzichten wollen? Osbaldistone & Tresham – eins der besten Häuser der City! Francis, Ihr Herr Vater ist ein schwerreicher Mann! Sie können sich in Gold wälzen, Francis!

Und wenn Sie sich zu sehr zwingen müssen – ich bin ja doch da! Ich mache Ihnen alles zurecht, daß Sie nur noch Ihren Namen darunterzusetzen brauchen. Lassen Sie sich Zeit! Mit der Zeit gewöhnt man sich an vieles!«

»Sie meinen es gut mit mir, lieber Herr Owen. Aber meine Freiheit verkaufe ich auch nicht gegen Gold. Wenn er einen meiner Vettern als Erben einsetzen will, dann soll er das tun!«

»Francis – Ihr Vetter ist ein Anhänger der Stuarts! Ein Verschwörer! Ein Feind unsres Königs Georg aus dem Hause Hannover, mit dem nach Gottes gnädigem Ratschluß wieder ein Protestant den englischen Thron bestieg! Francis, machen Sie nicht sich und uns alle unglücklich!«

»Lieber Herr Owen, wenn ich mein Leben in diesem Hause auf einem Kontorschemel zubringen soll, dann bin ich der unglücklichste Mensch in den Vereinigten Königreichen England und Schottland!«

Und dabei blieb's. In den nächsten Wochen geschah nichts Besonderes. Ich ging und kam, wie es mir paßte, und mein Vater fragte nicht danach, womit ich mich beschäftigte. Ich sah ihn nur bei den Mahlzeiten, und wir sprachen höflich miteinander, jedoch nur über gleichgültige Dinge; wer das mit anhörte, wäre nicht auf den Gedanken gekommen, daß zwischen uns ein Mißverständnis bestand, und ich wiegte mich in der Hoffnung, daß er doch ein Einsehen haben könnte und sich von seinem einzigen Sohn nicht im Bösen trennen würde, und ich war innerlich zu einem Kompromiß bereit: wenn er sich damit abfand, mich auf eine große Studienreise nach dem Kontinent gehen zu lassen, etwa ein Jahr nach Paris und dann ein Jahr nach Rom, so wollte ich mich noch einmal als Kaufmann versuchen, in seiner Firma, unter seiner Aufsicht. Das deutete ich dem guten Owen an, und er fand, das wäre gar kein schlechter Vorschlag zum Guten. Das gab mir eine gewisse Zuversicht, und mit Vergnügen nahm ich mir den »Rasenden Roland« wieder vor, das herrliche Versepos des italienischen Dichters Ariost. Schon lange nämlich träumte ich davon, dieses Meisterwerk ins Englische zu übersetzen, und nun sah ich in der Stille meines Zimmers die Blätter durch, die ich in Bordeaux beschrieben hatte, und mit klopfendem Herzen, denn ich fand meine Verse, wenn sie auch an das Original bei weitem nicht heranreichten, gar nicht so übel – als es leise an meine Tür klopfte. »Herein!« Es war der gute

Owen. Obwohl er stets auf ein sehr gemessenes Betragen Wert legte, entging mir nicht, daß er aufgeregt war.
»Ich weiß nicht«, sagte er, »ob ich verantworten kann, was ich tue, Herr Francis. Denn von dem, was im Kontor vorgeht, soll man außerhalb seiner Wände nicht reden. Als ich so jung war wie Sie, wurde mir eingeprägt, dem Pförtner des Hauses dürfe man nicht einmal mitteilen, wieviel Linien eine Seite des Hauptbuchs enthalte. Aber ich muß es Ihnen sagen: der junge Twineall ist von der Reise zurück, und wie er sich aufführt, das gefällt mir gar nicht. Offen gesagt, es beunruhigt mich aufs höchste!«
Das verstand ich nicht. Der Genannte war ein älterer Handlungsgehilfe des Hauses und ging mich doch gar nichts an, wie ich meinte.
»Eben, eben«, sagte der gute Owen, und er setzte mir die Sache auseinander. Angeblich war Twineall nach Falmouth unterwegs gewesen wegen eines Pelzgeschäfts, aber er war vierzehn Tage lang fortgeblieben und nicht nach Westen an den Bristolkanal gefahren, denn er redete immer von York und gab zu verstehen, er sei in einer überaus vertraulichen Mission unterwegs gewesen. »Herr Francis, ich bin überzeugt, er war im Norden! Er war im Hause Ihres Onkels! Francis, Ihr Vater hat ihn nach Schloß Osbaldistone geschickt! Er hat sich nach Ihren Vettern umsehen müssen!«
Ich muß sagen, das schlug mir denn doch ins Gebein, und als mein Vater mich anderen Tages rufen ließ und bemerkte, die vier Wochen seien nun um, und dann fragte, ob ich mich eines Besseren besonnen hätte, antwortete ich verbissen: »Nein!«
»Sie sehen«, sagte mein Vater zu dem guten Owen, der dabeistand und offenbar für mich eingetreten war, »es ist so, wie ich es mir dachte!«
Er wandte sich mir zu und sagte: »Wie ich erfahren habe, lebt mein Bruder mit seiner Familie noch immer in unserm alten Schloß. Einer seiner Söhne – er hat sechs oder sieben – wurde mir als Nachfolger empfohlen.«

Er machte eine Pause. Ich erwiderte nichts.

»Francis«, sagte er, »ich will dich nicht aus dem Hause jagen, wie dein Großvater mich aus dem Hause gejagt hat. Die Angelegenheit ist noch nicht entschieden. Sie will ausgehandelt sein. Ich hoffe, du wirst mich dabei unterstützen. Es ist mein Wunsch, daß du zu meinem Bruder reist und dort so lange bleibst, bis du von mir weiteres hörst.«

Ich begriff – ich hatte meinen Vater falsch eingeschätzt. Er dachte nicht daran, auf meine Hoffnungen einzugehen. Immerhin bestand er nicht mehr darauf, daß ich in seinem Kontor verkümmerte.

»Herr Vater«, sagte ich, »es wird mein Bestreben sein, immer in Ihrem Interesse zu handeln.«

Am nächsten Morgen befand ich mich schon früh um fünf Uhr auf der Landstraße nach York. Ich ritt ein Pferd, das sich sehen lassen konnte, und in der Tasche hatte ich fünfzig Goldstücke.

Der merkwürdige Mann
mit dem Mantelsack

Den Lärm der Großstadt hatte ich schon hinter mir, die Glocken der Kirchtürme klangen mir schwächer und schwächer nach, und ich muß gestehen – mir war etwas trübselig zumute. Als ich den Hügel erreicht hatte, auf dem Highgate liegt, hielt ich mein Pferd an und sah noch einmal auf London zurück. Da lag die Hauptstadt mit ihrem Glanz und ihrer Pracht, und ich mußte von ihr fort in den unwirtlichen Norden, in die düstere Provinz, aufs Land, wo Fuchs und Hase sich gute Nacht sagten...
Jedoch – die Würfel waren gefallen. Mein Stolz ließ es nicht zu, daß ich etwa umkehrte und zu Kreuze kroch.

Aber auch eine klare Überlegung hielt mich davon ab. Ich reiste ja im Auftrag meines Vaters, und wenn ich ihn dabei nicht enttäuschte, sondern mein Bestes tat, so war das wahrscheinlich auch das beste Mittel, ihn für mich zu gewinnen. So ritt ich weiter und mußte mich erst einmal damit abfinden, daß ich mich auf einer recht langweiligen Landstraße nach Norden zu bewegte. Wer begegnete mir hier schon? Landpfarrer, die auf einem mageren Klepper von irgendwelchen Besuchen nach Hause jockelten, Viehhändler und Kaufleute, hin und wieder auch ein Offizier, der auf Werbung unterwegs war. Von ihnen war nicht viel zu erwarten. Allerdings gab es einen Gesprächsstoff, der nicht uninteressant war – das waren die Nachrichten über die Straßenräuber, die damals ihre große Zeit hatten. Da war der gefürchtete Räuberhauptmann »Kalte Wade« gesichtet worden, der seinen Namen einem Holzbein verdankte; da war den Dragonern des Königs Georg der gefährliche Kerl wieder entwischt, der »das Wiesel« genannt wurde, weil er immer wieder ein Schlupfloch fand; da hatte der »Bleiche Hans« mit seinen Mordgesellen eine Postkutsche ausgeplündert, wobei alle Insassen ums Leben gekommen waren und der Postkutscher das seine nur dadurch gerettet hatte, daß er gelernt hatte, sich auf eine überzeugende Weise totzustellen.

Ein Mann, der eine etwas klägliche Figur abgab und mit dem ich anderthalb Tage lang denselben Weg hatte, erheiterte mich durch seine Angst vor den Räubern. Auf seinem Sattelkissen hatte er einen Mantelsack liegen, der offenbar sehr schwer war. Um ihn war er überaus besorgt. Keinen Stallknecht, Hausburschen oder Kellner ließ er an ihn heran und schleppte ihn jedesmal eigenhändig in das Gasthaus. Aus dem Hasenfuß war nicht herauszubekommen, wohin er eigentlich wollte und wo er zu rasten gedachte. In Grantham saß er die ganze Nacht fix und fertig angezogen auf einem harten Stuhl, weil ein Gast, der im Nebenzimmer schlief, eine schwarze Perücke trug, die dem Angsthasen verdächtig schien. Dabei sah er selbst gar nicht schwächlich aus. Er war groß und kräftig, und auf seinem mit goldenen Tressen besetzten Hut trug er eine Kokarde in den königlichen Farben, woraus zu schließen war, daß er einmal Soldat gewesen war oder doch mit einer militärischen Dienststelle zu tun hatte. Eine offene Heide oder ein dunkles Waldstück schien ihm gleich unbehaglich, und wenn wir an einem Galgen vorüberritten, so ermutigte ihn der Gedanke nicht, wie viele Straßenräuber dort oben schon geendet hatten, sondern er überlegte besorgt, wie viele von ihnen noch frei herumliefen. Immer wieder kam er auf deren raffinierte Praxis zurück.

So mancher Reisende war seinen Erzählungen nach dadurch ums Leben gekommen, daß sich ihm unterwegs ein freundlicher Fremder anschloß. Der unterhielt ihn mit Histörchen, warnte ihn vor diesem oder jenem Gasthof, in dem man übers Ohr gehauen würde, und gewann so sein Vertrauen. Dann empfahl der muntere Mann ihm einen Nebenweg, durch den sie erheblich abkürzen würden – und als sie ihn einschlugen, da pfiff der Kerl plötzlich auf zwei Fingern, seine Spießgesellen brachen aus dem Gebüsch hervor, und der Vertrauensselige lag mit durchschnittener Kehle da.

Hatte sich mein Begleiter mit einer Schreckensgeschichte heiß geredet, dann kam es vor, daß er auf mich einen argwöhnischen Blick warf, rasch auf die andere Seite der Landstraße ritt und nach seiner Pistole faßte.

Ich nahm ihn nicht ernst und machte mir sogar noch das Vergnügen, ihn in seinem falschen Verdacht zu bestärken. Als wir uns einmal über die Leistungsfähigkeit unserer Pferde unterhielten, äußerte er, mein Wallach wäre zu schwach in den Knochen, als daß er's mit seinem Gaul aufnehmen könne, und er wette eine Flasche Rotwein, bei einem Galopp würde er um drei Pferdelängen siegen. Ich rief: »Also los! Geben Sie Ihrem Stolperbein die Sporen!« Da wurde er verlegen und stammelte sich etwas zurecht: grundsätzlich bringe er sein Pferd zwischen zwei Herbergen nie in Schweiß, außerdem seien wir im Gewicht nicht gleich.

»Geben Sie mir Ihren Mantelsack, und ich halte die Wette!«

Aufgeregt antwortete er: »Mein Mantelsack ist keineswegs schwer. Nur Wäsche und Strümpfe drin!«

Er war bleich geworden, und er fürchtete wohl schon, ich würde mich seines Mantelsacks mit Gewalt bemächtigen. Zu seinem Glück zeigten sich jetzt die ersten Häuser der kleinen Stadt Darlington, und der Gasthof zum »Schwarzen Bären«, der sich rechter Hand präsentierte, sah ganz erfreulich aus. Sofort hielt mein Begleiter an. Er hatte wohl eine Stärkung sehr nötig.

Es war gerade Zeit zu Tisch, und der Wirt machte uns darauf aufmerksam, an der gemeinsamen Tafel würde auch ein Herr aus Schottland sitzen, was er in einem geradezu entschuldigenden Ton vorbrachte.

»Ein Herr aus Schottland?« fragte mein Begleiter besorgt. »Wer ist das denn? Ist es ein wirklicher Herr?«

»Sie wissen ja, wie das mit den Schotten ist«, sagte der Wirt. »Das hat kein heiles Hemd auf dem Leibe und trägt einen zerschlissenen Rock, den unsereins schon vor drei Jahren weggeworfen hätte – aber so ein Schotte tritt in seinen Lumpen stolz auf wie ein Graf und ist auch einer, bloß daß es ihm keiner ansieht!«

»Herr Wirt«, sagte der Mann mit dem Mantelsack, »ich habe große Hochachtung vor den Schotten. Es heißt zwar, sie seien bettelarm und schmutzig, aber es sind rechtlich denkende Leute. Ich habe mir sagen lassen, in Schottland sei noch kein Mensch auf der Landstraße angefallen worden.«

Was mich angeht, so hatte ich in meinem Leben noch keinen Schotten gesehen und hatte doch ein merkwürdiges Verhältnis zu ihnen. Mein Vater stammte aus Northumberland, der nördlichsten Grafschaft Englands, die ja an Schottland grenzt. Von dem Landsitz, zu dem ich reisen sollte, war ich jetzt nur noch einige Meilen entfernt. Aus der Gegend hier stammte meine Amme, die mich aufzog, weil meine Mutter früh starb, und das gutgläubige Geschöpf lebte ganz in den Märchen und Sagen dieses Grenzlandes. In den abenteuerlichen Geschichten, die ich von ihr hörte, waren es immer die Schotten, von denen alles Unheil über die Menschen zu kommen schien. Sie waren es, die unsere Schweineherden nachts heimlich über die Grenze trieben. Schotten waren es, die sich schöne Mädchen raubten, und es war der »Schwarze Douglas«, der einen Osbaldistone mit eigener Hand erschlagen hatte. Alle waren sie blutdürstig, hinterlistig, geizig und wild. Wenn ich natürlich auch nicht mehr glaubte, was ich als kleines Kind geglaubt hatte, so war mir von all dem Zeug manches im Unbewußten geblieben, und ich war auf den Schotten gespannt, mit dem ich nun an einem Tisch sitzen sollte.

Der Wirt stellte ihn uns als einen Herrn Campbell vor und bezeichnete ihn als einen Viehhändler. Er hatte ein scharfgeschnittenes Gesicht, war nicht groß, aber von athletischem Wuchs, weshalb man glauben konnte, was der Wirt, welcher der Tafel präsidierte, während des Essens bewundernd erzählte – daß Herr Campbell sieben Straßenräuber, die mit ihm anbinden wollten, in die Flucht geschlagen hatte.

»Jonathan, du übertreibst wieder«, sagte der Schotte. »Erstens waren es nur zwei, und außerdem war der eine noch feiger als der andere.«

Mein Reisegefährte zeigte sich höflich interessiert, aber Herr Campbell lehnte seine Bewunderung ab. »Die Sache ist nicht der Rede wert«, sagte er.

»Erlauben Sie mir«, sagte der andere, der den bewußten Mantelsack während des Essens auf den Knien liegen hatte, »daß ich da anderer Meinung bin. Ich wäre glücklich, wenn Sie sich dazu verstehen könnten, sich mir anzuschließen. Ich will in den Norden.«

Zum erstenmal ließ er etwas über sein Reiseziel verlauten, aber der Schotte ging nicht darauf ein. »Tut mir leid«,

sagte er, »ich bin zu Fuß«, und gleich nach dem Essen bezahlte er und wollte gehen. Auch mein Begleiter stand rasch auf und zog ihn in eine der tiefen Fensternischen, wobei er seinen Mantelsack mitnahm. Er redete leise auf den Schotten ein, und schließlich hörte ich den im Eifer gesprochenen Satz: »Ich werde Sie dafür gut bezahlen!« Damit glaubte er wohl, jeden Widerspruch aus der Welt geschafft zu haben.
»Das kommt gar nicht in Frage«, war die Antwort, die fast verächtlich klang. »Sie wollen nach Norden, aber ich gehe westwärts, denn ich habe in Rothbury zu tun.«
»Ich habe es nicht eilig, Herr Campbell. Auf einen Umweg kommt es mir nicht an, wenn ich ihn in guter Gesellschaft machen kann.«
»Ein für allemal, mein Herr – ich kann Ihnen den Gefallen nicht tun. Aber wenn ich Ihnen einen guten Rat geben darf: halten Sie sich auf der Reise an keinen Unbekannten, und verraten Sie niemandem, in welcher Richtung Sie reiten wollen.«
Ehe der Schotte endgültig aufbrach, redete er mich an: »Ihr Freund ist ein bißchen unvorsichtig.«
»Der Herr«, erwiderte ich, »ist keiner meiner Freunde. Ich lernte ihn zufällig auf der Landstraße kennen. Ich weiß nicht, wer er ist, wie er heißt oder in was für Geschäften er reist. Außerdem scheint er zu Ihnen mehr Vertrauen zu haben als zu mir.«
Er lachte etwas und wünschte mir gute Reise. Von meinem merkwürdigen Reisegefährten trennte ich mich bald, denn ich bog von der großen Südnordstraße nach Westen ab. Bis zum Schloß Osbaldistone konnte es nicht mehr weit sein.

Die Hundeburg

Nachdem ich den Mann mit seinem törichten Gerede losgeworden war, hatte ich den Kopf frei, um mir die Gegend anzusehen, durch die ich kam. Das war nun also das Land meiner Vorfahren. Ich ritt auf den langen Höhenzug der Cheviot-Hügel zu, der in ernster Majestät vor mir lag und die Grenze zwischen England und Schottland bildete. Die Felswände waren von einem schwärzlich roten Sandstein, und von ihnen stürzten starke Wildbäche ins Tal und speisten einen rasch strömenden Fluß. Zu beiden Seiten der schlechten Straße, die ich ritt, öffneten sich bewaldete Schluchten, die sich bald wieder geheimnisvoll schlossen.

Das alte Stammschloß der Herren von Osbaldistone lag in einem dieser Seitentäler. Früher hatte ihnen das ganze Land hier mit vielen Meierhöfen gehört, aber durch Mißwirtschaft, Unverstand und Verschwendung war der Besitz zusammengeschmolzen. Immerhin verfügte mein Onkel noch immer über so viel Grund und Boden, daß er als reicher Mann galt und sehr angesehen war. Bei den vorsichtigen Erkundigungen, die ich unterwegs anstellte, wurde mir vor allem seine geradezu verschwenderische Gastfreundschaft gerühmt.

Von einer Anhöhe aus sah ich das Schloß. Es war eigentlich mehr eine weitläufige, sehr altertümliche Burg. Türme und Mauerzinnen überragten die hohen Wipfel eines Eichwaldes, der so alt schien, als hätten in seinem Dunkel die heidnischen Druidenpriester ihre Menschenopfer dargebracht.

Ich wollte weiterreiten, hielt jedoch noch an, denn ich hörte das wütende Bellen einer Meute und die anfeuernden Signale von Jagdhörnern. Da mußten meine Vettern auf der Fuchsjagd sein, und ich ritt etwas beiseite, um meine teuren Verwandten erst einmal ungesehen beobachten zu können.

Als erster kam der Fuchs aus dem Dickicht. Der arme Kerl schien mir schon recht abgehetzt. Seine Rute schleppte nach, als ob er am Ende seiner Kräfte sei, und zwei Krähen, die ihn umkrächzten, schienen meine Ansicht zu teilen. Mit matten Stößen durchschwamm er den Fluß und verschwand dann im Buschwerk des anderen Ufers. Schon aber waren auch die schnellsten Hunde da, hatten die Spur, jagten ihr nach, und ihnen folgte die ganze Meute. Jetzt kamen die Jäger angeritten, hohe, kräftige junge Männer auf ausgezeichneten Pferden, und trotz dem unebenen und schwierigen Gelände brausten sie vorüber, als ritten sie auf glatter Bahn.

Vom bloßen Zusehen klopfte mir das Herz; denn ich erwartete jeden Augenblick, eins der Tiere würde stürzen, der Reiter den Hals brechen und alle anderen sich über dem Gefallenen in einem entsetzlichen Knäuel wälzen. Doch nichts davon geschah. Heil und ganz nahm das Unterholz des anderen Ufers sie auf, in das sich der Fuchs vor seinen Verfolgern gerettet hatte. Aufatmend wollte ich weiterreiten, als ein unerwarteter Anblick mich noch halten ließ: auf der Straße jagte eine junge Dame heran.

Die Reiterin saß auf einem erstklassigen Rappen, dem der weiße Schaum ums Gebiß stand. Sie trug, was damals noch ungewöhnlich war, zu ihrem Rock eine Weste und einen Männerhut; diese Mode des Reitanzugs war in England aufgekommen, während ich in Frankreich war, und ich hatte sie daher noch nicht gesehen. Die langen schwarzen Locken der Dame waren bei dem Jagdgalopp aufgegangen und flatterten im Winde. Offenbar gehörte sie zu der Jagd und war wider Willen zurückgeblieben. Als sie vom Wege abbiegen und den andern nachsetzen wollte, stolperte ihr Pferd, und ich sah sie schon am Boden liegen. Rasch ritt ich hinzu. Sie hatte jedoch keine Hilfe nötig, denn mit fester Hand hatte sie den Rappen schon wieder in der Gewalt. Aber sie lächelte mich an und sagte: »Verbindlichen Dank, mein Herr!«

In dem Augenblick hörten wir ein wildes Geschrei:

»Fuchs tot! Fuchs tot!«, und Jagdhörner bliesen: »Jagd aus!« Von drüben kam ein Jäger geritten und schwenkte einen Fuchsschwanz, als wolle er die Dame verhöhnen. »Ich sehe's schon!« rief sie ihm zu. »Aber bilde dir nur nicht zu viel darauf ein! Wenn meine Phöbe nicht in den Felsen gestutzt hätte, dann wäre ich an der Spitze geblieben!« Sie ritt zu dem Jäger, sprach etwas mit ihm und kam dann mit dem Sieger der Fuchsjagd wieder zu mir geritten.

»Mein Herr«, sagte sie, »ich habe mich vergebens bemüht, diesen hoffnungsvollen jungen Mann zu bewegen, eine Frage an Sie zu richten. So muß ich es selbst tun. Haben Sie unterwegs vielleicht etwas von einem unsrer Verwandten gehört, einem gewissen Francis Osbaldistone? Wir erwarten ihn seit einigen Tagen.«

Ich war beglückt, ihr zu antworten, daß ich der Erwartete war, und sie nahm das gut auf, wie es mir vorkam. »Erlauben Sie mir, mein Herr, daß ich wieder das Wort ergreife, da sich mein Vetter nicht rührt. Sie halten ihn vielleicht für schüchtern, aber ich sage Ihnen offen: er ist ein Stoffel. Damit stelle ich Ihnen Ihren Vetter Edgar vor und mich als Diana Vernon, die das traurige Schicksal hat, eine arme Verwandte des hohen Hauses derer von Osbaldistone zu sein.«

Mich entzückte diese Mischung von Überlegenheit, Spott und Anmut, und da ich mich entgegen der Meinung meines Vaters in Frankreich nicht vergeblich aufgehalten hatte, konnte ich auf ihren Ton elegant eingehen, wodurch wir so heiter miteinander redeten, als kennten wir uns schon lange. Meinem Vetter gefiel das offenbar nicht. Er brummte, er müsse sich um die Hunde kümmern, und ritt davon.

»Da reitet er hin«, sagte die junge Dame, »dieser Fürst der Stallknechte und Hahnenkämpfe, dessen Pferde mehr Verstand haben als er selbst. Aber woher soll er's haben? Hier ist einer wie der andere. Haben Sie Markham gelesen?«

»Ich halte mich für ziemlich belesen«, sagte ich, »aber *den* Autor habe ich noch nie nennen hören.«

»Himmel, wohin hat Sie Ihr Geschick verschlagen!« rief sie aus. »Sie kennen Markhams ›Höchstnützlichen Ratgeber sowie unentbehrlichen Handweiser im Pferdestall‹ nicht?! Sie kennen das Buch nicht, das Ihren Verwandten so viel bedeutet wie den Christen die Bibel und den Mohammedanern der Koran? Dann sind Sie sicher auch nicht imstande, einen Pferdehuf sachgemäß zu reinigen oder den Gäulen die jeweils richtigen Pillen einzuverleiben?«

»Durchaus notwendige Verrichtungen«, antwortete ich, »aber ich überlasse sie meinem Stallknecht.«

»Dann zeigen Sie einmal, ob Sie wenigstens reiten können!« rief sie und gab ihrem Rappen die Sporen.

Unsern schmalen Weg kreuzte eine verwilderte hohe Hecke, die durch ein Gatter aus schlecht behauenen Stämmen unterbrochen war. Mit einem schneidigen Satz nahm die junge Dame das Hindernis, und wollte ich nicht mein Gesicht verlieren, so mußte ich es ihr nachtun. Es gelang mir nicht schlecht, und sie sagte: »Sie sind noch kein ganz hoffnungsloser Fall. Ich fürchtete schon, Sie wären ein völlig aus der Art geschlagener Osbaldistone. Aber was wollen Sie nur in unsrer Hundeburg, wie die Leute hier das Schloß nennen? Ich kann mir nicht vorstellen, daß Sie aus der Weltstadt London freiwillig zu uns rauhen Wilden reisen.«

»Ich habe den Eindruck«, antwortete ich, »unter dem Dach der alten Burg lebt ein Geschöpf, das kennenzulernen die weiteste Reise lohnt.« Unwillkürlich hatte ich in einem Ton gesprochen, der mehr verriet als die Fähigkeit zu einer gewandten Konversation.

»Da ich im Sattel sitze«, sagte sie, »kann ich Ihnen nicht mit einem Knicks danken. Außerdem meinen Sie vermutlich Thomas Osbaldistone.«

»Den kenne ich nicht. Wer ist denn das?«

»Er ist der jüngste Sohn Ihres Onkels Hildebrand. In

Ihrem Alter, jedoch nicht so – – nun, er sieht nicht so vorteilhaft aus wie Sie. Aber eine ganze Woche lang werden Sie seinen scharfen Verstand bewundern und vor seinen Kenntnissen die höchste Achtung haben. Jedes junge Mädchen wird vor ihm kapitulieren, unter der Voraussetzung freilich, daß das Fräulein blind ist.«
Damit waren wir im Hof der Burg angelangt. Noch im Sattel faßte sie nach ihrem Hut. »Er drückt mich, daß ich Kopfschmerzen bekomme«, sagte sie und nahm ihn so hastig ab, daß ihr die schwarzen Locken ins Gesicht fielen. Anmutig strich ihre Hand sie zurück, und mich entzückte die natürliche Sicherheit dieser Bewegung. Bemerkte sie es? Einen Atemzug lang sah sie mich aus ihren klugen Augen schweigend an. Dann warf sie mir ihren Zügel hin, als seien wir seit unseren Kindertagen zusammen aufgewachsen, und sprang vom Sattel. Sie rief mir noch zu, sie werde gleich jemanden schicken und beim Mittagessen sähen wir uns wieder. Dann betrat sie das Schloß durch die kleine Tür eines mächtigen Turms.
Da saß ich nun zu Pferde, hatte ein zweites Pferd am Zügel und sah mich um. Aus nächster Nähe erwies sich das Schloß als ein gewaltiger steinerner Kasten, der fatal an ein düsteres Gefängnis erinnerte. Ich rief nach einem Diener, aber niemand rührte sich, und ich machte eine ziemlich lächerliche Figur; denn ich sah wohl, daß ein paar Burschen herumlungerten und mich neugierig beäugten wie die Mägde, die aus verschiedenen Fenstern ihre Köpfe herausstreckten wie Kaninchen aus ihren Gängen.
Jetzt kamen die Jäger mit den Hunden in den Hof, und endlich setzten sich die faulen Lümmel in Bewegung. Einer von ihnen hielt mein Pferd, so daß ich absteigen konnte, und von einem anderen verlangte ich, er solle mich zu dem gnädigen Herrn führen. Das tat er, aber nur so gern wie ein Bauer, der nachts aus dem Bett geholt und von einem Spähtrupp des Landesfeindes gezwungen wird, den Weg zu zeigen. Er führte mich die Kreuz und

die Quere durch ein Gewirr von niedrigen und dunklen Gängen, so daß ich aufpassen mußte, daß der Kerl mir nicht entwischte. Schließlich kamen wir in eine hohe Halle, wo ich, wie er knurrte, warten müsse.
Steinerner Fußboden, steinerne Wände. Einige Tische, schon zum Mittagessen gedeckt. Sie waren so gewaltig und sahen so schwer aus, daß ich vermutete, sie wären seit Jahrhunderten noch niemals von ihrer Stelle gerückt worden. An den Wänden bestaunte ich eine Unzahl mächtiger Hirschgeweihe und die ausgestopften Bälge von Dachsen, Fischottern, Auerhähnen und Eberköpfe mit ihren bösen Hauern. Sie alle hatten, wie ich mir sagte, aus toten Augen mit anzusehen, wie an den Tischen höchst lebendig gefressen und gesoffen wurde. Außer diesem Wandschmuck, der bestimmt nicht nach jedermanns Geschmack war, erblickte ich alte Ritterrüstungen, Kettenhemden und Helme, aber auch die Waffen, mit denen die ausgestopften stummen Gäste der Halle ums Leben gebracht worden waren, also Armbrüste, Steinschloßflinten aller Art, Sauspieße und Netze. Es fehlte jedoch die Erinnerung an die Menschen nicht, die zu ihren Lebzeiten an den Tischen ihr Dasein genossen hatten. Alte, vom Rauch des Kamins, der Fackeln und Kerzen schwarz werdende Gemälde ließen einige Gestalten beiderlei Geschlechts gerade noch erkennen, ehe sie sich für immer ins Dunkel zurückzogen – Ritter mit gefährlichen Bärten, anspruchsvolle große Herrn mit gewaltigen Perücken und Damen, die so entzückt wie möglich auf Rosen starrten, die sie zu diesem Zweck in ihren Händen hielten.
Das alles hatte ich in mir aufgenommen, als Diener in einer altmodischen und abgetragenen Livree mit großem Hallo sich in die Halle drängten. Ich zählte nicht weniger als zwölf, von denen jeder dem anderen im Weg schien, weshalb sie sich die heftigsten Ausdrücke an die Köpfe warfen. Einige brachten große Holzscheite für das Feuer im Kamin, andere kamen mit Krügen, Flaschen und

Kannen. Zwei, die zusammen angepackt hatten, schleppten sogar ein kleines Faß herbei. Das schrie und zankte durcheinander in einem wahren Tohuwabohu, das aber nichts war gegen den Höllenlärm, der sich jetzt draußen mit Hundegebell und Peitschenknallen erhob. Die große Doppeltür, die in die Halle führte, wurde aufgerissen, und Menschen und Hunde strömten in die Halle – der Hauskaplan, der Dorfarzt, meine sechs Vettern mit acht Doggen und schließlich mein Onkel Hildebrand.

Diana

Man wird vielleicht sagen können, der Freiherr von Osbaldistone hätte es nicht gerade eilig gehabt, seinen Gast zu begrüßen, jedoch hatte er einen guten Grund, sein Zögern zu entschuldigen – er hatte sich nämlich um die Hunde zu kümmern, und die gingen natürlich vor. Aber die derbe Herzlichkeit, mit der er mich nun empfing, machte das sofort wieder gut. »Willkommen, mein Junge!« rief er, »verdammt noch mal, sehr willkommen! Dies ist dein Vetter Percy, dies dein Vetter Edgar, hier dein Vetter John, dein Vetter Richard, dein Vetter Wilfried – zum Kuckuck, wo ist denn Thomas? Edgar, du langer Laban, verdrück dich ein bißchen, sonst sieht man ja den Thomas überhaupt nicht. Wetter noch mal, hat dein Vater endlich wieder an dies Haus und an seinen alten Bruder gedacht! Immerhin – besser spät als gar nicht. Du bist hier willkommen, mein Junge, und damit basta. Aber wo bleibt denn Diana? Da kommt sie, meine Nichte, das hübscheste Mädchen weit und breit – das nehm' ich auf meinen Eid, verdammt noch mal. Nun aber ran an die Rinderkeule!«

Mein Onkel war ein Sechziger und stak in einem Jagdanzug, der einmal reich bestickt gewesen, indessen von vielen Winterstürmen recht mitgenommen war. Obwohl sich der Freiherr ziemlich rustikal gab, merkte man ihm doch den großen Herrn an, der einmal am Hof des Königs gelebt hatte. Unter seinen verbauerten Söhnen wirkte er wie eine zwar verwitterte, aber immer noch edle korinthische Säule zwischen unbehauenen Felsblöcken. Fünf von ihnen, hochgewachsene Gestalten, machten einen ungeschlachten Eindruck. Bei ihnen war wohl die ganze Kraft des alten Geschlechts in die Glieder gefahren, wobei der Verstand zu kurz gekommen war. Ihre Gesichter waren grob und versprachen so gut wie nichts. Indessen waren diese Enakssöhne, die nur von der Jägerei etwas verstanden, von einer harmlosen Fröhlichkeit und mit ihrem Dasein so völlig zufrieden, daß sie in ihrer einfältigen, anspruchslosen Art hinzunehmen waren. Daß sie auch zu sterben wußten, sah man ihnen nicht an.

Anders, ganz anders als seine Brüder war Thomas, der Jüngste, und für mich unterschied er sich nicht nur von ihnen, sondern ich stellte bei mir fest, daß ich einem so eigenartigen Menschen noch nie begegnet war. Auch er war kräftig gebaut, aber klein und etwas schief gewachsen. Während die Älteren bei der Vorstellung durch ihren Vater nur hilflos gegrinst hatten, trat Thomas gewandt auf mich zu und begrüßte mich mit der vollendeten Höflichkeit eines Mannes von Welt. Das merkwürdigste an ihm war sein Antlitz, denn darin lag etwas Unerklärliches, das mich abstieß und zugleich anzog, da es mich beschäftigte. Jedenfalls gehörte es zu den Gesichtern, die man nie wieder vergessen wird, nachdem man sie einmal gesehen hat. Seine Züge waren von einer erschreckenden Unregelmäßigkeit, jedoch nicht gewöhnlich. Man hätte von einem häßlichen Gesicht sprechen können, wenn nicht seine dunklen, funkelnden Augen gewesen wären, die von hohem Geist zu sprechen schienen und schlechthin schön waren. Es war jedoch nicht zu übersehen, daß sein Blick auch List, ja etwas Tückisches verraten konnte, vor dem man auf der Hut sein mußte, und das um so

mehr, als er eine wohllautende Stimme besaß, die anzuhören ein Genuß war und die den Hörer in ihren Bann schlug.
Kurz gesagt: dieser Sohn des Hauses erschreckte durch das Zwiespältige, das in seiner Erscheinung lag, und es wiederholte sich dadurch, daß Thomas zu hinken schien, dieses Hinken aber kein gewöhnliches Hinken war, das in einem zu kurzen Fuß begründet ist. Es hieß, als Kind habe er sich einmal den Fuß verletzt, und seitdem ziehe er ihn nach – es hieß aber auch, das wäre eine bewußte Täuschung. Sein Onkel hatte nämlich seinen jüngsten Sohn, der sich von seinen Brüdern so unterschied, zum geistlichen Stand bestimmt – er aber hätte keine Neigung, Priester zu werden, und täuschte diesen Schleppfuß vor, da ja die Römische Kirche niemanden in den geistlichen Stand aufnimmt, dem ein körperlicher Mangel anhaftet.
Thomas wollte sich bei Tisch neben mich setzen, Diana aber, die offenbar als Dame des Hauses respektiert wurde, wies mir einen Platz an, bei dem ich zwischen ihr und Edgar zu sitzen kam. »Ich möchte mit Ihnen sprechen«, sagte sie, »und deshalb habe ich den grundehrlichen Edgar zwischen Thomas und Sie gesetzt. Sie wissen ja – ein Federbett ist imstande, eine Kanonenkugel aufzuhalten, bitte, sagen Sie mir jetzt: wie gefallen wir ihnen?«
»Darauf muß ich Ihnen die Antwort schuldig bleiben, denn noch kenne ich sie alle viel zuwenig. Ich glaube nur annehmen zu können, daß fünf meiner Vettern einander ziemlich ähnlich sind.«
»Richtig. Sie stellen eine geglückte Mischung von Wildhüter, Eisenfresser, Pferdeknecht und Einfaltspinsel dar, wobei freilich für sie dasselbe gilt wie für die Blätter eines Baumes, von denen ja behauptet wird, daß unter ihnen nicht zwei ganz gleiche gefunden würden.«
»Jedenfalls scheint mir mein jüngster Vetter ein anderes Blatt zu sein.«
Jetzt antwortete sie ganz leise. »Kein Wort über Thomas. Wenn er davon etwas merkt, werden seine Ohren so

scharf, daß Edgars liebliche Masse keinen Schutz mehr bietet, auch wenn sie durch Rinderbraten, Wildpasteten und Pudding noch aufgefüllt wurde.«
»Sie werden recht haben«, sagte ich. »Aber ich hätte von ihm gar nicht gesprochen, wenn ich nicht gesehen hätte, daß sein Stuhl leer ist. Er hat die Tafel schon verlassen.«
»Trotzdem. Ich rate Ihnen: wenn Sie über Thomas reden wollen, dann tun Sie das nur, nachdem Sie sich auf den Otterscope-Hill begeben haben, auf unsern höchsten Berg, von dem aus Sie einen Umkreis von vierundzwanzig Meilen übersehen – und selbst dort müssen Sie beachten, ob ihm nicht irgendein Vogel zutragen kann, was Sie über ihn geäußert haben. Ich kenne ihn zu genau. Vier Jahre lang hat er mich unterrichtet. Vermutlich ist er ebenso froh wie ich, daß wir uns jetzt trennen werden.«
»Er verläßt das Schloß?«
»Wußten Sie das nicht? Dann muß Ihr Vater seine Pläne besser verschweigen können als mein Onkel Hildebrand. Jedenfalls bin ich nicht die einzige, die sich von der bevorstehenden Änderung etwas verspricht. Thomas ist der jüngste, aber er beherrscht alle, und wehe dem, der sich dagegen auflehnt. Doch jetzt kommt der Käse und der Humpen, der auf das Wohl der Kirche und des Königs geleert wird – das ist das Zeichen, daß die einzige anwesende Dame und der geistliche Herr zu verschwinden haben. Leben Sie wohl!«
Sie verließ die Halle. Aber ich kam von ihr nicht los. Erfahrene Männer pflegen vor den Mädchen in ihrem Alter zu warnen, denn mit achtzehn sei ein jedes reizend, doch sehe man noch nicht, wohin es sich entwickeln und was dabei zum Vorschein kommen werde. Bittere Enttäuschungen wären da unausbleiblich. Es war jedoch nicht nur die Anmut ihrer Jugend, die mich so bewegte. Ihre Einfachheit, ihre wie selbstverständliche Offenheit, ihr Witz und ihre Gescheitheit beglückten mich. Vielleicht hätte die Schärfe ihrer bissigen Bemerkungen als unweiblich angesehen werden können, aber gerade sie

machten mir zu schaffen. Es schien mir nämlich, als äußere sich da nicht etwa ein böser Hohn, sondern als verberge sich dahinter eine geheime Angst – besser gesagt, als wehre sie sich gegen etwas, das unaufhaltsam auf sie zukam. Dabei schien sie mir aber trotz ihrer Jugend großer Entschlüsse fähig zu sein und die Kraft zu besitzen, sie auch durchzuführen.

Nachdem Diana gegangen und der Geistliche ihrem Beispiel gefolgt war, entwickelte sich eine immer wüster werdende Zecherei, die nicht nach meinem Geschmack war, und ich beschloß, mich ihr zu entziehen. Durch die Seitentür, durch die ich die Halle betreten hatte, wollte ich mich unbemerkt davonstehlen; aber noch ehe ich sie wieder geschlossen hatte, hörte ich hinter mir ein fürchterliches Hallo. Meine lieben Vettern hatten meinen Fluchtversuch entdeckt und setzten mir nach, um nicht das Vergnügen entbehren zu müssen, mich unter den Tisch zu trinken. In den engen Gängen, wo ich mich nicht auskannte, hätten sie mich bald wieder gefaßt. So riß ich kurzerhand ein Fenster auf, sprang hinaus und stieß das Fenster von außen wieder zu. Ich hörte noch, wie sie drinnen vorübertobten wie bellende Hunde, denen der Hase durch einen geschickten Haken entwischt ist.

Ich stand in einem altmodisch gehaltenen Garten. Die frische Luft und die Stille taten mir wohl, und behaglich schlenderte ich durch diese Heckengänge, bis ich auf einen Gärtner stieß, der dort gemächlich arbeitete.

Ich redete ihn an, ein Wort gab das andere, und ich hörte ihm an, daß er von »drüben« stammte, so daß ich ihn fragte, ob er hier lebe, weil es ihm da besser ginge als in dem armen Schottland.

»Wenn Sie das sagen, Euer Gnaden, dann stelle ich fest, daß Euer Gnaden über uns Schotten wenig Bescheid wissen. Wir haben die besten Fische, das beste Fleisch, und über unsere Hühner und Gänse geht nichts. Aber wir Schotten leben mäßig. Wir fressen uns nicht toll und voll wie die Engländer. Was hier im Schloß zum Beispiel von

der Küche in die Halle geschleppt und was hier geschlemmt wird, das ist Sünde. Wie geht es selbst an Fasttagen zu! Da gibt es Forellen und Welse und Lachse, daß den Herren bald der Bauch platzt – und das nennen sie dann fasten!«
Ich bemerkte, ich fände das auch nicht richtig, und darauf zog er eine unförmige Schnupftabaksdose aus der Hosentasche und bot mir eine Prise an, die ich natürlich nicht ablehnte.
»Das habe ich gleich an Euer Gnaden feinem Rock gesehen«, sagte er, »daß Euer Gnaden es anders gewöhnt sind, als es in diesem Hause Belials zugeht, und wie mir zumute ist, das werden Euer Gnaden verstehen, wenn ich Ihnen sage, daß ich hier schon vierundzwanzig Jahre mit den wilden Tieren von Ephesus kämpfe, so wahr ich auf den Namen Andreas getauft bin.«
»Wenn Euch das hier so zuwider ist«, sagte ich, »warum sucht Ihr Euch da keine andere Stellung? Ein guter Gärtner wird überall gern genommen.«
»Das weiß ich, Euer Gnaden. Aber da sieht man ein Stück Erde und denkt: ›In den Boden hier gehört dies und das hinein.‹ Man sät es, und wenn man's gesät hat, will man sehen, ob es auch kommt, und wenn es gekommen ist, dann will man sehen, wie es gedeiht, und man tut dafür, was man kann – und wenn es gedeiht, dann will man auch ernten ...
Man kommt nicht los, das ist es. Aber wenn Euer Gnaden mir eine Stellung verschaffen könnten, wo man im Leben diesseits auch an das Jenseits denkt, wo ich mir eine Kuh halten kann, ein Häuschen für mich habe, wo ich zehn Pfund im Jahr bekomme und wo keine Dame regiert, welche die Äpfel am Baum zählt – dann wäre ich Euer Gnaden sehr dankbar.«
»Kein Freund von Frauen, wie?«
»Nein. Alles sähe besser aus, wenn bei Adam auch keine gewesen wäre. So ein Frauenzimmer bringt einen unter den Rasen. Das will Aprikosen im Winter wie im Som-

mer! Das einzig Gute hier ist, daß im Schloß kein Stück von Adams überflüssiger Rippe etwas zu sagen hat.«
»Ihr vergeßt das gnädige Fräulein!«
»Die ist meine Herrin nicht, Gott sei Lob und Dank. Das ist ein wilder Vogel, sag' ich nur.«
Ich war betroffen. »Ihr scheint mehr zu wissen als ich.«
»Wenn ich was weiß«, antwortete er, »dann kann ich es auch für mich behalten. Aber das Fräulein Vernon ist für mich weder Suppe noch Braten. Sie ist – – aber was geht's mich an?«
Er nahm seinen Spaten wieder. Ich hielt den Mann auf. »Ich bin ein Freund der Familie«, sagte ich, »und das muß ich jetzt wissen: was ist mit Fräulein Vernon?«
Er kniff ein Auge zu. »Können Euer Gnaden sich das nicht denken?«
Ich verlor die Geduld und steckte ihm einen Taler in seine hornharte Hand. »Jetzt aber raus mit der Sprache!« Er besah den Taler genau, und offenbar weckte er in ihm angenehme Vorstellungen, denn in seine Züge kam ein freundliches Grinsen. Dann steckte er das Geld in seine Hosentasche, sah sich vorsichtig nach rechts und links um, und dann flüsterte er mir zu, und zwar mit dem Entsetzen, mit dem man von einem Pestkranken spricht: »Sie ist eine Jakobitin!«
Ich hatte mich von ihm ins Bockshorn jagen lassen und hatte irgend etwas Fatales befürchtet. Jetzt war ich ganz erleichtert. Durch ganz England ging damals ein Riß. Die einen hingen dem König Georg an, der rechtmäßig auf den Thron gekommen war, und die anderen hielten treu zu Jakob, dem Nachkommen des Königs Karl, den seine Gegner geköpft hatten. Er saß als Vertriebener in Frankreich, nachdem er vergebens versucht hatte, durch einen Aufstand in Schottland an die Macht zu kommen. Zu diesen unwandelbar Getreuen gehörte also auch Diana Vernon.
»Eine Jakobitin«, wiederholte er. »Der trau' ich nicht über den Weg! Ich weiß, was ich weiß! Ich habe schließ-

lich zwei Augen im Kopf. Das ist eine ganz Gefährliche!«
Da packte mich doch die Unruhe wieder. Eine so tätige, unternehmende Natur wie Diana begnügte sich nicht damit, einen vertriebenen Monarchen, den sie für den rechtmäßigen Herrscher hielt, nur zu verehren. Sicher war sie im geheimen für ihn tätig, sicher gehörte sie zu den Verschwörern, die noch da und dort am Werk waren. In dem schwer zugänglichen schottischen Hochland hielten sich immer noch bewaffnete Banden der Rebellen. Englische Truppen waren gegen sie in Marsch gesetzt worden, hatten sie aber nicht bezwingen können. Ein Kleinkrieg zog sich schon jahrelang ohne große Schlachten hin, mit Überfällen, Handstreichen, erbitterten Gefechten. Gegen die verhaßten englischen Rotröcke hielten die Verschworenen fest zusammen, aber die Regierung in London war entschlossen, den Widerstand zu brechen. Wer dazu verhalf, die Verschwörer zu entdecken und dem Galgen auszuliefern, dem war eine hohe Belohnung sicher.
Ich für meine Person stand auf seiten des Königs Georg, und ich war auch überzeugt, daß seine Sache siegen würde – aber wenn ich jetzt an Diana Vernon dachte, war mir dabei gar nicht wohl.

Herr Inglewood sitzt in der Zange

Dank dem bekannten harten Händedruck, der einem wohl überall in der Welt weiterhilft, hatte mich einer der Bedienten in das ganz passable Zimmer gebracht, das für mich schon zurechtgemacht war, und als ich dann in einem guten Bett lag, konnte ich mir überlegen, wie das nun weitergehen solle.
Was hatte mein Vater nur beabsichtigt, als er mich in dieses seltsame Schloß schickte? Mein Onkel behandelte

mich wie einen Gast, der sich unter seinem Dach geraume Zeit aufhalten würde, um den er sich jedoch nicht weiter zu kümmern brauchte – ob einer mehr oder weniger in seinem Haus lebte, interessierte ihn gar nicht. Von meinen ungebildeten und groben Vettern konnte ich wohl lernen, wie man Hunden mit einer Wurmkur wieder auf die Beine hilft oder was man unternimmt, wenn sie der Ohrenzwang quält; auch in der Behandlung von Pferden, welche die Mauke durchmachen, konnte ich mich hier ausbilden lassen – aber wie konnte meinem Vater daran gelegen sein? Vielleicht, sagte ich mir, hat er gedacht, ich würde mich hier so wenig wohl fühlen, daß ich sehr bald bereit wäre, wieder bei ihm in London zu leben und den Kaufmann zu schlucken. Einstweilen hätte er Thomas in seinem Geschäft gehabt – wenn ich klein beigab, dann konnte er seinen Neffen schon woanders unterbringen, denn an Beziehungen fehlte es einem Geschäftsmann wie meinem Vater nicht.
Am andern Morgen wachte ich vom Lärm im Schloßhof auf, wo man wieder zur Jagd aufbrach, wie mich ein Blick aus dem Fenster belehrte. Ich machte mich eins, zwei, drei fertig und ließ mein Pferd satteln. Als ich in den Hof trat, beeilte ich mich, als ersten meinen Onkel zu begrüßen. Er zeigte sich etwas kühl, wie mir schien, und ich nahm an, er trüge mir meine Flucht vor dem Saufgelage nach.
Die Vettern nahmen von mir weiter keine Notiz, aber Diana kam mir herzlich entgegen, und an ihrer Seite ritt ich aus dem Hof. Ich bemerkte, daß Thomas fehlte.
»Jaja«, sagte sie, »er ist ein großer Jäger, aber er geht nur auf Menschenjagd.«
Meinem Vetter Edgar war es offenbar nicht recht, daß Diana sich immer an meiner Seite hielt, denn er blieb stets dicht hinter ihr. »Ich verstehe nicht«, sagte sie schließlich zu ihm, »warum du hinter mir herzockelst. An deiner Stelle wäre ich längst zur Scheffelmühle vorausgeritten und hätte nachgesehen, ob der Müller den

Fuchsbau zugeworfen hat oder nicht, denn sonst wird aus der ganzen Jagd nichts.«

Seine unwirsche Antwort war, der Müller habe das doch versprochen – als sie aber entgegnete, das habe er schon dreimal zugesagt, ohne es einmal zu besorgen, ritt Edgar davon, wobei er drohte, dem Kerl die Knochen zu zerdreschen, wenn er nichts unternommen hätte.

Wir waren allein. »Kommen Sie«, sagte Diana, »ich will Ihnen eine schöne Aussicht zeigen.« Wir ritten einen sanft ansteigenden Hügel hinauf, von dem man weit ins Land sehen konnte. Einige Birken verbargen uns vor der übrigen Jagdgesellschaft.

»Sehen Sie drüben den weißen Fleck in dem Höhenzug, der ganz mit Heidekraut bewachsen ist?« fragte sie.

Ich konnte ihn deutlich erkennen, denn er hob sich von dem dunklen Braun scharf ab.

»Das ist der Königsstein«, erklärte sie, »und dort sind Sie schon in Schottland. Keine zwei Stunden, und Sie sind drüben.«

Ich lachte. »Was soll ich da?« fragte ich sie.

Sie sah mich an. »Da sind Sie in Sicherheit«, sagte sie.

»Das verstehe ich nicht.«

»Wirklich nicht? Kennen Sie nicht einen gewissen Morris?«

»Ich kann mich nicht entsinnen, daß ich je mit einem Manne dieses Namens etwas zu tun gehabt habe.«

»Aber Sie sind doch mit ihm eine Zeitlang denselben Weg geritten, ehe Sie zu uns kamen.«

»Ich ritt mit einem schnurrigen Mann zusammen, dessen Seele in einem Mantelsack zu stecken schien. Ob der Morris heißt, weiß ich nicht, und das geht mich auch nichts an.« – »Es geht Sie sehr viel an«, sagte sie ernst. »Er beschuldigt Sie nämlich, ihn beraubt zu haben, und Ihr Onkel Hildebrand ist überzeugt, daß es stimmt.«

»Aber das ist doch unerhört!« rief ich aus. »Eine unverschämte Verleumdung! Ist der Kerl denn verrückt? Glauben Sie etwa auch, ich sei von Beruf Straßenräuber?!«

»Man muß nicht immer ein Gauner sein, wenn man sich einen Mantelsack mit Banknoten und Hartgeld aneignet«, sagte sie. »Es waren nämlich Regierungsgelder, die diesem Herrn Morris geraubt wurden – Löhnung für die englischen Truppen im Norden. Außerdem soll er wichtige Papiere bei sich gehabt haben. Sie werden in diesem Lande viele finden, die es für höchst verdienstlich halten, die Truppen Seiner Majestät des Königs in jeder Weise zu benachteiligen.«
»Ich bin weder Straßenräuber noch ein Hochverräter«, sagte ich sehr entschieden, »und jetzt, bitte – woher wissen Sie etwas von dieser unsinnigen Beschuldigung?«
»Der Mann hat bei dem Friedensrichter unseres Bezirks gegen Sie Klage erhoben, und der hat unsern Onkel davon sofort unterrichtet, damit er Sie veranlaßt, nach Schottland zu verschwinden. Der Richter hat nämlich nur einen einzigen Wunsch – er möchte in Frieden gelassen werden. ›Weshalb‹, sagte er, ›bin ich denn Friedensrichter?‹ Sein Grundsatz ist: ›Nur keine Scherereien.‹«
»Da kann ich ihm nicht helfen«, sagte ich. »Wo finde ich ihn? Ich reite sofort hin und protestiere gegen die Anklage.«
»Damit er Sie verhaftet?«
»Er kann mich nicht verhaften. Das wäre gegen jedes Gesetz. Bitte, wo sitzt er?«
»Der Friedensrichter, Herr Balthasar Inglewood, Hochwohlgeboren, haust etwa fünf Meilen von hier. Sehen Sie dort rechts den Kirchturm? In dem Dorf sitzen die Herren von Inglewood seit dem Jahre 1340, und da der Letzte vom Stamme der Inglewood sich kaum noch aus seinem Hause bewegt, werden wir ihn da bestimmt finden.«
»Wir?«
»Ja, wir – denn Sie werden mir erlauben, Sie zu begleiten.«
»Aber das geht doch nicht – «
»Mein lieber Herr Francis, Sie sind hier fremd. Sie befinden sich in einem Grenzland, das sehr weit von London

entfernt liegt, und hierzulande nehmen sich die Richter Dinge heraus, von denen der König nichts weiß, weil er niemals davon etwas erfährt. Seien Sie gescheit, und dulden Sie meine Begleitung. Wer soll Ihnen denn sonst beistehen? Unser Onkel kümmert sich grundsätzlich um nichts, und Thomas ist nicht da. Es bleibt also niemand anders übrig als ich, und glauben Sie mir, Sie fahren mit mir nicht schlecht, denn den Herrn Friedensrichter wickle ich mir um den kleinen Finger.«

»Daran zweifle ich nicht«, sagte ich, und wir ritten los.
Während der Kirchturm uns näher kam, unterrichtete mich Diana über den Mann, mit dem ich es zu tun haben würde. Wie die meisten Edelleute Northumberlands war er früher ein Anhänger Jakobs, hatte sich dann aber bereit gefunden, dem König aus dem Hause Hannover den Treueid zu schwören, weil er sonst nicht zum Friedensrichter erhoben worden wäre. An dem Amt lag ihm viel, denn durch die Einkünfte, die es abwarf, konnte er behaglich leben, ohne viel arbeiten zu müssen. Das tat er nämlich ebenso ungern, wie er gern gut aß und trank. Indem er dann den Posten übernahm, kam er jedoch in des Teufels Küche, denn er geriet ganz in die Hände seines Amtsschreibers Jobson. Der Mann bezog kein festes Gehalt wie der Richter, sondern erhielt nur für jede Gerichtssache, die verhandelt wurde, eine kleine Gebühr, weshalb er von morgens bis abends dahinterher war, daß es zu irgendwelchen Anklagen, Beschwerden, Beglaubigungen und Eingaben kam. Durch diese Emsigkeit seines Untergebenen sah sich der Richter zu seinem höchsten Ärger mit Arbeit überhäuft, konnte aber den Schreiber nicht zurechtweisen, denn der pfiffige Kerl war ein fanatischer Anhänger der neuen Regierung, vor dem man auf der Hut sein mußte. Überall witterte er Verdächtige, die Attentate vorbereiteten und zum Schlimmsten entschlossen waren, und gegen seinen Übereifer konnte der Richter nichts unternehmen, weil er fürchten mußte, das »fatale Subjekt«, wie er ihn heimlich nannte, würde ihn sofort

als politisch unzuverlässig beim Staatssekretär des Innern denunzieren. »So sitzt er in der Zange«, sagte Diana. »Aber das geschieht ihm recht. Er wollte sich schön warm setzen, aber er hat sich geschnitten.«
Im Hof des stattliches Hauses, das Diana als den Sitz der Inglewoods bezeichnet hatte, hielt sich zu unserer Verwunderung ein Bedienter in der abgetragenen blauen Livree der Osbaldistones auf. Er nahm uns die Pferde ab, und als wir in das Vorzimmer traten, stießen wir zu unserm Erstaunen auf Thomas. Dieses unvermutete Zusammentreffen schien ihn unangenehm zu überraschen. Diana ließ ihm jedoch keine Zeit, etwas zu bemerken, sondern kam ihm mit einer hastigen Frage zuvor: »Hast du etwa schon mit dem Richter über die Sache gesprochen?«
Er hatte sich gefaßt. »Gewiß«, sagte er ruhig. »Deswegen war ich ja hier« – und zu mir gewandt: »Selbstverständlich habe ich versucht, für meinen Vetter zu tun, was mir möglich war. Ich bedaure sehr, daß du hier in solche Unannehmlichkeiten gekommen bist. Allerdings habe ich angenommen, du wärst schon längst über die Grenze. Nach dem, was mein Vater mir sagte – «
Ich antwortete sehr bestimmt, ich dächte nicht daran, eine solche unerhörte Beschuldigung auf mir sitzen zu lassen, und Diana fügte hinzu, sie würde mir bei dem Gespräch mit dem Richter behilflich sein.
Thomas stutzte wieder. In seine Augen kam ein böses Funkeln, und er bemerkte nicht ohne Schärfe: »Das wirst du wohl besser mir überlassen.«
»Zwei Köpfe sind besser als einer«, erwiderte sie.
»Vor allem, wenn einer davon dir gehört«, sagte er und faßte sie dabei so vertraulich bei der Hand, daß es mir durch und durch ging.
Sie trat mit ihm etwas zur Seite, und beide redeten miteinander, aber leise. Sie schien auf etwas zu bestehen, womit er nicht einverstanden war. Sie wurde zornig. Das Blut stieg ihr in die Wangen, ihre kleine Hand ballte sich,

ja sie stampfte mit dem Fuß auf – er aber blieb gelassen, ja ausgesprochen freundlich. Schließlich rief sie ganz außer sich: »Das will ich so haben!«
Er fürchtete wohl eine laute Szene und wandte sich mir wieder zu. »Meine Kusine«, sagte er, »ist wie ich selbst von deiner Schuldlosigkeit überzeugt, aber sie behauptet auch noch, ich wüßte ganz genau, wer den unglückseligen Mann um das Geld gebracht hat.«
»Sei still«, sagte sie energisch. »Francis kann nicht wissen, wo du überall mit im Spiele bist.«
»Du übertreibst, Diana«, sagte er freundlich lächelnd und schien einzulenken. »Aber wer kann dir widerstehen? Tu, was du für richtig hältst. Ich gehe also. Aber, Vetter, du darfst nicht hierbleiben. Ich muß dich bitten – begleite mich!«
Ein unmöglicher Vorschlag. »Meine Sache muß ich selbst vertreten!«
»Wir brauchen dich nicht, Thomas«, sagte sie schroff, setzte dann jedoch rasch hinzu, als fürchte sie, zu weit gegangen zu sein: »Wenn du fort bist, kannst du mehr für uns tun, als wenn du hierbleibst.«
Seine Freundlichkeit, zu der er sich wohl hatte zwingen müssen, war verflogen. »Tu, was du willst«, fauchte er unbeherrscht und verließ das Zimmer. Gleich darauf hörten wir einen Reiter davongaloppieren.
»Dem Himmel sei Dank«, sagte sie. »Jetzt zu dem Richter.« – »Wollen wir nicht lieber einen Diener rufen?«
»Den Mann müssen wir unangemeldet überfallen«, sagte sie. »Hier kenne ich mich aus.«
Sie stieg einige dunkle Treppenstufen hinan, dann kam ein dämmriger Gang, und wir betraten eine Art Wartezimmer, dessen Wände mit alten Landkarten, Bauplänen und Stammbäumen behängt waren. Die Flügeltür zum nächsten Raum stand etwas offen. Ich hörte jemand eindringlich reden, und ich erkannte die Stimme. Sie gehörte dem Mann mit dem Mantelsack, der Morris hieß, wie ich nun wußte.

»Jetzt müssen Sie mich allein lassen«, flüsterte ich Diana zu, klopfte an die Tür und trat rasch ein, ehe auf das Klopfen geantwortet werden konnte.

Dem Herrn Morris blieb das Wort in der Kehle stecken, als er mich erblickte. Der Mann, der ihm gegenübersaß und in dem ich den Amtsschreiber zu sehen hatte, drehte sich nach mir um, während der Richter, ein dickleibiger Herr, dessen verdächtige Röte im Gesicht dem Kundigen nichts Gutes verhieß, in hellem Ärger lospolterte: »Was soll das heißen? Was wollen Sie hier? Ich bin für niemanden zu sprechen!«

»Herr Inglewood«, sagte ich, »mein Name ist Francis Osbaldistone. Ich habe erfahren, daß ein nichtswürdiger Schurke von mir behauptet, ich hätte ihn bestohlen, und ich bin hier, um aufs schärfste dagegen zu protestieren.«

»Meinetwegen – aber doch nicht jetzt!« rief der Richter. »Der Mensch muß essen, wenn er am Leben bleiben will. Einen Menschen beim Essen stören, das ist schon ein halber Mord!«

Ich entschuldigte mich, daß ich zu ungelegener Zeit käme, aber meine Sache sei dringlich, und ich unterdrückte meine Bemerkung nicht, anscheinend habe der Herr Richter ja schon getafelt. Auf dem Tisch stand nämlich nur noch eine Weinflasche.

»Nach dem Essen muß der Mensch in Ruhe verdauen, sonst ißt er sich den Tod an«, erklärte mir der Richter grollend.

Da mischte sich der Schreiber mit dem hastigen Eifer einer hungrigen Ratte ein. »Euer Gnaden, ich mache gehorsamst darauf aufmerksam, daß es sich in diesem Kriminalfall nicht nur um Straßenraub handelt, sondern um Hochverrat, denn die Klage geht contra pacem Domini regis, und ein solcher casus erlaubt keinen Aufschub.« Der Richter stöhnte auf. »Aber dann rasch, damit wir die Sache vom Halse haben. Also Sie da – Morris oder Morrow oder wie Sie heißen –«

»Morris, Euer Gnaden, Jerobeam Morris.«

»Meinetwegen. Also Herr Morrow: erkennen Sie in dem hier anwesenden Herrn Francis Osbaldistone den Mann, der in diesen Fall von Hochverrat verwickelt ist?«
»Keineswegs, Euer Gnaden, keineswegs!« stammelte er aufgeregt. »Das erkläre ich nicht, noch behaupte ich es. Ich ziehe die Klage zurück, jawohl!«
»Na bestens!« rief der Richter aufs höchste befriedigt. »Die Sache ist erledigt. Wird abgelegt, Jobson. Fort damit! Herr Osbaldistone, Sie bleiben aber hier. Darauf müssen wir einen heben!«
Aber die Ratte, die Ratte! »Herr Morris!« rief der aufgebrachte Schreiber wütend, »hier habe ich Ihre schriftliche Anzeige, von Ihnen in meiner Gegenwart unterschrieben! Die Tinte ist noch nicht trocken – und jetzt wollen Sie widerrufen?!«
»Herr Amtsschreiber«, keuchte Morris, »wie kann ich wissen, ob der Mann nicht Helfershelfer hier im Hause hat, die über mich herfallen? Oder sie lauern draußen auf mich! Das ist schon vorgekommen, Herr Amtsschreiber!«
Die Tür ging, und er fuhr entsetzt herum. Aber es war Diana, die ins Zimmer trat.
»Eine schöne Wirtschaft hier, Friedensrichter!« sagte sie. »Kein Diener zu sehen, der mich anmelden kann, wie sich das gehört!«
Der Richter war wie verwandelt. Mit einer Raschheit, die man bei seiner Leibesfülle ihm nicht zugetraut hätte, war er aufgesprungen, und seine entzückten Bewegungen ließen an einen balzenden Auerhahn denken. »Die schöne Diana!« rief er begeistert aus. »Schöner als die schönste Glockenblume in den Cheviot-Bergen! Sie sieht sich einmal nach einem bedauernswerten alten Junggesellen um! Willkommen, mein gnädiges Fräulein! Willkommen wie die Blumen im Mai! Ihr Vetter Thomas hat bei mir zu Mittag gegessen, aber schon nach der ersten Flasche ist er auf und davon. Sie werden mir die Ehre antun, mit mir Tee zu trinken, obwohl ich eigentlich nichts trinken kann, was aus Tassen getrunken werden muß.«

»Leider unmöglich«, sagte sie, »ich muß Herrn Francis Osbaldistone den Weg zum Schloß zeigen, sonst verirrt er sich. Aber wenn Sie seine ärgerliche Angelegenheit rasch beenden, so daß wir gleich fortkönnen, dann komme ich in der nächsten Woche mit meinem Onkel her, und wir erwarten ein Festmahl, gegen das Nektar und Ambrosia der Götter Homers nur als Armenhaussuppe bezeichnet werden können!«
»Potz Not und Tod«, rief der Richter, »das soll ein Wort sein! Ach, Prinzessin, wenn ich das junge Volk reiten und jagen sehe, dann macht mir das nichts aus – aber wenn ein Mädel wie du vor mich hintritt, dann packt mich das heulende Elend, weil ich nicht mehr bin, was ich einmal war ... Aber zur Sache ... zur Sache.«
Klipp und klar setzte er seine Ansicht auseinander. Die Anklage beruhte auf einem Mißverständnis, der Kläger habe das vor Zeugen geäußert – »Herr Osbaldistone, es liegt somit nichts mehr gegen Sie vor, und Sie können gehen, wohin Sie wollen.«
»Ich bitte Euer Gnaden um Verzeihung«, sagte der Schreiber sehr spitz. »Im Gesetz steht: Wer des Hochverrats angeklagt wird, der muß entweder eine Bürgschaft stellen, oder er kommt ins Gefängnis. Außerdem hat er dem Gerichtsschreiber die üblichen Gebühren für eine Bürgschaftsleistung oder für die Inhaftnahme zu zahlen.«
Der Richter warf seinem unerwünschten Gehilfen einen Blick zu, als hätte er ihn am liebsten persönlich umgebracht. Indessen sah er sich durch den Hinweis auf die Gesetze genötigt, den Fall ausführlich darzustellen, wobei sich Folgendes ergab.
An dem Tage, an dem ich mich von diesem Herrn Morris getrennt hatte, war er an einer einsamen Stelle seines Weges von zwei gutberittenen Männern angehalten worden. Daß ihnen nicht zu trauen war, ging schon daraus hervor, daß sie es für nötig gehalten hatten, sich schwarze Larven vor das Gesicht zu stecken, und sie nahmen ihm dann auch ohne weiteres seinen Mantelsack weg.

Von den beiden, so behauptete Morris, habe der eine in Figur und Haltung mir geglichen, und im halblauten Gespräch der beiden Strolche sei der Name Osbaldistone gefallen. Im nächsten Ort hatte Morris dann den protestantischen Pfarrer aufgesucht und sich bei ihm über den Ruf der genannten Familie erkundigt und erfahren, daß deren sämtliche Mitglieder, soweit sie auf Schloß Osbaldistone hausten, als unverbesserliche und gefährliche Jakobiten bekannt wären. Da er das Geld, das er bei sich führte, in einem streng geheimen Auftrag an bestimmte Persönlichkeiten in Schottland auszahlen sollte, die sich des Vertrauens der Regierung in London erfreuten, schien es dem Helden klar, wo man die Täter zu suchen habe.

Dagegen war ich bereit, auf meinen Eid zu nehmen, daß ich diesen Herrn Morris seit unserer Trennung nie wiedergesehen hatte. Ich erklärte, ich sei ein getreuer Untertan des Königs und als solcher beanspruche ich den Schutz meiner Person, den mir die Gesetze verbürgten.

Der Friedensrichter ging unruhig auf und ab. Er schien in großer Verlegenheit, und sie verstärkte sich noch, als Jobson mit einem alten Folioband gelaufen kam, aus dem er vorlas: nach einem Erlaß König Eduards III. aus dem Jahre 1361 seien alle Leute auf der Stelle zu verhaften, die sich in Sachen des Hochverrats irgendwie verdächtig gemacht hätten. Der Richter war solchen Zangengriffen seines Angestellten anscheinend wehrlos ausgesetzt, und an dessen triumphierendem Gesicht konnte ich ablesen, daß die Ratte sicher war, sich durchzubeißen.

In diesem Augenblick trat ein Diener ein und gab dem Schreiber einen Brief. Der riß ihn auf, überflog ihn und rief dann aus: »Himmel noch mal, wie soll ich denn das schaffen! Alles auf einmal! Man läßt mir keine Ruhe!«

»Wer will denn was von Ihnen?« erkundigte sich der Richter und setzte voller Hoffnung hinzu: »Eine eilige Sache, was?«

»Der alte Rutledge von Rutledge-Hill hat eine Vorla-

dung in die Ewigkeit bekommen«, sagte der Schreiber und schlug damit schon den Ton einer Leichenpredigt an. »Er sieht sein Ende vor sich und will sein Testament machen.«
Der Richter lebte auf und wurde dringlich. »Da fackeln Sie nicht lange, Jobson! Ehe Sie sich's versehen, ist die Lampe aus, und Sie gucken in den Eimer. Nichts wie hin!«
»Aber meine Amtspflichten!« jammerte der Schreiber. »Der Haftbefehl ist doch eins – zwei – drei aufgesetzt, und der Gerichtsdiener ist unten – «
»Nein, nein, nein«, entschied der Richter hastig. »Das machen wir nach Ihrer Rückkehr. Setzen Sie sich auf Ihren Gaul, und klappern Sie nach Rutledge-Hill.« Als Jobson immer noch zögerte, schoß Inglewood das schwerste Geschütz ab: »Ja wollen Sie denn auf die Testamentsgebühr verzichten? Fünf Prozent vom Gesamtwert des Objekts, wenn ich mich recht erinnere! Jobson, das schlägt doch zu Buch!«
Dem konnte der Schreiber nicht widerstehen. »So bald wie möglich bin ich zurück!« rief er und rannte aus dem Zimmer.
Der Richter benahm sich wie ein Schuljunge, der erfährt, daß die Schule abgebrannt ist. Er ließ Wein bringen, er goß ihn selbst in die Gläser, rief: »Prosit, Herr Morrow! Prosit, Herr Osbaldistone!« und: »Dies ist für dich, meine Heiderose!« Aber Diana wehrte ab und goß sich in das Glas Wasser, das sie durstig trank.
Vergebens schlug ich dem munteren Herrn vor, die Abwesenheit des Schreibers auszunutzen und meine Sache ins reine zu bringen. »Das hat doch Zeit!« rief er vergnügt. »Der verdammte Federfuchser bleibt gut und gern seine fünf Stunden weg, denn so ein Testament ist gottlob eine verdammt knifflige Sache. Trinken Sie doch, Morrow! Sie sind nicht der erste, der auf dieser schönen Erde ausgeraubt wurde, und Sie werden nicht der letzte sein, denn die Vorsehung muß an die Beschäftigung der

Richter denken. Und Sie, Herr Osbaldistone, lassen Sie sich raten: mit den Gesetzen ist nicht zu spaßen. Geben Sie dem Unglücklichen seinen Mantelsack wieder, und dann ist alles in bester Ordnung.«
Morris strahlte – aber ich war empört und wollte dem vergnügten Richter gerade die Meinung sagen, als ein Diener einen fremden Herrn anmeldete, und schon trat der ohne alle Umstände herein. Der Richter schrie herzzerreißend auf wie ein verwundeter Hengst. »Ein Fremder! Ich kann niemanden empfangen! Ich habe bis an den Hals zu tun! Ich ersticke in der Last dieser elenden Geschäfte!«
Ich wußte nicht mehr, was ich denken sollte, nicht von dem Richter, denn über den wußte ich ja nun Bescheid, sondern von dem Mann, der vor mir stand – es war nämlich Herr Campbell, der Schotte, mit dem ich im »Schwarzen Bären« zu Mittag gegessen hatte.
»Herr Richter«, sagte er, »ich werde Ihre kostbare Zeit nur kurz in Anspruch nehmen. Und Sie, Herr Morris, werden hoffentlich alles tun, damit wir hier sehr schnell fertig werden.«
Morris zitterte. Er war leichenblaß geworden, und Herr Campbell redete in einem Ton weiter, als spräche er mit einem armseligen Schuhputzer: »Sie werden dem Herrn Friedensrichter erklären, daß Sie mich als einen wohlhabenden Bürger und Mann von Ehre kennen. Ich darf Sie daran erinnern, daß Sie sehr bald in meiner Nachbarschaft leben werden, weshalb Ihnen daran gelegen sein muß, mich zu Gegendiensten zu verpflichten.«
»Gewiß ... gewiß ...«, stammelte Morris. »Herr Richter, Euer Gnaden – ich unterschreibe jedes Wort, das dieser Herr gesagt hat.«
»Und was hat dieser Herr bei mir zu suchen?« fragte Inglewood immer noch verärgert. »Hier kommt einer nach dem andern herein und verfügt über meine Zeit! Mein Amtszimmer ist doch kein Wirtshaus!«
»Herr Richter, ich bin hier, um eine lästige Sache rasch

in Ordnung zu bringen«, sagte Campbell, und damit hatte er das Herz Inglewoods gewonnen. »Dann sind Sie mein Mann!« rief er vergnügt. »Schießen Sie los!«
»Dieser Herr«, sagte der Schotte und wies auf Morris, »hat Ihnen angegeben, ein Mann namens Campbell sei bei ihm gewesen, als er um seinen Mantelsack kam.«
»Das erste, was ich höre«, antwortete der Richter.
»Ah so«, bemerkte Herr Campbell. »Nun, das ist leicht zu erklären. Herr Morris wollte mir wahrscheinlich ersparen, daß ich durch Gerichtsverhandlungen meine Zeit verlöre.«
»Gewiß ... gewiß ...«, stammelte Morris.
»Aber es geht darum, Herrn Francis Osbaldistone von einem unbegründeten Verdacht zu befreien, und deshalb wollen wir ganz offen reden.«
Seiner Meinung nach stellte sich die verwickelte Angelegenheit so dar: Nachdem ich mich von Morris getrennt hatte, war Morris umgekehrt, hatte Campbell auf dem Wege nach Rothbury eingeholt und ihn gebeten, ihn doch um Himmels willen zu begleiten, und der Schotte hatte sich breitschlagen lassen, seinen Gang nach Rothbury aufzugeben.
»Gewiß ... gewiß ...« Morris war so verstört, daß er nichts anderes mehr herausbrachte.
»Aber zum Teufel«, rief der Richter, »wenn Sie dabei waren, als die beiden Lumpen über ihn herfielen, warum haben Sie ihm denn da nicht beigestanden?!«
»Euer Gnaden«, antwortete Campbell, »ich bin von friedlicher Natur, und nichts ist mir so verhaßt wie ein Handgemenge. Herr Morris hatte, wie er mir mitteilte, im Heer Seiner Majestät gedient, konnte also mit Waffen umgehen, und da er ein so wertvolles Gut bei sich hatte, wäre es an ihm gewesen, sich zu wehren. Aber hatte ich einen Grund, mein Leben aufs Spiel zu setzen?«
Ich muß sagen — über einen Widerspruch kam ich nicht hinweg. Dieser Schotte war, ich erwähnte das schon, von athletischem Wuchs, und nach dem, was mir der Wirt

von ihm erzählt hatte, war er doch bei einer Begegnung mit Straßenräubern dem Handgemenge keineswegs ausgewichen. Wie vertrug sich das mit dem, was er jetzt von sich behauptete? Irrte ich mich, wenn es mir schien, als zucke es ihm dabei spöttisch um die Mundwinkel?
Auch Herrn Inglewood schien da etwas nicht zu stimmen.
»Eine verdammt merkwürdige Geschichte!« sagte er.
Der Schotte sah offenbar ein, daß der Richter zwar ein Mann war, der die Bequemlichkeit liebte, aber kein Dummkopf. Campbell griff in die Brusttasche seines Rocks, zog ein Papier heraus und überreichte es dem Richter. »Das wird Sie über meine Person orientieren.«
Inglewood las halblaut: »Hierdurch wird beglaubigt, daß der Inhaber dieses, Herr Robin Campbell aus — kann ich nicht aussprechen, irgend so ein schottisches Nest mit einem unmöglichen Namen — ein Mann aus guter Familie ist und von friedfertigem Lebenswandel. Er reist in Geschäften nach England, und die Behörden werden gebeten, ihm beizustehen, sofern das nötig ist.
Gegeben unter Unserer Hand und Unserem Siegel im Schloß zu Inver — Invera — rara — Argyle.«
»Auf meine Bitte war der große Herr Mac Callummore sofort bereit, mir dieses Leumundszeugnis auszustellen.«
»Einen Herrn Callummore kenne ich nicht«, knurrte der Richter.
»Die Leute im Süden nennen Seine Gnaden den Herzog von Argyle.«
»Natürlich kenne ich den!« rief der Richter erleichtert aus. »Den kenne ich sogar gut. Ich war in seinem Stabe, als er anno 1714 den Herzog von Marlborough um das Oberkommando brachte. Ich wollte, wir hätten mehr solche Edelleute wie ihn. Genau wie ich hat er sich der jetzigen Regierung angeschlossen, weil er wie ich für Frieden und Ruhe ist. Nur die Neider, die immer das Maul aufreißen, behaupten, er hätte seinen Besitz und seine Stellung retten wollen. Herr Campbell, dieses Zeugnis genügt mir. Was haben Sie noch zu sagen?«

»Euer Gnaden, Herr Morris hätte ebensogut ein neugeborenes Kind verklagen können wie Herrn Osbaldistone. In seiner Aufregung hat sich Herr Morris einfach täuschen lassen. Ich verbürge mich dafür, daß keiner der zwei Straßenräuber dem Beschuldigten glich.«
»Gewiß... gewiß...«, sagte Morris wieder. »Ich nehme die Anklage zurück, so wahr mir Gott helfe!«
»Dann fort mit ihr!« rief der Richter und warf das Aktenstück in das Kaminfeuer.
»Herr Morris«, sagte der Schotte, »ich werde es mir nicht nehmen lassen, Sie eine gute Strecke lang zu begleiten, damit Ihnen nicht wieder etwas passiert.«
Morris stand auf, aber wenig erfreut. Er glich mehr einem Verurteilten, dem ein grinsender Kerkermeister mitteilt, der Karren sei vorgefahren, der ihn zum Richtplatz bringen solle.
Wir hörten dann, daß zwei Reiter davonritten.
»Ei, ei, ei, ei, ei«, sagte Inglewood, »der Jobson wird mich molestieren, daß ich die Akten verbrannt habe. Ach was, ich zahle ihm die Gebühren aus meiner Tasche, dann hat sich's. Und jetzt, Herrschaften, wollen wir es uns gemütlich machen!«
Diana widersprach. Wir müßten sofort nach Haus, denn unser Onkel wäre sicher in Sorge um mein Schicksal.
»Das ist richtig«, sagte Inglewood. »Der alte Hildebrand ist noch immer nicht darüber hinweg, daß sie Archie, seinen Ältesten, gehängt haben, weil er in aller Öffentlichkeit erklärte, Seine Majestät unser allergnädigster König Georg I. sei nichts anderes als ein Thronräuber, der in Hannover hätte bleiben sollen. Warum hat er das gesagt? Warum hat er das nicht für sich behalten? Er war schon längst tot, als sein Vater ihn immer noch bei Namen rief. Der Alte jammerte, er könne nicht behalten, wen sie von seinen vielen Söhnen gehängt hätten. Mein lieber junger Freund, ich kann Ihnen nur raten: Kommen Sie niemals zwischen zwei Aktendeckel!«
Der Diener, der uns bei der Ankunft die Pferde abnahm,

hatte auf uns gewartet, was ihm Thomas befohlen hatte. Jetzt begleitete er uns auf dem Heimritt. Wie es sich gehörte, blieb er immer einige Schritte hinter uns, so daß wir miteinander sprechen konnten, ohne daß er hörte, was wir sagten.

Aber es dauerte eine gute Weile, bis wir unser Schweigen brachen. So gut ich davongekommen war, so machte es mir doch zu schaffen, daß ich nicht durchschauen konnte, wie diese merkwürdigen Vorgänge zusammenhingen. Weshalb kam dieser Morris dazu, mich zu beschuldigen, wo er doch genau wußte, daß ich der Schuldige nicht war? Unzweifelhaft wußte er viel mehr, als er äußerte oder, besser, als er zu äußern wagte. Und wer war dieser Schotte, der so bescheiden auftreten konnte, aber bei dem es immer wieder durchschlug, daß er gewohnt war zu befehlen? Sah es jetzt nicht so aus, als ob er über Morris schon unterrichtet war, ehe er ihn im »Schwarzen Bären« angetroffen hatte? Es schoß mir sogar durch den Kopf, er könnte dort auf Morris gewartet haben! Aber nichts war sicher. Ich tappte im dunkeln.

Auch Diana schien mit dem, was hinter uns lag, noch nicht fertig zu sein; denn sie sagte plötzlich: »Dieser Thomas ist ein Mann, den man nicht lieben kann. Aber bewundern muß man ihn.«

Richtig – das war auch noch ein Rätsel: Wieso hatte *er* eine Hand im Spiel?

»Durch nichts läßt er sich verblüffen«, fuhr Diana fort, »und im Augenblick fällt ihm ein, wo der Hebel anzusetzen ist.«

»Sie meinen, Thomas hätte uns diesen Herrn Campbell geschickt?«

»Ich nehme es an. Aber ebenso möchte ich glauben, daß er das nicht getan hätte, wenn ich ihn nicht im Vorzimmer Inglewoods getroffen hätte.«

»Dann habe ich Ihnen also meine Rettung zu verdanken, Diana.«

»Darauf sage ich nicht nein, denn ich bin immer für

Offenheit. Aber, lieber Francis, ebenso offen sage ich Ihnen auch, daß ich von Ihnen dafür etwas verlange.«
»Und was?«
»Daß Sie zu niemandem ein Wort darüber verlieren.«
Ich kam nicht dazu, ihr das zu versprechen; denn uns sprengte ein Reiter entgegen, der aus seinem Klepper anscheinend das Letzte herausholen mußte, um ihn zu höchster Eile zu veranlassen, und Diana rief: »Das ist doch unser Freund Jobson!«
Er war es, und als er uns erreicht hatte, hielt er an. Ohne seine Kappe vor der Dame zu lüften, ohne uns überhaupt zu begrüßen, sagte er: »Aha! Aha! Während meiner Abwesenheit Bürgschaft gestellt. Meinetwegen. Möchte nur wissen, wer den Bürgschaftsschein aufgesetzt hat. Wenn der Herr Friedensrichter noch einmal so vorgeht, dann kann er sich einen anderen Schreiber suchen.«
»Aber, Herr Jobson«, sagte Diana, »wie soll die Grafschaft ohne Sie fertig werden? Und erzählen Sie doch – kamen Sie noch rechtzeitig, daß der alte Mann das Testament unterschreiben konnte?«
Hatte der Schreiber bis dahin mit verbissenem Ärger gesprochen, so brach jetzt sein Zorn in hellen Flammen aus. Er schrie beinahe: »Der alte Rutledge ist kerngesund! Er hat mich zum Haus hinausgeworfen! Irgendein nichtswürdiger Lump hat mir einen Possen gespielt! Jetzt wissen Sie also Bescheid, Fräulein Vernon – falls Sie nicht schon vorher Bescheid gewußt haben!«
Er sagte das in einem so unverschämten Ton, daß ich nicht schweigen konnte. »Hoffentlich hat der alte Herr Sie gehörig mit der Reitpeitsche traktiert!«
Die Ratte funkelte mich an. »Nehmen Sie zur Kenntnis, mein Herr, daß kein Mensch auf dieser Welt es wagen darf, die Hand gegen mich zu heben.«
»Es denkt ja auch niemand daran«, sagte Diana begütigend. Aber den aufgeblasenen Kerl hatte ich zu sehr gereizt, und er mußte seine Wut an uns auslassen. »Das reitet stolz und hochmütig durchs Land – wissen Sie

auch, Fräulein Vernon, daß ich jederzeit Ihr Pferd beschlagnahmen kann und dazu sämtliche Gäule Ihrer Vettern und Ihres Onkels? Wissen Sie, daß mir das die Gesetze erlauben? Alle Katholiken haben ihre Pferde abzuliefern, wenn die Regierung Unruhen befürchtet!«
Jetzt packte mich die Wut, aber Diana blieb ganz ruhig. Sie war freilich blaß geworden. »Herr Jobson«, sagte sie kalt, »Sie können das nicht verfügen, sondern nur der Herr Friedensrichter. Sie können ein Papier beschreiben, aber wenn Herr Inglewood nicht seinen Namen daruntersetzt, dann bleibt es ein wertloser Wisch.«
»Mein stolzes Fräulein«, sagte er voller Hohn, »ich nehme mir die Freiheit, Sie daran zu erinnern, daß man noch nicht weiß, wie lange Herr Inglewood Friedensrichter bleiben wird, und selbst wenn er bleibt, dann könnte ihn ein gewisser Hinweis in eine peinliche Lage bringen. Um seinen eigenen Hals zu retten, müßte er nämlich vor aller Welt beweisen, ob er zu dem von ihm geleisteten Treueid an Seine Majestät steht oder nicht!«
»Sie reden von einem gewissen Hinweis«, antwortete Diana eiskalt. »Sie meinen, wenn irgendein infamer Lump mich denunziert?«
Das hatte gesessen. Völlig unbeherrscht schrie er: »Wissen Sie, daß Sie zu den Höchstverdächtigen zählen?«
»Verbindlichen Dank, Herr Jobson. Selbstverständlich ist mir das bekannt. Aber es ist gut, wenn unsereins daran von Zeit zu Zeit wieder erinnert wird. Komm, Francis!«
Sie setzte ihr Pferd in Gang, und wir ritten weiter. Wir ritten scharf, und es dauerte eine Weile, bis wir wieder in Schritt fielen.
»Dem Kerl sollte man den Schädel einschlagen«, sagte ich.
»Was wäre damit gewonnen?« fragte sie. »Dann kämst du an den Galgen, von dem ich dich eben gewissermaßen mit meinem Stickscherchen abgeschnitten habe.« Das sollte heiter klingen, aber es kam traurig heraus, und sie sagte bitter: »Man muß sich mit der Welt abfinden, wie sie ist.« Wieder änderte sie ihren Ton. Sie sagte scharf, als

wollte sie verhindern, daß ich etwa Tröstendes äußerte:
»Nur mit einem würde ich mich niemals abfinden – wenn
mir jemand sein Mitleid schenken will! Nein, nein, nein.
Ich will kein Mitleid!«
Mit diesem unerwarteten Ausbruch war sie am Ende
ihrer Kraft. »Ach, Francis, ich bin so froh, daß du da bist.
Mir ist ja, als ob ich einen Bruder bekommen hätte...
Francis, ich bin von Natur ein einfaches, ehrliches, offenes und zutrauliches Geschöpf, und ich möchte gegen
alle Welt offen sein und allen Menschen vertrauen. Aber
es ist mein Schicksal, daß ich in ein unsichtbares Netz
verwickelt bin, daß ich jedes Wort abwägen muß, nicht
aus Furcht um mich, sondern in der Angst um andere...
Wenn du wüßtest, was es mich kostet, heiter und unbekümmert zu scheinen, während mir die Sorge das Herz
abdrückt.«
Ich war erschüttert und zugleich tief ergriffen. Ihr
schwesterliches »Du«, zu dem sie in ihrer seelischen Not
gefunden hatte, war mir ein kostbares Geschenk. Alles in
mir drängte danach, ihr zu helfen. Aber wie war das
möglich? Von Sorge sprach sie – um wen sorgte sie sich?
Nicht um sich selbst. Das hatte sie betont.
»Diana«, sagte ich, »wenn es irgend etwas gibt, das ich
für dich tun kann –«
»Ja, das kannst du«, antwortete sie. »Ich bin so froh, daß
nun ein Mensch da ist, mit dem ich offen reden kann.
Aber das kann ich nur, wenn du mir versprichst, mich
nach nichts zu fragen. Denn alle Antworten muß ich dir
schuldig bleiben.«
»Darf ich auch nicht fragen, ob Thomas mir von sich aus
geholfen hat?« – »Frage ihn selbst, und er wird ›ja‹ sagen.
Aber vergiß dabei nicht, daß er sich jederzeit als die
Hauptperson hinstellen wird.«
»So viele Fragen«, sagte ich. »Hat Campbell etwa selbst
das Geld genommen? Und wer hat den Brief geschrieben,
durch den der elende Schreiber weggelockt wurde? Aber
abgemacht, Diana. Ich frage dich nicht danach.«

»Ich weiß, Francis«, sagte sie, »du bist ein Mann, der sein Wort hält. Gib acht! Wenn ich mit meiner rechten Hand mir leicht über das Kinn fahre, dann hast du etwas gefragt, das ich dir nicht beantworten darf.«
Es dunkelte schon, als wir das Schloß erreichten. Aus der Halle hörten wir das laute Toben der vergnügten Zecher. Diana trug einem Diener auf, für mich und sie das Abendessen in die Bibliothek zu bringen, und dann sagte sie zu mir in ihrem heitersten Ton: »Ich muß dich in dieser Freßburg vor dem Hungertod bewahren, und mit der Bibliothek zeige ich dir meinen heimlichen Schlupfwinkel. Denn sie ist der einzige Platz im Schloß, an dem ich vor den Orang-Utans sicher bin. Meine holden Vettern betreten sie nämlich nie. Ich glaube, sie fürchten, die Foliobände könnten ihnen auf die Köpfe fallen und sie zerschlagen, weil sie hohl sind.«

Auge in Auge

Die Bibliothek des Schlosses Osbaldistone war ein großer, düsterer Raum. Die altertümlichen Eichenborde bogen sich unter der Last der in Schweinsleder eingebundenen Folianten des vorigen Jahrhunderts. Es waren Chroniken, griechische und lateinische Klassiker und sehr viele theologische Schriften. Die verschiedenen Schloßkapläne hatten sie benutzt, und dann hatte Thomas hier sein Hauptquartier aufgeschlagen. Da er sich, wie alle im Haus annahmen, auf den geistlichen Stand vorbereitete, verhöhnten ihn seine Brüder nicht als Büchernarren, und sein Vater hatte das halbverfallene Gemach sogar etwas ausbessern lassen. Aber es sah immer noch unbehaglich, ja wüst aus. Die Wandbehänge waren zerrissen, und die Bücherborde wurmstichig. Die Tische wackelten, obschon sie schwer waren, ebenso wie die Stühle und Lesepulte.

»Du findest es hier sicher schrecklich«, sagte Diana, als ich mich umsah. »Aber für mich ist es ein kleines Paradies, weil ich hier nach Herzenslust arbeiten konnte, und hier habe ich mit Thomas zusammengesessen, als wir noch gute Freunde waren.«
»Ihr seid es nicht mehr?«
»Wir sind«, antwortete sie, »sozusagen noch immer Verbündete, und wie es bei Alliierten ist – wir sind durch gegenseitige Vorteile aneinandergebunden. Aber wie es bei allen Bündnissen zu gehen pflegt – nun ist der Tag gekommen, an dem sich die Voraussetzungen, aus denen einmal das Bündnis geschlossen wurde, überlebt haben. Wenn er durch die Tür drüben hereintritt, gehe ich durch diesen Ausgang hinaus; denn wenn wir hier zu zweit sind, dann ist eine Person zu viel da, und großmütig hat er mir die Bibliothek überlassen. Hier arbeite ich nun allein weiter, was er mich gelehrt hat.«
»Was hast du bei ihm gelernt?«
»Griechisch und Latein«, sagte sie. »Er kann auch Hebräisch, aber das war mir zu schwer, und er drängte nicht darauf. Es war ihm wohl lieb, mir immer vor Augen zu halten, daß er mehr verstand als ich.«
Ich sah mich noch weiter um, weshalb sie sagte: »Du wunderst dich sicher, daß ein Frauenzimmer die Tage in einer solchen Höhle verbringt. Nirgends ein Nähkästchen oder ein Putztisch, kein Spinett, keine Laute – und doch habe ich hier meine Schätze.«
Vergeblich suchte ich sie. Da nahm sie ein Schwert von der Wand, einen alten Zweihänder. »Der hat meinem Ahn, dem Baron Archie Vernon, gehört, der in der Schlacht für seinen König fiel. Und dies ist der Panzer, den ein noch älterer Vernon trug – er war der Waffenträger des Schwarzen Prinzen.«
Mir war wunderlich zumute. Hatten nicht eigentlich meine miserablen Verse über den Schwarzen Prinzen mich hierhergebracht?
»Und dies«, sagte sie, »ist die Kappe und dies die Schelle

meines liebsten Falken. Er hieß Hektor. Über dem Horseley-Moor hat er sich selbst an einem Reiherschnabel aufgespießt – ein elendes Ende. Dies aber spricht für sich selbst.«
Wir standen vor einem ausgezeichneten Gemälde, dem Bilde eines Kavaliers in ganzer Figur. Er war in Schwarz gekleidet, aber ein weiter schwarzer Mantel, den er malerisch um sich geworfen hatte, ließ einen Teil eines weißen Spitzenkragens sehen. Die Haltung des vornehmen Herrn war ungezwungen und doch würdevoll und das Bild von einem Meister gemalt.
»Das ist ein van Dyck«, sagte ich.
»Woher weißt du das?«
»Das seh' ich.«
»Mein Großvater. Er lebte in London, als van Dyck die Damen und Herren des Hofes porträtierte.«
Ich entzifferte die gotischen Buchstaben der Inschrift, die auf dem Rahmen des Bildes umlief: Vernon semper viret.
»Die Devise unsres Hauses«, erklärte Diana.
»Ein stolzes Wort«, sagte ich. »Vernon grünt immer.«
»Man kann es auch anders lesen«, sagte sie, »und dann ist es eine düstere Mahnung: ›Ver non semper viret‹ – der Frühling blüht nicht immer. Mir ist es offenbar bestimmt, die Wahrheit dieser Warnung zu bezeugen. Mein Großvater gab alles für seinen König. Als er starb, übernahm mein Vater nur ganz und gar verschuldete Güter, und unter seiner Hand gingen sie für immer verloren. Deshalb ist seine Tochter eine mittellose Waise und muß froh sein, wenn sie ein Dach findet, wo sie unterkriechen kann.«
Der Diener kam mit dem Essen und richtete aus, Herr Thomas wünsche den Herrschaften seine Aufwartung zu machen, wenn sie gegessen hätten. »Sage Herrn Thomas«, trug Diana ihm auf, »wir würden uns freuen, ihn hier zu sehen. Setz noch einen Stuhl an den Tisch, und bring dann ein drittes Glas!«
Als wir mit dem Essen fertig waren, hörten wir ein be-

scheidenes Klopfen an der Tür, und auf Dianas »Herein!« trat Thomas ein.

»Weshalb hast du angeklopft?« fragte sie böse. »Du wußtest doch, daß ich nicht allein war.«

Freundlich, aber unangenehm freundlich war seine Antwort. »Du hast mich immer so eindringlich ermahnt, nie ohne anzuklopfen in die Bibliothek zu kommen, daß es mir ganz zur Gewohnheit geworden ist.«

Er setzte sich zu uns an den Tisch.

»Deine Kusine«, sagte ich, »hat mir klargemacht, daß ich es dir verdanke, wenn ich jetzt hier sitze und nicht auf dem stinkigen Stroh eines Gefängnislochs liege – und ich verbinde meinen Dank mit der Bitte, mir zu erklären, was da eigentlich vorgegangen ist, denn mir ist das alles völlig unverständlich.«

»Wirklich?« fragte er, wobei er Diana scharf und fast drohend anblickte. Er glaubte mir wohl nicht, daß sie mir verschwiegen hatte, was sie wußte.

»Mein Ehrenwort«, sagte ich schroff. »Ich habe nicht mehr erfahren, als daß du dich für mich verwandt hast.«

Er antwortete leichthin: »Diana macht zuviel von mir her. Wie war es denn? Ich ritt davon, um irgend jemanden aus der Familie zu holen, der mit mir zusammen die Bürgschaft für dich übernehmen könnte, und da bin ich diesem Schotten Cawmil oder Colvil oder Campbell zufällig begegnet. Von Morris hatte ich gehört, daß er bei dem Überfall dabeigewesen war. Das war also ein Zeuge, der dich retten konnte, und mit einiger Mühe habe ich ihn dazu gebracht, daß er das auch tat.«

»Mit einiger Mühe? Lag ihm denn gar nichts daran, einem schuldlos Beschuldigten zu helfen, dem es um seinen Hals ging?«

Thomas lachte. »Vetter, du kennst die Schotten nicht. Wenn du ein Landsmann von ihm gewesen wärst, dann wäre er sofort gekommen. Wenn du zu seiner Verwandtschaft gehört hättest, zu seinem ›Clan‹, wie die Schotten sagen, dann hätte er sich für dich zerrissen. Aber für

einen Fremden! Noch dazu für einen Engländer! Und wo für ihn keinerlei persönlicher Vorteil dabei war, keine Nebeneinnahme – im Gegenteil nur Zeitverlust, also Geldverlust – nein, da kostet es schon Mühe, einen Schotten in Bewegung zu setzen.«
»Sehr anschaulich gesagt«, bemerkte Diana, »aber unwahr. Ich muß es wissen. Meine Mutter war Schottin.«
»Ausnahmen bestätigen nur die Regel«, sagte Thomas.
»Wieso aber hat Morris in seiner sogenannten Anklage kein Wort darüber geäußert, daß Campbell mit dabei war?« fragte ich.
Thomas hatte die Antwort parat. »Wohl Campbell zuliebe. Bei seinem Viehhandel treibt er oft ganze Herden über die Grenze, und da muß er sich hüten, es mit Straßenräubern zu verderben. Sie sind die rachsüchtigsten Gesellen.«
»Ich finde«, sagte ich, »dieser Mann sieht gar nicht aus wie ein Händler. Eher wie ein Soldat.«
»In den Hochlanden«, sagte Thomas, »wachsen die Männer unter Waffen auf und tragen sie bis an ihr Grab.«
»Du kennst ihn näher?« fragte ich Thomas. Im selben Augenblick fuhr sich Diana mit der Hand über ihr Kinn und stand auf.
»Ich bitte die Herren, mich zu beurlauben«, sagte sie. »Es war ein langer und anstrengender Tag.«
Das sagte sie konventionell, ja kalt. Aber dann setzte sie herzlich hinzu: »Gute Nacht, Francis. Schlaf gut!«
Ein Zucken lief über meines Vetters Gesicht. Er horchte auf wie ein Hund, der einen ihm verdächtigen Laut vernimmt, den keiner sonst hörte. Ich begriff. Zum erstenmal hatte er gehört, daß Diana mich duzte.
Hinter ihr schloß sich die Tür. Nichts war ihm mehr anzumerken. »Es ist mir lieb«, sagte er, »daß wir ein offenes Männergespräch haben können. Du weißt, was mir bevorsteht. Pack aus: Was ist mit deinem Vater los?«
Darüber hatte ich mir schon viele Gedanken gemacht, und so konnte ich ihm gut antworten. »Er ist ein Mann«,

sagte ich, »der davon besessen ist, Geld zu verdienen. Nicht eigentlich, um es zu besitzen, sondern um sein Talent auszukosten, es zu erwerben. Er ist ungemein tätig. Sein Reichtum erhält sich, weil er einfach und mäßig lebt und an nichts anderes denkt als an seine Geschäfte.

Dabei ist er offen und ohne Hintergedanken. Er haßt es, wenn Menschen sich verstellen. Er ist einsilbig. Schwätzer verachtet er. Es gibt auch nicht viel Gegenstände, über die man sich mit ihm unterhalten kann.

Denke ihn dir als einen strengen, puritanischen Protestanten. Jedoch wird er dir als Katholiken niemals Schwierigkeiten machen, denn Toleranz ist ihm ein unverbrüchlicher Grundsatz. Aber darüber, daß du, wie ich annehme, Jakobit bist, solltest du nicht mit ihm sprechen. Über seinen Schatten kann er nicht springen. Für ihn ist der Mann, dem die Königsherrschaft zufällt, die von Gott eingesetzte Obrigkeit, und wer sich gegen sie auflehnt, der ist für ihn vom Teufel verblendet.

Sein Wort hält er unbedingt, und er verlangt strikten Gehorsam. Daß er einer Familie von altem Adel entstammt, ist ihm nicht von Belang. Aber daß die Leute die Köpfe zusammenstecken und auf ihn sehen, wenn er die Börse betritt, das tut ihm wohl. Leider muß ich hinzusetzen: außer Geschäften gibt es nichts, was ihn interessiert.«

»Das Porträt ist deutlich, Vetter. Bist du nicht froh, einem solchen Tyrannen entronnen zu sein? Hier läßt dich jeder leben, wie du magst. Du bist wie Ovid ein Dichter, der in die Verbannung geschickt wurde – aber du hast eigentlich keinen Grund, wie der Römer seine ›Fünf Bücher des Grams‹ nach Rom zu senden.«

Ich war verlegen. Woher wußte Thomas, daß ich Verse machte? Er sagte es mir selbst. Er hatte Twineall über mich ausgefragt.

»Ich finde«, so sinnierte er, »es könnte mich verlocken, in das große Geldgeschäft zu steigen. Du hast es sicher ge-

hört, daß man aus mir einen Priester machen wollte —«
»Ist der Gegensatz nicht zu groß?«
»Glaub' nicht, ich hätte mein Leben auf einer weltvergessenen Pfarre zugebracht. Unser Haus ist am Hofe eines verbannten Fürsten sehr angesehen. Seine Beziehungen zu Rom sind eng. Muß es nicht die Phantasie anregen, daß geistliche Herren wie die Kardinäle Mazarin und Richelieu die Geschicke Europas gelenkt haben?«
Ich stutzte. Bei allem, was er sonst äußerte, hatte man den Eindruck, daß er sich nicht öffnete, sondern seine Gedanken verbarg — jetzt aber schien er mir seine geheimsten Träume zu verraten: ihn verlangte nach Macht. Merkte er es selbst? Er brach schroff ab.
»Wohin verliere ich mich?« fragte er. »Du wirst hier, fern von dem hohlen Getriebe der Welt, in idyllischem Frieden leben. Vielleicht wirst du hier im Hause noch Dianas Hochzeit mitmachen —«
Ich mußte schlucken. »Hochzeit? Mit wem?«
Er sah mich mit unverhohlener Genugtuung an. »Hat sie dir nicht gesagt, daß sie Edgar heiraten wird? Sie soll einen aus unserer Familie heiraten, damit sie nicht mittellos dasteht. Das ist noch zu Lebzeiten ihres Vaters ausgemacht — wer weiß, wie lange das her ist. Aber die Wahl ist da nicht groß. Archie, an den man wohl zuerst gedacht hat, ist tot. Richard ist ein Spieler, John ein Flegel, Percy ist gerade noch imstande, seinen Namen zu schreiben, Wilfried wird sich zu Tode trinken — da hat ihr mein Vater eben Edgar bestimmt, und das wird wohl auch das beste sein. Sie ist hundertmal gescheiter als er. Sie wird das Regiment führen.«
Ich war sprachlos, und er genoß es sichtlich, mich noch tiefer zu verwunden.
»Wirklich«, sagte er, »sie ist ungewöhnlich klug. Ich kann das beurteilen, denn sie ist meine Schülerin. Ich muß gestehen, sie hat, ohne es zu wissen, dazu beigetragen, daß ich den Gedanken an eine geistliche Laufbahn aufgab. Sie ist ja nicht nur klug, sondern auch ein so

anmutiges Geschöpf. Ich spürte die Zuneigung, mit der sie sich ihrem Lehrer erschloß, und sie als Lebensgefährtin zu haben, wenn sie gereift war, schien mir von hohem Reiz. Aber ich hielt mich völlig zurück, ja ich entzog mich ihr rechtzeitig. Ich wollte meinen Bruder doch nicht verdrängen. Immerhin – wenn ich aus den Goldgruben Plutos als reich gewordener Mann zurückkehre, dann könnte ich mir vorstellen, daß ich große Lust bekäme, meinen Reichtum mit ihr zu teilen. Für Edgar findet sich immer noch irgendwo eine Frau.«
Ich stand auf. Ich hatte genug, und als ich in meinem Zimmer war und überlegte, was ich erfahren hatte, gab es für mich keinen Zweifel: Thomas hatte das ganze Gespräch nur geführt, um mir zu versetzen, daß Diana für mich unerreichbar, daß ihr Schicksal ein für allemal bestimmt war.
Darum ihre Klage? Darum ihr geheimer Kummer? Sie sah ein Dasein vor sich, das sie verabscheute, dem sie aber nicht entrinnen konnte?
Aber diese Erklärung verwarf ich sofort wieder. Das konnte es nicht sein, oder das konnte es allein nicht sein. Eine so tätige, mutige und kluge Persönlichkeit wie sie ließ doch nicht über sich verfügen wie über ein Pferd oder einen Hund!
Nein, hier war noch nicht alles gesagt. Sie mußte an dieses Haus noch durch irgend etwas gebunden sein, das ihr die Freiheit der Entscheidung nahm. Plötzlich durchzuckte es mich – Thomas hatte nicht die Wahrheit gesagt. Nicht er hatte sich ihr »entzogen«, wie er sich ausgedrückt hatte, sondern sie hatte ihn abgewiesen. Nur scheinbar hatte er sich dem gefügt – aber aufgegeben hatte er sie nicht. Er ging jetzt fort, aber eines Tages würde er wiederkommen und sie stellen – und vor dem Tag graute ihr. Es mußte da irgend etwas sein, das ihm Gewalt über sie gab ...
Was war das? An sie konnte ich die Frage nicht richten. Sie hätte nur die Hand an ihr Kinn gelegt. Aber ich war

entschlossen, das Geheimnis herauszubekommen. Nicht aus Neugier, wahrhaftig nicht, sondern um ihr zu helfen, da sie selbst sich offenbar nicht helfen konnte.
Ich mußte indessen auch an meinen Vater denken. Jedoch brachte ich es nicht über mich, an ihn zu schreiben. So setzte ich einen Brief an den guten Owen auf, in dem ich ihn ausführlich über Thomas unterrichtete. Ich machte ihn nicht etwa schlecht, sondern rühmte seinen scharfen Verstand, setzte aber hinzu, daß man gerade wegen seiner hohen geistigen Gaben vor ihm auf der Hut sein müsse, da er sich zwar bescheiden gebe, jedoch von einem bedenkenlosen Verlangen nach Macht besessen sei, so daß man ihm eigentlich nicht vertrauen dürfe.
Den Brief las ich noch einmal sorgfältig durch und fand meine Formulierungen recht gut. Dann gab ich ihn dem Diener, der die Post zu besorgen hatte.

Schatten

Zehn Tage später reiste Thomas nach London ab, und ich gab ihm ein kleines Schreiben an Owen mit, nur ein paar freundliche Zeilen, denn ich rechnete damit, daß mein Vetter es unterwegs öffnen und lesen würde.
Im Schloß ging das Leben seinen gewohnten Gang. Ich hielt die Augen offen, und es mochten wohl zwei Wochen vergangen sein, als ich etwas entdeckte, das mich beunruhigte. Vom Garten aus, zwischen dessen hohen Hecken von Eiben und Taxus ich viel promenierte, konnte ich die Fenster der Bibliothek sehen, die sich im zweiten Stock des Wohnhauses befanden. Daß sie abends Lichtschimmer erhellte, war nichts Besonderes; denn ich wußte ja, Diana pflegte sich dort aufzuhalten. Vormittags saßen wir zu zweit in der Bibliothek und waren mit Lesen beschäftigt; Diana abends in ihrem Zufluchtsort zu stören, schien mir

unpassend. Inzwischen hatte ich bemerkt, daß Diener und Mägde vermieden, die Gänge und Korridore, die zur Bibliothek führten, nach Anbruch der Dunkelheit zu benutzen. Auf meine Fragen hatte ich erfahren, das geschehe aus Furcht – »Da oben spukt's«, hatte man mir geantwortet. Die Leute wollten dort Stimmen gehört haben; ein Diener behauptete steif und fest, einmal eine Gestalt in einem weiten schwarzen Mantel gesehen zu haben – auf seinen Anruf sei sie verschwunden, als ob die Mauer sie verschluckt habe.

Nun hatte mir Diana selbst gesagt, eine kleine Tür der Bibliothek, die ein alter Gobelin verdeckte, öffne sich auf einen Gang, der zu den Räumen führte, die Thomas bewohnt hatte. Seine Behausung lag in einem der Schloßtürme, so daß er dort ganz für sich lebte. An Gespenster glaubte ich nicht, und so nahm ich an, vielleicht sei der Diener ihm einmal begegnet, als Thomas sich in die Bibliothek begab, und in der Tür zu ihr sei er dann verschwunden. Das Geschwätz konnte mich nicht bekümmern. Aber was mir zu schaffen machte, war dies: An den erleuchteten Fenstern sah ich ganz deutlich die Schatten zweier Menschen. Ich blieb stehen. Jetzt erblickte ich die Schatten an einem anderen Fenster – da oben in der Bibliothek gingen zwei Personen auf und ab. Hin und wieder verbarg sie die Mauer, aber dann erschienen sie von neuem an einem der Fenster.

Das konnte Diana sein – wer aber war jetzt bei ihr, mitten in der Nacht? Der Lichtschein erlosch. Nichts war mehr zu sehen.

Diese nächtliche Entdeckung ließ mich nicht schlafen, und als es heller Tag war, wurde ich wieder durch etwas anderes aufgescheucht. Immer schon hatte ich mich gewundert, daß der gute Owen mir auf meinen Brief nicht geantwortet hatte. Das war so gar nicht seine Art. Selbst wenn er nichts Mitteilenswertes auf dem Herzen gehabt hätte, so hätte er mir doch in ein paar dürren Worten den Empfang meines Briefes bestätigt. So ritt ich vom Schloß

aus zu dem Posthalter im Dorf, und ich traf es gut. Denn gerade war ein Brief aus London an mich eingetroffen. Der Postmeister gab ihn mir; sonst hätte ihn ein Bote erst andern Tages aufs Schloß gebracht.
Es war ein Brief des guten Owen.

Lieber Herr Francis!
Ihr wertes Schreiben durch die Güte des Herrn Th. O. erhalten und den Inhalt vermerkt habend, erlaube ich mir, Ihnen für die freundlichen Zeilen aufs verbindlichste zu danken. Werde dem Herrn Th. O. jederzeit zur Seite stehen, und habe ich denselben schon bei unsrer Bank eingeführt und beim Zollhaus vorgestellt. So weit mir eine Bemerkung zu gestatten ist, scheint mir derselbe ein klarer Kopf und ein zuverlässiger junger Mann zu sein, der sich gut in die Geschäfte findet. Hätte freilich lieber gesehen, wenn ich meine Dienste jemand anderem hätte anbieten dürfen, aber wie es GOTT bestimmt. Sein Wille geschehe. Wie denn Ihr Herr Vater sichtlich meint, durch eine Fügung des Himmels erhalten zu haben, was ihm bis dato versagt geblieben.
Gestatte mir, da dortzulande bares Geld knapp sein wird, einen Wechsel auf 100 Pfund – in Buchstaben: einhundert – beizulegen, auf die Herren Hooper & Girder in Newcastle, zahlbar sechs Tage nach Sicht. Derselbe wird, wie ich bestimmtendst annehme, ohne Bedenken honoriert werden. Verbleibe pflichtschuldigst und ehrerbietigst
Ihr gehorsamer Diener

Joseph Owen.

Post scriptum: Hoffe, Sie werden den Empfang des Obigen bestätigen. Bedauere sehr, so wenig von Ihnen zu hören. Ihr Herr Vater äußerte unwillig: »*Habe das nicht anders erwartet.*« *Selbst sieht er, mit Verlaub, etwas mitgenommen aus, will es indessen nicht wahrhaben.*

Aus diesem liebenswert umständlichen und im schönsten

Kaufmannsstil abgefaßten Schreiben sah ich zu meiner Überraschung, daß der gute Owen meinen langen Brief über Thomas gar nicht bekommen hatte, und das war mir bedenklich. Ich wagte jedoch nicht, mit dem Diener, dem ich ihn gegeben hatte, darüber zu reden. Denn wenn er ihn in einem geheimen Auftrag nicht auf die Post gebracht hatte, dann würde er das nie zugeben, und so mußte ich auch diesen Vorgang unerklärt lassen. Aber mit Diana sprach ich darüber, und sie war keineswegs überrascht. »Daran hätte ich denken müssen«, sagte sie. »Gib deine Post nur mir, und ich werde dafür sorgen, daß die Briefe an dich in deine Hände kommen.« So blieb auch diese Sache dunkel.
Am nächsten Sonntag waren die Herren alle zu einem Hahnenkampf ausgeritten. Ich ging in den Garten und bemerkte, daß die Tür zu dem Turm, in dem Thomas gewohnt hatte, offenstand. Von ihr führte ein schmaler Pfad zwischen zwei Stechpalmhecken zu einem Pförtchen in der Gartenmauer. Dadurch hatte mein Vetter kommen und gehen können, ohne daß es jemand gewahr wurde. Nun aber war er in London – wer ging jetzt hier aus und ein? Und da war ich auch schon wieder bei den geheimnisvollen Schatten an den erhellten Fenstern der Bibliothek ...
Ich sah mich nach Andreas um. Er war immer im Garten anzutreffen, und ich fragte ihn, weshalb denn die Tür zum Turm offenstünde. Er zuckte die Achseln und meinte, das wäre ihm schon ein paarmal aufgefallen. »Vielleicht«, brummelte er, »benutzt sie Pater Vaughan.« Von diesem Pater hatte ich schon öfters gehört, ihn selbst jedoch niemals gesehen. Der Priester ging in den Landsitzen der katholischen Edelleute ein und aus. Er mußte ein Mann in den Sechzigern sein und wurde hochgeschätzt. Wie ich aus einer Bemerkung Dianens schließen konnte, hatte er Thomas jahrelang unterrichtet, und Thomas hatte ihm viel zu verdanken.
Mir fiel ein Stein vom Herzen. Was lag näher als die

Vermutung, daß es der Pater war, der jetzt das leerstehende Zimmer des Thomas benutzte, und daß *er* es gewesen war, der sich mit ihr in der Bibliothek aufgehalten hatte?

Freilich – das war nur eine Vermutung, keine Gewißheit. Als ich an einem Vormittag allein in der Bibliothek saß, kam Diana herein, sehr erregt. Ich sah von meinem »Roland« auf; ich hatte unter den Büchern des Hauses eine schöne Ausgabe des Ariost gefunden.

»Thomas hat geschrieben«, sagte sie. »Ich habe den Brief dem Onkel vorgelesen.«

»Was schreibt er? Oder mußt du es für dich behalten?«

»Francis, dein Vater ist in Geschäften nach Holland gereist und wird einige Wochen dort bleiben.«

»Warum auch nicht?« Ihre Erregung verstand ich nicht.

»Aber er hat Thomas bis zu seiner Rückkehr Vollmacht erteilt, für die Firma zu zeichnen. Thomas schreibt das voller Stolz.«

»Hat er etwa keinen Grund dazu?«

»Francis, um Himmels willen – du kennst Thomas nicht. Daß er über solche Gelder verfügen kann, das nutzt er aus!«

»Soll er damit spekulieren und beweisen, daß er in London etwas gelernt hat.«

»Er wird euch zugrunde richten!«

»Er wird die Gelder ja nicht gleich stehlen.«

»Francis, du weißt nicht, wozu er das Geld braucht. Du kennst seine Pläne nicht.«

War Diana in diese Pläne verwickelt? Waren sie das Netz, in dem Diana gefangen war?

»Er schreckt vor nichts zurück!« rief sie aus.

»Warum hat ihn mein Vater sich geholt?«

»Francis, es gibt nur noch eins –«

»Und was, Diana?«

»Du mußt sofort nach London.«

»Was soll ich dort? Die Vollmachten hat Thomas, nicht ich! Wenn er das ausnutzen will – wie soll ich es verhindern? Wenn mein Vater mich zurückgerufen hätte, dann säh' es anders aus. Er hat mich hierhergeschickt, und als sein gehorsamer Sohn bleibe ich so lange hier, wie er es wünscht.«

So versteckte ich mich hinter meinem Vater, um ihr nicht sagen zu müssen, was mich in Wahrheit hier festhielt – daß ich entschlossen war, nicht eher fortzugehen, als bis ich sie aus den Gefahren gerissen hatte, die sie umlauerten.

»Aber das ist –«, rief sie verzweifelt aus, brach jedoch jäh ab. »Laß mich allein!« sagte sie. »Laß mich allein!«

Sie sah mich dabei nicht an. Sie starrte zur Wand hin. Meine Augen folgten der Richtung ihres Blickes. Der alte zerschlissene Gobelin, der die Tür zu dem geheimen Gang verdeckte, bewegte sich.

»Eine Ratte«, sagte sie. »Eine Ratte.«

Diana gehörte nicht zu den Mädchen, die vor einer Maus oder einer Ratte erschrecken. Aber sie war zu Tode erschrocken. Dort stand jemand. Das war klar. Ich wollte darauf zu. Ich wollte das Geheimnis mit einem Griff enthüllen. Aber es war Dianas Geheimnis, und sie flüsterte: »Laß mich allein! Bitte!«

Wenn sie das nicht ausgesprochen hätte – dieses tonlose, flehende, unwiderstehliche »Bitte«!

Ich ging. Aber ich blieb im Schloß und blieb auf der Spur, die ich entdeckt zu haben glaubte. Jetzt schien sie mir keine schwache Spur mehr ...

Nacht für Nacht bezog ich meinen Posten zwischen den hohen Hecken des Gartens, hinter denen man mich vom Schloß aus nicht sehen konnte. Ich aber vermochte das Schloß gut zu beobachten, denn ich hatte mir ein paar unauffällige Durchblicke in die Hecken geschnitten. Nacht für Nacht ging ich dort leise auf und ab. Die Fenster blieben dunkel.

An einem Juliabend – wieder einem Sonntag – war ich schon vor Anbruch der Dunkelheit im Garten. Um mich war alles still. Im Auf- und Abgehen machte ich mir meine Gedanken. Hatte ich eigentlich ein Recht, mich in Dianens Geheimnis zu drängen? Vielleicht gehörte es ihr gar nicht allein... Wenn der Freiherr von Osbaldistone damit einverstanden war, daß sich jemand in seinem Hause verbarg – was ging es mich an? Ich war hier doch selbst nur ein geduldeter Gast... Wenn Diana mich um meine Hilfe gebeten hätte... Aber vielleicht bat sie mich nur deshalb nicht, um mich nicht auch noch in einen gefährlichen Kreis hineinzuziehen...

Voller Ungeduld wartete ich auf den Untergang der Sonne. Als die Dämmerung endlich da war, lag auf den Fenstern des zweiten Stocks noch immer der Abendschein. Trotzdem konnte ich einen Lichtschimmer entdecken, der allerdings kaum bemerkbar war.

Mir klopfte das Herz. Wieder hieß es warten. Dann kam die Nacht. Aus ihrem Dunkel leuchteten die Fenster – und da waren auch die zwei Schatten wieder!

Ich ließ mir keine Zeit mehr, lange zu überlegen. Den Knoten durchhauen! Zufassen, ehe es zu spät war! Ins Schloß. Durch dunkle Gänge. Die Treppe hinauf. Jetzt stand ich vor der Bibliothek.

Meine Hand lag auf der Türklinke. Ich horchte. Leise Fußtritte. Ich gab mir einen Ruck und trat ein.

Diana war allein. Aber sie war bestürzt, ich sah es genau. Einen Augenblick später schien sie freilich schon wieder ruhig. Sie hatte sich erstaunlich in der Gewalt.

Aber ich stand verlegen da. Ich wußte nicht, was ich sagen sollte, während sie fragte: »Ist etwas passiert? Ist jemand gekommen?«

»Nein«, antwortete ich. »Jedenfalls weiß ich davon nichts. Ich wollte mir nur den ›Roland‹ holen.«

»Dort liegt er«, sagte sie und zeigte auf den Tisch, an dem ich vormittags gesessen hatte.

Ich sah hin und wollte mir das Buch holen. Da fiel mein Blick auf einen anderen der kleinen Tische. Dort lag ein Herrenhandschuh. Ich blieb stehen, wo ich stand.

Sie sah es – und sah jetzt auch, was ich bemerkt hatte.

»Nur ein Handschuh«, sagte sie, »aber für mich eine Reliquie. Ein Handschuh meines Großvaters.«
Ihre Stimme hatte unsicher geklungen. Diana hatte wohl das Gefühl, sie müsse die Erklärung glaubwürdiger machen. Sie zog die Schublade eines Tisches auf, nahm daraus einen zweiten Handschuh und warf ihn mir zu. Aber in ihrer Verwirrung hatte sie sich zu einem Kniff verleiten lassen, der ihrer offenen Natur nicht angemessen war, und prompt hatte sie sich dabei vergriffen: Der Handschuh, den ich aufgefangen hatte, war ein rechter, genau wie der auf dem Tisch.
Sie hatte mich täuschen wollen. Aber ich schwieg. Ich wollte sie nicht beschämen.
»Heb ihn gut auf!« sagte ich und gab ihn ihr zurück. Sie griff auch nach dem anderen – und nun sah sie, daß die beiden zwar von gleicher Art waren und doch nicht zusammenpaßten.
Es hätte mich nicht erstaunt, wenn sie versucht hätte, das verräterische Versehen durch eine witzige Bemerkung wegzuwischen. Dazu war sie jedoch nicht mehr imstande. Sie war ganz blaß geworden. Aber sie sah mich fest an und sagte kalt, als sei in ihr etwas zerbrochen: »Dein überhöfliches Schweigen hat genügt. Du hast mir ohne ein einziges Wort zu verstehen gegeben, wie niedrig es ist, zu lügen, und wie unfähig ich bin, mich zu verstellen. Dieser Handschuh hier, der zu dem anderen nicht paßt, gehört einem Manne, der mir noch lieber ist als das Urbild des Gemäldes da drüben, den ich verehre, für den ich bereit sein muß, alles zu tun –«
›Den Diana liebt‹, wollte ich sagen – aber ich verbot es mir. Was ich vor mir selbst nicht hatte wahrhaben wollen, das sah ich jetzt im hellen Schein der Eifersucht klar und deutlich: ich liebte Diana. Die Liebe zu ihr hatte mich hier festgehalten. Aus Liebe zu ihr hatte ich ihr helfen wollen – sie aber war längst an einen anderen gebunden.
Was Thomas da von einer Heirat mit Edgar geredet hatte, das war eine Lüge, mit der er mich hatte verhöhnen

wollen. Aber wenn sie doch an einen anderen Mann gebunden war – warum dann die Angst vor Thomas? Warum schützte sie der Unbekannte nicht vor ihm? Was war das für ein Mummenschanz?!
»Über deine Gefühle bist du mir keine Rechenschaft schuldig«, sagte ich. Meine Worte müssen sehr traurig geklungen haben. Sie trat auf mich zu.
»Nicht so, Francis, nicht so. Du hast mir helfen wollen. Aber ich muß mir selbst helfen. Mehr kann ich dir nicht sagen, auch über den unglückseligen Handschuh nicht – aber zum Fehdehandschuh soll er zwischen uns nicht werden!«
Das war eine ihrer gewohnten überlegenen und heiteren Bemerkungen, aber sie kam matt heraus, weder überlegen noch heiter. »Ich bin nicht frei, Francis«, sagte sie. »Nur wenige Tage noch bin ich hier. Die kurze Zeit, die uns bleibt, wollen wir uns nicht verbittern.«
»Wo willst du hin?« Die Frage entfuhr mir, aber ich nahm sie gleich wieder zurück. »Laß, laß, Diana! Ich weiß ja, darauf kannst du nicht antworten.«
»Was auch aus uns wird, Francis – laß uns Freunde bleiben. Wir sind doch vernünftige Leute. Mit dem, was ist, müssen wir fertig werden.« Und dann setzte sie hinzu: »Es wird mir nicht leicht, Francis.«
»Ja«, sagte ich, »du hast es schwer.«
Sie verstand. Damit hatte ich mich ihr gefügt. Ich nahm ihre beiden Hände, und sie erwiderte meinen Händedruck. Aber dann rief sie: »Himmel, der Brief!« Sie ging rasch an den Tisch, zog die Schublade auf, der sie den Handschuh entnommen hatte, und holte einen Brief hervor, den sie unter verschiedenem Zeug versteckt hatte. »Ich wollte ihn dir morgen früh geben«, sagte sie. »Er wurde mir heute abend zugesteckt.«
Ich nahm ihn. Er war an mich adressiert und kam aus London. Ich riß ihn auf, las ihn – und war außer mir. Was brach nicht heute über mich herein! Um Diana nicht verlassen zu müssen, war ich ihrem Rat nicht gefolgt und

hatte mich geweigert, nach London zu gehen – und jetzt, wo ich wußte, daß sie einem anderen gehörte, sah ich mit Schrecken, was ich meinem Vater da angetan hatte ...
»Was ist denn?« fragte sie besorgt.
Ich gab ihr den Brief. Sie sah nach der Unterschrift.
»Wer ist dieser Herr Tresham?«
»Der Teilhaber der Firma. Aber er kümmert sich nicht um das Geschäft und überläßt alles meinem Vater.«
Sie las langsam und aufmerksam. »Was sind das für Briefe an dich, die er erwähnt?«
»Ich habe keine bekommen.«
»Was habe ich dir gesagt?« rief sie heftig aus, und ich konnte nur antworten: »Hätte ich doch auf dich gehört.«
Jetzt also erfuhr sie es: Während mein Vater noch in Holland war, hatte Thomas Wertpapiere und Wechsel an sich genommen und war aus London verschwunden. Er hatte nichts von sich hören lassen. Vermutlich war er nach Glasgow gereist, wo die Wechsel einzulösen waren.
»Wer ist dieser Owen, den du in Glasgow treffen sollst?«
»Der Erste Buchhalter. Ein durch und durch redlicher Mann.«
»Du mußt sofort nach Glasgow!«
»Ja.«
»Bleib noch hier, bis ich wiederkomme«, sagte sie und verließ die Bibliothek. Sie kam mit einem Papier zurück. Es war zusammengefaltet und versiegelt, aber nicht adressiert.
»Wenn ich den Brief richtig verstanden habe«, sagte sie, »dann müssen die Wertpapiere bis zum 12. September wieder in deinen Händen sein, damit die fraglichen Wechsel bezahlt werden können.«
»Oder ich muß von woanders her das nötige Geld beschaffen. Oder mein Vater ist bankrott – und den Tag, an dem er Konkurs anmelden muß, den überlebt er nicht.«
»Die kleine Maus der Fabel hat einem mächtigen Löwen das Leben gerettet, indem sie das Netz zernagte, das er nicht zerreißen konnte«, sagte Diana. »Verwahre das

Papier gut, das du von mir hast. Und wenn du dir gar nicht anders zu helfen weißt, dann öffne mein Briefchen zehn Tage vor dem Schicksalsdatum.
Aber versprich mir eins: Wenn du es nicht brauchst, dann verbrenne das Papier, ohne es zu öffnen und ohne es zu lesen.«
Das versprach ich, und dann nahmen wir Abschied voneinander.
»Wir sehen uns nie wieder, Francis«, sagte Diana.

Wenn man hinter den Schrank schaut

Dem Schmerz, mich von Diana für immer getrennt zu sehen, konnte ich mich nicht hingeben. Ich mußte mich zusammenreißen und durfte nur an eins denken: Was war jetzt zu tun, um die Gefahren abzuwenden, die meinem Vater und seiner Firma drohten?
Als ich in meinem Zimmer war, las ich den Brief des Herrn Tresham noch einmal genau durch. Ich sollte sehen, so schrieb er, daß ich Owen so bald wie möglich in Glasgow erreichte. Bei der Firma MacVittic, MacFin & Co sollte ich nach ihm fragen; die Herren wohnten am Galgentor.
Ich mußte so bald wie möglich aufbrechen – am andern Tag in aller Frühe, und durch nichts durfte ich mich aufhalten lassen. Deshalb beschloß ich, mich bei meinem Onkel durch einen Brief zu verabschieden, in dem ich ihm für seine Gastfreundschaft dankte und meine Abreise damit begründete, sie sei durch dringende Geschäfte plötzlich nötig geworden.
Aber den kürzesten Weg über die schottische Grenze nach Glasgow kannte ich nicht; ich wußte hier ja überhaupt nicht Bescheid. Zum Glück fiel mir der Gärtner ein – der mußte mir sagen können, wie ich am besten

hinkam. Es war zwar schon spät, aber ich machte mich trotzdem gleich zu ihm auf.

Das kleine Haus, in dem er wohnte, das eigentlich mehr eine aus rohen Steinen gebaute Hütte mit einem Strohdach war, lag ein wenig von der äußeren Gartenmauer entfernt. Er hatte noch Licht, und ich hörte seine Stimme, die sich in einem feierlichen Singsang erging. Als ich an die Tür klopfte, verstummte sie. Dann aber setzte sie wieder ein, stärker als vorher, und ich rief, er solle mir aufmachen, und nannte dabei meinen Namen.

Er öffnete die Tür und ließ mich eintreten. »Ich bitte Euer Gnaden um Verzeihung, daß ich Sie warten ließ«, sagte er. »Ich war gerade dabei, meinen Abendsegen zu lesen, und als es klopfte, fürchtete ich, es könnte ein Gespenst sein, das mich vom Beten abhalten wollte. Denn im Garten hab' ich was gesehen – wenn's nicht der Gottseibeiuns leibhaftig war, dann war's einer seiner Abgesandten. Da habe ich gleich nach dem fünften Kapitel des Nehemia gegriffen. Es gibt nichts Besseres – vor ihm machen sich die bösesten Geister davon!«

Auf seine Spukgeschichten ging ich nicht ein, sondern sagte ihm klipp und klar, was ich wollte.

»Liebe Zeit!« Er schüttelte den Kopf. »Holterdiplotz nach Glasgow! Aber was wollen Euer Gnaden in Glasgow?«

»Geschäfte, Andreas, Geschäfte!«

»Konnte ich mir denken. Euer Gnaden brauchen mir nicht auf die Nase zu hängen, was Sie vorhaben, und den Weg kann ich genau beschreiben. Aber ich sage Euer Gnaden gleich: das geht die Kreuz und die Quere, und das beste wäre, Euer Gnaden nähmen einen Führer!«

»Wißt Ihr einen?«

»Euer Gnaden würden für ihn in die Tasche greifen?«

»Er soll gut bezahlt werden.«

Andreas blickte nach oben. Es sollte wohl ein gen Himmel gerichteter Blick sein, wenn er auch nur bis an das Strohdach kam. »Noch ist es Sabbat«, sagte er, »und

sohin nicht Zeit, von weltlichen Geschäften zu reden. Sonst hätte ich gefragt, wie tief Euer Gnaden in die Tasche fassen werden.«
»Der Mann soll sich nicht zu beklagen haben«, antwortete ich.
»Ein unbestimmter Bescheid ist schlimmer als gar keiner«, sagte er. »Der Mann, an den ich denke, kennt sich genau aus. Der kennt jede Abkürzung und alle Schleichwege.«
»Bringt ihn her, Andreas!« drängte ich. »Mir eilt es.«
»Euer Gnaden, er ist schon da! *Ich* bringe Sie nach Glasgow.«
»Ihr?! Ihr könnt doch hier nicht einfach davonlaufen!«
»Ich hab's Euer Gnaden ja schon einmal erklärt, daß ich's hier satt habe – und jetzt nach Glasgow! Das ist wie ein Wink des Himmels.«
»Aber Ihr kommt um Euern Lohn!«
»Ich habe noch etwas Geld von der Herrschaft aus dem Obstverkauf, und ich denke, Euer Gnaden werden für einen kleinen Verlust aufkommen.«
Das sagte ich ihm zu, und ich bestellte ihn auf fünf Uhr morgens an das äußere Tor. Ein Pferd könnte er sich besorgen, meinte er, und schlug vor, noch bei Dunkelheit aufzubrechen. »Euer Gnaden, ich kenne den Weg bei Tag und bei Nacht.« Mir war das sehr recht. Also um drei Uhr!
In meinem Zimmer packte ich meinen Mantelsack zusammen, lud meine beiden Pistolen, legte mich angezogen aufs Bett und schlief auch gleich ein. Der Schlag der Turmuhr weckte mich – zwei Uhr. Ich zündete ein Licht an, schrieb den Brief für meinen Onkel, nahm dann meinen Mantelsack und schlich mich in den Stall. Es hatte sich gelohnt, daß ich von meinen Vettern gelernt hatte, mein Pferd selbst zu satteln.
Nun ritt ich die lange Auffahrt des Schlosses im Schritt hinab. Im bleichen Licht des abnehmenden Mondes mutete es mich unheimlich an, denn die schweigenden

Mauern schienen mir von gefährlichen Geheimnissen zu wissen, und mit Schmerzen dachte ich noch einmal an Diana, der ich mich so nahe gefühlt hatte und von der mich nun jeder Schritt weiter entfernte, und für immer. Aber ein Zurück gab es nicht mehr. Vor dem Tor der Auffahrt sah ich im Schatten der Mauer einen Reiter halten. »Nun also los!« sagte ich, »und kein Wort weiter, bis wir das Dorf hinter uns haben!«

Andreas ritt vor mir, aber sehr viel rascher, als es mir lieb war, und meine Weisung, den Mund zu halten, befolgte er so genau, daß er mir überhaupt nicht antwortete, als ich ihm zurief: »Warum denn so schnell?! Langsamer!« Er kümmerte sich nicht darum und ritt davon, als ob der Böse hinter ihm her wäre. Was blieb mir anderes übrig, als es ihm gleichzutun?

So ging die wilde Jagd durch das Dorf, dann hin und her über Feldwege und schließlich in die offene Heide. Wir kamen in das einsame Mittelmoor, das England und Schottland voneinander trennt, und jetzt galoppierten wir auf keinem richtigen Wege mehr, sondern nur auf einer schmalen Spur von Steinen, die man in den sumpfigen Boden gelegt hatte. Sie war in dem schwachen Mondlicht kaum zu erkennen, und trotzdem blieb Andreas bei seinem rasenden Tempo. Die Berge schlossen sich enger zusammen, in ihrem Schatten konnte ich die Spur nicht mehr sehen und mußte mich nach den Funken richten, die meines Vorreiters jagendes Pferd mit seinen Hufeisen aus den Steinen schlug.

Es war ein geradezu höllischer Ritt. Denn immer wieder ging es auch noch dicht an Abgründen entlang, wo ein falscher Tritt des Pferdes für Roß und Reiter den Tod bedeutete. Mich packte der Zorn, denn Andreas hörte nach wie vor auf keinen meiner Zurufe. Ich wollte ihn überholen und ihm mit der Reitpeitsche Bescheid sagen. Sein Pferd war jedoch besser als das meine, und vielleicht ahnte er, was ich vorhatte. Aber dann war ich so erbittert, daß ich ihm nachschrie, wenn er nicht sofort halte, würde ich ihn aus dem Sattel schießen. Diese Drohung tat ihre Wirkung. Er ritt langsamer, und endlich konnte ich ihn einholen.

»Euer Gnaden«, sagte er, »es hat doch keinen Sinn und Verstand, so zu rasen! Wie sollen die Pferde das denn aushalten?«

»Kerl«, keuchte ich, »warum galoppiert Ihr denn von Anfang an? Seid Ihr verrückt oder betrunken?«

»Euer Gnaden, ich will nicht abstreiten, daß ich heut in der Frühe einen kleinen Steigbügeltrunk genehmigte. Aber es kam mich doch zu hart an, meinen guten Whisky für irgendeinen Schurken stehenzulassen, der ihn findet und das Faß austrinkt, ohne einen Penny dafür zu bezahlen.«

Mit anderen Worten — der echte Schotte hatte sein Whiskyfaß ganz leer getrunken, weil er den Branntwein niemandem sonst gönnte, und völlig berauscht war er losgeritten. Aber was wollte ich machen? Ohne ihn war ich hier in der Einöde verraten und verkauft, und jetzt hatte er durch den tollen Ritt wenigstens wieder einen klaren Kopf. So begnügte ich mich mit dem Befehl, von nun an hätte er sich im Tempo nach mir zu richten.

Er hatte wohl ein fürchterliches Donnerwetter erwartet, und da es ausgeblieben war, erzählte er mir erfreut, daß er diese Schleichwege schon an die hundertmal geritten sei, und zwar mit einem Fäßchen Whisky an jeder Seite des Sattels.

»Mit anderen Worten«, sagte ich, »Ihr wart ein Schmuggler!«

»Was ist dabei, Euer Gnaden? Schmuggel ist nichts weiter als ein Raub an den Ägyptern. Was haben wir armen Schotten nicht unter den englischen Steuerbeamten und Grenzaufsehern zu leiden, seitdem Schottland und England zu unserm Unglück eins geworden sind!«

Jetzt erst fiel mir auf, was Andreas für ein Pferd ritt.

»Wetter noch eins!« rief ich aus. »Das ist doch Edgars Stute!«

»Ich will nicht behaupten«, sagte er, »daß sie in ihrem Leben niemals Herrn Edgar Osbaldistone gehört hat. Jedenfalls gehört sie jetzt mir.«
»Gestohlen hast du sie!«
»Euer Gnaden, das ist ein hartes Wort. Aber ich nehme es Ihnen nicht übel, denn Euer Gnaden kennen die näheren Umstände nicht, und auf sie kommt es an. Der junge Herr Edgar hat mich seinerzeit um zehn Pfund angepumpt, weil er kein Geld für das Wettrennen in York hatte. Den Gewinn, sagte er, würde er mit mir teilen. Aber als ich dann mein Geld besehen wollte, schrie er mich an, er hätte nichts gewonnen, sondern alles verloren, und wenn mir etwas an heilen Knochen läge, dann sollte ich auf die Angelegenheit nie wieder zurückkommen. Ich habe demnach das Pferd keineswegs gestohlen, sondern nur einstweilen sichergestellt!«
Mit einem Schmuggler und Pferdedieb also war ich unterwegs! Aber ich mußte mich nach der Decke strekken. Jetzt war da nichts weiter zu machen. In Glasgow würde ich dem Kerl die Stute abkaufen und sie dann meinem Vetter zurückschicken.
»Den Herren von Northumberland«, sagte Andreas, »muß man die Zähne weisen. Euer Gnaden waren nur zu Besuch da – da wird nicht mehr vorgezeigt, als was sich sehen lassen kann. Aber unsereins schaut hinter den Schrank! Weshalb sind mit einemmal wieder so viele Emigranten da, die sich so lange im Ausland versteckt hatten? Weshalb sieht man überall Flinten und Pistolen und Säbel? Weshalb wirbt man heimlich Tagelöhner und Gutsarbeiter an? Auch zu mir sind sie gekommen, ich sollte mitmachen. Ich hab' nicht ja und nicht nein gesagt, denn es steht in der Bibel: ›Seid klug wie die Schlangen!‹ Aber in der Nacht, als Euer Gnaden bei mir anklopften, da kamen Sie zu mir wie der Engel des Herrn. Denn wo geschossen wird, bin ich nicht gern dabei!«
War dies etwa das große Geheimnis, das auch Schloß Osbaldistone umgab? Rüsteten die unbelehrbaren An-

hänger des vertriebenen Jakob zu einem neuen Aufstand? Waren das die Pläne, für die Thomas Geld beschaffen wollte? Hieß es nicht, der letzte Aufstand sei gescheitert, weil es dem Prätendenten und seinen Rebellen an Geldmitteln gefehlt hätte?

Mein Herr, Sie sind in Gefahr!

Es war schon gegen Abend, als wir an einem Samstag in Glasgow eintrafen, und ich war überrascht, wie prächtig sich die größte Stadt Schottlands zeigte. In der breiten Hauptstraße sah ich ein ansehnliches Haus neben dem anderen. Sie waren nur schmal, aber hoch, und ihre steinernen Fassaden, die durch schöne Steinmetzarbeiten verziert waren, machten einen sehr viel besseren Eindruck als die in England üblichen Häuser, die meist aus unscheinbaren kleinen und leicht verwitternden Ziegelsteinen bestehen. Ich staunte auch, wie belebt die Straßen waren, und ich erblickte auffallende Gestalten, wie ich sie noch nie gesehen hatte. Diese malerischen Männer waren nicht von hohem Wuchs, aber kräftig gebaut, und jeder war bewaffnet: Sie trugen nicht nur eine Flinte, Pistolen, ein kurzes, breites Schwert und einen Dolch, sondern auch einen altertümlichen länglichen Schild. Gekleidet waren sie in großkarierte Schottenröcke und eine kurze Jacke. Über die Schultern hatten sie ein Plaid geschlagen, einen deckenartigen Umhang, der ›Tartan‹ genannt wurde, wie Andreas mich belehrte. Er sagte mir auch, daß das Hochländer wären, die sich von ihren Einödshöfen auf den Weg in die Stadt gemacht hätten. Der Wochenmarkt hatte sie angelockt, und sie blieben auch über Sonntag in Glasgow.

Wir stiegen in einem kleinen Gasthof ab, den Andreas mir empfahl. Das Haus wurde zwar von einer Evastochter geführt, der er als grundsätzlicher Weiberfeind kritisch gegenüberstand. Aber er sagte von ihr, die Wirtin gehöre dem »rechten Glauben« an und verdiene es deshalb, daß er ihr zahlungsfähige Gäste zuführe. Später kam ich dahinter, daß er auch daran verdiente, denn von allem, was ich hier im Hause bezahlte, bezog er Prozente. Es war zu spät geworden, als daß ich noch am selben Abend etwas hätte unternehmen können. Am andern Morgen wollte ich mich als erstes nach meinem guten Owen umsehen, und ich drängte darauf, daß Andreas mich zum Haus des Herrn MacVittie am Galgentor führte. Das erklärte er jedoch als zwecklos, und die Wirtin stimmte ihm lebhaft bei. »Die Herren MacVittie und MacFin, zu denen Sie wollen«, sagte sie, » sind reputierliche Leute, und heute, am Sonntag, sind sie nicht in ihrem Büro, sondern da, wo sich gute Christen aufzuhalten haben, nämlich beim Gottesdienst in der Kirche.« Sie wußte noch mehr vorzubringen: »Wenn Herr Ephraim MacVittie Besuch aus London hat, dann wird er mit dem Herrn bestimmt in die Baronatskirche gehen, denn er muß doch seinem Gast etwas bieten, und heute predigt dort unser beliebtester Prediger, eine wahre Posaune des Herrn.« Das bestätigte Andreas. »Da gibt's keine Wassersuppenpredigt, Euer Gnaden! Die Predigten des alten Ezechiel Mackinnon sind gut gewürzt und scharf gepfeffert.«

Als wir vor der Kirche standen, hätte ich das ehrwürdige, sehr altertümliche Gotteshaus gern erst noch gründlich von außen betrachtet, aber Andreas ließ mir dazu keine Zeit. »Wir sind schon spät dran!« mahnte er. »Wenn wir hier noch lange herumstehen, dann fassen uns womöglich noch die Greifer und bringen uns auf die Wache – als Gottlose, die sich während des Gottesdienstes auf der Straße herumtreiben. Wir Schotten sind ein gottesfürchtiges Volk, Euer Gnaden.«

Wir traten durch eine Tür ein, die ein ernstblickender Mann gerade von innen zuschließen wollte. Die Kirche war voller Menschen. Das Gebet, mit dem der Gottesdienst begann, hörte die dichtgedrängte Menge von Männern und Frauen stehend an, wobei die Männer ihre Kopfbedeckungen in der Hand hielten. Nach dem Amen setzten die meisten Männer ihre Hüte wieder auf, und wer so glücklich war, einen Platz auf den Bänken gefunden zu haben, nahm ihn ein. Andreas und ich jedoch wie viele andere, die zu spät gekommen waren, mußten stehen. Das war mir lieb, denn nun konnte ich von dem Seitengang aus, wo wir standen, die Zuhörer gut übersehen.

Ich will nicht verbergen, daß ich der Predigt leider nicht die Aufmerksamkeit schenkte, die sie verdiente. Mich beschäftigte mehr, ob ich unter den Andächtigen nicht meinen guten Owen entdecken könnte. Ich sah jedoch nur die breitgeränderten Hüte der Glasgower Bürger und schottische Bauernmützen – nirgends erblickte ich die ehrbare Perücke des Gesuchten, seinen immer gleichbleibenden hellbraunen Anzug und seine gefälteten Batistmanschetten. So leise wie ich konnte, flüsterte ich Andreas zu, er solle sich doch erkundigen, ob einer der Herren aus dem Hause MacVittie, MacFitz & Co. hier in der Kirche wäre. Andreas war aber ganz im Banne der Predigt und bedeutete mir durch einen Stoß mit dem Ellenbogen, ich solle mich still verhalten.

Ich gab jedoch nicht nach und flüsterte ihm nun zu, ich wolle aus der Kirche weg und zum Galgentor gehen. Ärgerlich wies er mich ab – die Kirche würde erst wieder aufgeschlossen, wenn der Gottesdienst zu Ende wäre.

Was blieb mir anderes übrig, als aus der Not eine Tugend zu machen? So wandte ich mich denn wieder dem Prediger zu und suchte seinem Gedankengang zu folgen. Doch wieder wurde ich abgelenkt, und zwar auf eine höchst merkwürdige Weise. Hinter mir flüsterte mir jemand ins Ohr: »Vorsicht! Sie sind in Gefahr!«

Ich drehte mich um. Hinter mir standen zwei biedere Handwerker. Es schien mir undenkbar, daß einer von

ihnen zu mir gesprochen hatte. Beide hörten dem Prediger andächtig zu, und keiner erwiderte meinen forschenden Blick durch ein verständnisvolles Zeichen. Wer die geheimnisvolle Warnung ausgesprochen hatte, mußte hinter dem Pfeiler, an dem ich stand, verschwunden sein.
Wieder sah ich auf den Prediger, denn mir schien es das beste, so zu tun, als ob ich nichts vernommen hätte. Vielleicht veranlaßte das den Unsichtbaren, sich noch einmal zu melden. Ich hatte richtig gerechnet. Nach fünf Minuten etwa flüsterte mir dieselbe Stimme zu: »Achtung! Aber drehen Sie sich nicht um!«
Ich rührte mich nicht, und die Stimme kam wieder: »Sie sind in Gefahr, und ich auch. Kommen Sie Punkt zwölf Uhr nachts auf die Brücke. Bleiben Sie zu Hause, bis es dunkel wird. Seien Sie vorsichtig!«
Jetzt drehte ich mich rasch um, aber der Sprecher war schneller. Ich sah nur noch, daß jemand hinter den Pfeiler trat.
Ich ging ihm nach. Ich erblickte noch eine Gestalt, die ein Mantel verhüllte. Ob es ein Plaid war, wie es die Hochländer trugen, oder ein Umhang, den die Bewohner des Flachlands bevorzugten, konnte ich nicht erkennen, denn in diesem Teil der Kirche war es sehr dunkel, und die Gestalt verschwand wie eine Erscheinung.
Langsam und leise ging ich auf meinen Platz zurück und wartete nun neben Andreas darauf, daß der Gottesdienst zu Ende ging. Als es soweit war und die Zuhörer die Kirche verließen, faßte mich Andreas am Ärmel und sagte: »Sehen Sie die Leute da rechts! Das ist der ehrenwerte Herr MacVittie mit seiner Frau und seiner Tochter Alison, und der Herr neben ihnen ist Herr MacFin, der demnächst die Tochter heiraten wird, wenn alles so klappt wie gewünscht. Schön ist sie nicht, aber für eine schöne Mitgift kann man schon eine zu spitze Nase und eine sauertöpfische Visage in Kauf nehmen.«
Ich sah hin. Herr MacVittie war ein hochgewachsener, magerer Mann, nicht mehr der Jüngste, mit einem scharf

ausgeprägten Gesicht, das mich an einen Raubvogel denken ließ. Der Mann hatte einen Blick wie ein Halsabschneider, und auch die zusammengepreßten dünnen Lippen verrieten nichts Gutes. Ich dachte an die Warnung des Unsichtbaren. Nein, den Mann sprach ich jetzt nicht an. Aber Andreas hielt es für richtig, mich in Gang zu setzen.
»Machen Sie sich doch ran!« sagte er. »Der Mann stellt was vor. Noch ist er nicht Oberbürgermeister, aber die Leute sagen, im nächsten Jahr wird er's! Da ist Geld im Schrank, Euer Gnaden! Aber er soll auch draufsitzen wie angeleimt. Der gibt einem keinen Penny, wenn er dafür nicht zwei bekommt.«
Das machte mich noch mißtrauischer, denn ich wußte ja nicht, wie meines Vaters Konto bei ihm stand. Deshalb beschloß ich, mich ihm vorerst überhaupt nicht zu zeigen. Ich trug Andreas auf, im Hause des Herrn Vittie nachzufragen, ob ein Herr Owen aus London eingetroffen sei, wobei er aber nicht sagen solle, wer ihn schicke. Auf seinen Bescheid wollte ich im Gasthof warten.

Um Mitternacht auf der großen Brücke

Nachdem ich Andreas weggeschickt hatte, ging ich auf mein Zimmer und schloß mich dort ein. Es war mir klar, daß ich nun nichts unternehmen konnte, ehe ich nicht den mir unbekannten Warner gesprochen hatte. Um so mehr war ich damit meinem Grübeln ausgeliefert. Wieso war ich in der Stadt, wo mich keiner kannte, in Gefahr? Für unmöglich hielt ich es, daß Thomas hier etwas gegen mich angezettelt hatte, denn ich war zu schnell gereist, er konnte noch nicht wissen, wo ich war. Nun, das mußte sich klären, und ich gestehe ein, daß ich den weiteren Abenteuern nicht ohne eine freudige Spannung ent-

gegensah. Ich war jung, ich war in Frankreich zu einem
guten Fechter geworden und überzeugt, daß ich meinen
Mann stehen würde, wenn man es etwa auf mich abgesehen
hatte. Jedenfalls sollte man mit mir so leicht nicht fertig
werden.
Mein Mittagessen bekam ich erst, als der Nachmittags-
gottesdienst vorüber war, denn meine Wirtin hielt es für
eine unverzeihliche Sünde, in der Zeit zwischen zwei Predigten am Küchenherd zu stehen. Aber was sie dann auf
den Tisch brachte, war ausgezeichnet, und der Bordeaux-
wein, den sie mir einschenkte, ließ nichts zu wünschen
übrig. Allerdings hatte ich sie rechtzeitig darauf hingewiesen, sie solle ihn mir nicht in der Flasche bringen,
sondern ihn in einen Glaskrug gießen und eine Zeitlang
offen stehenlassen, wodurch er an samtiger Fülle gewann.
Angenehm gesättigt und von dem Rebenblut durchfeuert,
beschloß ich, das Haus zu verlassen. Auf Andreas hatte
ich vergeblich gewartet – wer weiß, bei wem er hängen-
geblieben war. So gern ich etwas über den guten Owen
erfahren hätte, so hielt mich das Stelldichein mit dem
Unbekannten doch mehr in Atem. Es war zwar noch
nicht dunkel, immerhin jedoch dämmrig, und ich wollte
die langen Stunden bis Mitternacht als unauffälliger
Spaziergänger verbringen.
Von dem Geheimnis unwiderstehlich angezogen, auf dessen Lösung ich wartete, ging ich schon einmal an die
große Brücke, die über den Clyde führt. Die weite Wiese
am östlichen Ufer des Flusses war von vielen Menschen
belebt, die auf dem Heimweg zur Stadt waren, und jetzt
schien es mir doch unklug, mich von ihnen sehen zu
lassen, da sie mich sofort als Fremden erkennen würden.
So ging ich gemächlichen Schritts über die lange Brücke,
welche die Stadt mit dem westlichen Teil der Grafschaft
verbindet, und ich kam in ein parkartiges Gelände, wo
ich mich jederzeit hinter dicken Buchenstämmen verbergen konnte.
Es hatte mich verwundert, wie still sich die sonntäglichen

Spaziergänger bewegten. Ich hörte kein lautes Wort, selbst die Kinder lärmten und tobten nicht, sondern verhielten sich brav und gesittet wie Erwachsene, und diese andächtige Sabbatruhe fand ich eindrucksvoll. Um so mehr fiel es mir nun auf, daß mir zwei Männer entgegenkamen, von denen der eine sehr laut redete, und zu meinem höchsten Erstaunen war mir diese Stimme bekannt: das war doch Andreas, der da auf seinen Begleiter heftig einsprach! Schnell trat ich hinter einen Baum, ehe die beiden mich hatten sehen können, und indem sie vorübergingen, hörte ich Andreas sagen: »Herr Hammorgaw, von seinen Verwandten traue ich keinem über den Weg. Aber er ist der Schlechteste noch nicht, und außerdem bekomme ich noch Geld von ihm.« Damit waren sie vorüber, und ich konnte nicht mehr verstehen, was Andreas redete.
Was war das nun wieder? Offensichtlich hatte er von mir gesprochen. Aber wie kam er dazu? Und mit wem redete er über mich?
Inzwischen war es Abend geworden, und in der Dunkelheit wirkte der breite und mächtige Strom düster wie ein Fluß der Unterwelt. Die alte steinerne Brücke konnte ich kaum noch erkennen. Ihre niedrigen Bögen sahen wie schwarze Riesenmäuler aus, die das Wasser verschlangen. Am Ufer geisterte hier und da schwacher Lichtschein. Dort waren einzelne Bürger mit brennenden Laternen auf dem späten Heimweg. Sie wurden seltener und seltener und erloschen schließlich ganz. In das Schweigen der Nacht klangen die Glockenschläge der Turmuhren und mahnten an das Verrinnen der Zeit.
Endlich war es soweit, endlich verkündeten sie Mitternacht, und auf der Brücke erschien eine menschliche Gestalt, die erste, die ich nach zwei Stunden erblickte.
Ich ging ihr entgegen. Der Mann, den ich als mittelgroß einschätzte, trug einen Reitermantel. Jetzt kam ich ihm nahe. Aber er ging an mir vorüber, ohne mich anzusprechen. Ich blieb stehen, der Unbekannte ging weiter. Als

er das östliche Ende der Brücke erreicht hatte, drehte er um, und wir begegneten uns zum zweiten Male.
Jetzt redete ich ihn an. »Sie gehen noch spät spazieren, mein Herr!«
»Da haben Sie recht. Aber Sie tun es ja auch, Herr Osbaldistone.«
»Haben Sie mich hierherbestellt?«
»Ja.«
»Und was wünschen Sie von mir?«
»Kommen Sie mit. Dann werden Sie es erfahren.«
»Ich müßte doch wohl erst wissen, wer Sie sind!«
»Ich bin ein Mann, der es gut mit Ihnen meint.«
»Ein Mann?« wiederholte ich. »Das sagt nicht viel.«
»Es sagt genug über jemanden, der über sich mehr nicht sagen kann. Weder einen Namen habe ich noch Freunde noch Geld, und aus meiner Heimat bin ich vertrieben. Aber wer das alles besitzt, ist auch nichts mehr als ein Mann.«
»Für mich bleiben Sie ein Unbekannter. Wie soll ich Ihnen vertrauen, wenn Sie mir verschweigen, wer Sie sind?«
»Ich habe Ihnen etwas mitzuteilen.«
»Dann tun Sie es doch jetzt hier!«
»Sie sollen nicht nur hören. Sie sollen mit eigenen Augen sehen. Folgen Sie mir!«
Der Mann sprach so bestimmt, ja herrisch, daß ich immer noch zögerte. Was hatte er mir zu befehlen?
Er wurde ungeduldig. »Fürchten Sie sich etwa?« fragte er schroff.
»Nein«, antwortete ich ebenso. »Ich fürchte mich vor nichts. Gehen Sie voran!«
Ich dachte, er würde mich hinaus ins Land führen, aber er schritt der Stadt zu. Wie zwei Gespenster gingen wir dann stumm nebeneinander durch die öden Straßen. Schließlich begann er zu sprechen. »Sie fürchten nichts«, sagte er. »Aber wenn Sie wüßten, wer neben Ihnen geht, dann würde Ihnen doch vielleicht angst werden.«

»Ich kann mich auf meinen Degen verlassen«, antwortete ich.

»Ich trage keine Waffen bei mir«, sagte er. »Aber vielleicht horchen Sie doch auf, wenn ich Ihnen einiges über mich verrate. Auf den Kopf des Mannes, neben dem Sie gehen, ist ein hoher Preis gesetzt, und halb Glasgow würde sich die schöne Summe gern verdienen.«

»Daß Sie offenbar den Gesetzen des Landes verfallen sind, in dem wir uns befinden«, sagte ich, »das beweist noch nicht, daß es keine ungerechten Gesetze gibt.«

»Das ist ein Wort«, erwiderte er, »und jetzt will ich Ihnen sagen, wohin ich Sie bringe – ins Gefängnis.«

Ich blieb stehen. Ich faßte an meinen Degen. »Mit welchem Recht?« rief ich aus. »Und auf wessen Befehl?«

»Sie sind nicht verhaftet, und ich bin weder im Dienst der Polizei noch ein Büttel des Gerichts. Ich bringe Sie zu einem Gefangenen, und das ist der Mann, den Sie suchen.«

Wir gingen weiter. Mir wirbelte der Kopf, und was der rätselhafte Mann nun noch weiter vorbrachte, war nicht danach angetan, mir zu klaren Einsichten zu verhelfen.

»Was würden der großmächtige Lord Bürgermeister und seine hochachtbaren Ratsherren nicht dafür geben, wenn ich dort in dem Gefängnis läge! Dabei stehe ich auf meinen Füßen frei wie ein Rothirsch im Bergwald. Und selbst, wenn sie mich gefesselt und angekettet im Kerker hätten – noch ehe der Tag anbricht, wäre der Vogel auf und davon!«

Je länger er sprach, desto deutlicher zeigte sein Englisch den schottischen Tonfall, und ich hätte darauf kommen müssen, daß ich diese Stimme schon einmal gehört hatte. Aber mir ging zu viel durch den Kopf, als daß es mir einfiel.

Wir waren in die Hauptstraße gekommen und standen jetzt vor einem großen steinernen Haus, dessen Fenster vergittert waren. Der Unbekannte klopfte an eine niedrige Pforte, und ich hörte, wie jemand, der offenbar aus

dem Schlaf geweckt worden war, ärgerlich zankte. »Zum Teufel, was soll das heißen? Mitten in der Nacht? Scher dich zum Kuckuck!«
Mein Begleiter klopfte noch einmal, und mir schien, als klopfe er in einem bestimmten Rhythmus, so daß es wie ein verabredetes Zeichen klang. Dann rief er halblaut: »Dougal! Mann! Hast du Gregaragh vergessen?«
Jetzt wurde es hinter der Tür lebendig. Schlüssel klirrten, ein Riegel wurde vorsichtig zurückgeschoben, damit das Geräusch nicht auffiel, und dann öffnete sich die Pforte.
Wir traten ein, und der Unbekannte redete mit dem Schließer, jedoch in einer Sprache, von der ich kein Wort verstand.
Ich sah mich um. Wir befanden uns in der Vorhalle des Glasgower Gefängnisses, die wohl als Wachstube diente. Eine schmale Treppe führte in das obere Stockwerk. Ich bemerkte noch einige Türen, die so niedrig waren wie die Pforte. Sie waren mit Bolzen, Riegeln und Eisenstangen gut verwahrt. An den Wänden hingen Gewehre und Piken griffbereit, daneben Hand- und Fußschellen. Eine schwere Eisenkugel, die an eine Kette geschmiedet war, machte auf mich einen besonders unangenehmen Eindruck. Mir stand wieder vor Augen, wie nahe ich daran gewesen war, in einem Kerker Northumberlands zu verschwinden, wenn mich Diana Vernon nicht davor bewahrt hätte.

Der gute Owen will sich beschweren

Als der Schließer seine brennende Laterne auf einen Tisch stellte, war es mein erstes, mich nach dem Mann in dem Reitermantel umzusehen. Aber er hielt sich im Schatten, und seine Gesichtszüge waren nicht zu erkennen. Dafür sah ich den Schließer deutlich genug. Ein kleiner Kerl,

mordshäßlich und mehr einem Waldschrat ähnlich als einem Christenmenschen. Aber er zeigte eine so rührend-täppische Freude, meinen Begleiter zu sehen, daß er mich an einen guten treuen Hund erinnerte, der seinen langentbehrten Herrn wiedersieht. Der Unbekannte nahm das gelassen hin, als sei er es gewohnt, so empfangen zu werden. Wie ein gnädiger Fürst reichte er dem andern die Hand und sagte: »Wie geht's, Dougal?«
Die Freude des Kleinen war auf einmal fort, weggeschwemmt von heller Angst. »Ach Gott, ach Gott, ach Gott«, jammerte er, »wie soll das denn gehen?! Wie kannst du es wagen, hierher – Wenn das den Ratsherren verraten wird, diesen filzigen Lumpenkerlen –«
Der Unbekannte beruhigte ihn. »Keine Sorge, Dougal. Deine Hand wird mich in keinen Kerker einschließen.«
»Eher soll der Henker sie mir bis zum Ellenbogen abhacken!« rief der Schließer. »Wann gehst du wieder nach drüben? Daß ich es ja rechtzeitig erfahre! Um alles in der Welt, vergiß mich nicht! Wir sind doch Vettern, wenn auch bloß weit weg.«
»Verlaß dich darauf, Dougal. Du kommst mit.«
»Bei meiner Seele – dann schmeiße ich dem Lord Bürgermeister das ganze Bund mit den Gefängnisschlüsseln an den Kopf, daß er denkt, der Teufel persönlich hat ihm eine gelangt!«
Der Unbekannte redete mit ihm, aber wieder in der Sprache, die ich nicht verstand und von der ich jetzt weiß, daß sie ein schottischer Dialekt war. Nur soviel war mir deutlich, daß er dem Waldschrat Anweisungen gab, denen der Kleine immer zuzustimmen schien. Er nahm dann seine Laterne, schraubte an der Ölfunzel, so daß sie etwas heller brannte, und gab mir durch eine Handbewegung zu verstehen, ich solle ihm folgen.
»Gehen Sie nicht mit?« fragte ich den Unbekannten.
»Nicht nötig«, sagte er. »Ich decke hier den Rückzug. Das ist wichtiger.«
»Ich denke doch nicht, daß Sie mich in Gefahr bringen.«

»Ich bin in größerer als Sie.« Das antwortete er so männlich offen, daß ich ihm nicht mißtrauen konnte.

Ich ging eine Wendeltreppe hinauf, dann kamen wir in einen schmalen Gang mit vielen Türen, und eine von ihnen öffnete der Wärter. Wir traten in einen kleinen Raum, in dem jemand auf einem Strohsack schlief. Der Schließer hatte seine Laterne auf ein kümmerliches Tischchen aus Tannenholz gestellt, und nun sah ich in ihrem Schein ein Gesicht, das seit einigen Tagen nicht rasiert war. Der Schlafende hatte sich eine rote Nachtmütze bis über die Augen gezogen.

Jetzt wachte er auf, schob die Nachtmütze hoch – und ich erkannte meinen guten Owen. Ich trat jedoch sofort etwas zurück, damit er in der Überraschung des unverhofften Wiedersehens sich nicht etwa zu laut äußerte.

Der Unglückliche hatte sich halb aufgerichtet und sprach, wie er zu sprechen gewohnt war, genau abgemessen und unmißverständlich: »Dugwell oder wie Ihr heißen mögt – nehmt bitte zur Kenntnis, daß ich mich bei Seiner Lordschaft dem Herrn Oberbürgermeister über Euch beschweren werde. Daß Ihr mich bewacht, ist Eure Pflicht. Aber daß Ihr mich im Schlaf stört, das sehe ich als unziemlich an.«

»Da ist wer, der den Herrn sprechen will«, brummte der Schließer, drehte sich um und verließ den Raum.

Als der gute Owen mich erkannt hatte, stöhnte er: »Welch ein Kummer... welch ein Kummer...« Damit bedauerte er nicht etwa sich, sondern mich; denn er nahm natürlich an, ich wäre ein Gefangener wie er. »Ach, Herr Francis, was haben Sie angerichtet! Wohin haben Sie die Firma und sich selbst gebracht! Von mir rede ich nicht. Ich bin nicht mehr als sozusagen eine Ziffer. Aber Sie – Ihres Herrn Vater ein und alles! Sie, der erste Mann einer erstklassigen Firma in einer der ersten Städte der ganzen Welt – Sie sitzen in einem schmutzigen schottischen Gefängnis, wo einem nicht einmal die Kleider abgebürstet werden!«

Er fuhr sich mit der Hand über die Ärmel seines einst fleckenlosen hellbraunen Rocks, dem man seines Herrn Aufenthalt im Gefängnis deutlich ansah.
»Gott sei uns gnädig!« fuhr er fort. »Das wird auf der Börse wie eine Bombe einschlagen, wie damals nach der unseligen Schlacht, in der England fünftausend Mann zu beklagen hatte, tot oder verwundet, die Vermißten gar nicht mitgerechnet. Die Firma Osbaldistone & Tresham in Konkurs! Das ist wie ein Erdbeben...«
Ich stoppte seine Klagen und teilte ihm mit, daß ich kein Gefangener war. Ich versuchte aber gar nicht, ihm auch zu erklären, wieso ich jetzt in seiner Zelle stand; denn das war mir ja selbst keineswegs klar. Ich drängte ihn, mir alles zu berichten, was ihm in Glasgow passiert war. Das tat er auch, umständlich und genau, wie es seine Art war, wodurch ich nun das Folgende erfuhr.
Mein Vater hatte in Glasgow zwei Agenten. Sie kauften für ihn die Waren ein, die er dann weiterverkaufte, und das waren große Geschäfte. Die eine Agentur wurde von der Firma MacVittie, MacFin & Co. betrieben, und die Herren erwiesen sich nicht nur als sehr tüchtig, sondern waren auch äußerst fügsam. Die Londoner Wünsche befolgten sie aufs peinlichste und begnügten sich überdies bei ihren Forderungen mit der Rolle des Schakals, der von der Beute nur das beansprucht, was der Löwe übrigläßt. Der gute Owen war diesen schottischen Herren immer wohlgesinnt, da sie ihm durch die Ergebenheit, die sie an den Tag legten, nie irgendwelche Schwierigkeiten machten. Mein Vater dachte da anders. Ihre höflichen Floskeln fand er übertrieben; sie waren ihm sogar verdächtig, denn wer nicht kurz und einfach sprach, den hielt er für falsch. Deshalb hatte er auch einen ihrer oft wiederholten Wünsche immer wieder abgelehnt – sie wären nämlich gern meines Vaters einzige Agenten gewesen. Aber er gab den anderen Vermittler nicht auf, der in Glasgow noch für ihn arbeitete, obwohl mit dem eigentlich nicht gut Kirschen essen war. Dieser Herr

Nikolas Jarvie war von sich aufs höchste eingenommen, hielt von Engländern sowenig wie mein Vater von Schotten, verlangte von jedem Gewinn rundheraus die Hälfte und war so rechthaberisch und bockig, daß der gute Owen den Tag herbeisehnte, an dem er diesen widerborstigen Geschäftspartner los würde. Was waren dagegen die Herren am Galgentor für umgängliche, nette Leute! Als er jetzt bei ihnen auftauchte, wurde er auch empfangen, als hätte ein Engel das muffige Kontor betreten. Aber der Wind schlug sofort um, als die Herren etwas von Schwierigkeiten hörten, in die das Londoner Haus geraten sei. Herr MacVittie saß ganz erstarrt da, und noch ehe der gute Owen ausgeredet hatte, stürzte Herr MacFin schon fort, kam mit dem Hauptbuch wieder, und nun fuhren die Zeigefinger der beiden Herren über die vielen Konten und Gegenkonten zwischen ihrer Firma und der von Osbaldistone & Tresham hin und her, und beide Männer erbleichten, als sich das Fazit zeigte: die Londoner Herren saßen bei ihnen tief in der Kreide!
Erst waren sie also wie zerschmettert, aber dann fuhren sie auf und verlangten sofortige Bezahlung der Schuld. Als der gute Owen sie darauf hinwies, wenn es schon zu dem Unglück eines Konkurses käme, dann verlangten doch Recht und Billigkeit, daß sämtliche Gläubiger in gleicher Weise entschädigt werden müßten, gerieten die beiden in wilden Zorn. Zu seinem Unglück hatte der gute Owen, um seinen Worten mehr Gewicht zu geben, bekannt, daß er selbst Teilhaber der Londoner Firma wäre. Dabei verschwieg er freilich, daß sein Anteil verschwindend klein war, und daraus drehten sie ihm nun einen Strick. Als Teilhaber war er ja ihr Schuldner, und es gab ein schottisches Gesetz, nach dem ein Schuldner festgesetzt werden konnte, wenn seine Gläubiger beschworen, der unsichere Zahler wolle aus Schottland flüchten. Diesen Eid abzulegen, zögerten die Herren am Galgentor keine Minute, und so lag der gute Owen nun im Gefängnis. Die beiden Herren hofften, ihn dadurch weich zu

machen. Um wieder freizukommen, würde er ihnen wohl zusichern, daß sie voll ausbezahlt würden.
Jetzt war mir klar, warum mir selbst Gefahr drohte. Wenn ich mich für Owen verwandte, dann galt ich sofort als sein Helfershelfer. Welch eine vertrackte Lage! »Und wie steht es mit Herrn Jarvie?« fragte ich.
»Ich habe an ihn geschrieben«, sagte der gute Owen. »Aber wenn diese höflichen Leute am Galgentor sich als jämmerliche Kreaturen entpuppen – was kann ich da von einem Grobian wie dem Herrn Jarvie am Salzmarkt erwarten? Er hat meine Zeilen nicht einmal beantwortet. Dabei wurde mein Schreiben ihm persönlich übergeben, als er am Sonntagmorgen in die Kirche ging. Auf keinen Menschen ist mehr Verlaß!«
Er kam aus dem Jammern nicht heraus. »Wenn ich nur an Ihren Herrn Vater denke! Solch ein Elend... solch ein Elend... Herr Francis, wenn Sie nicht so eigensinnig gewesen wären, dann wäre das alles nicht passiert. Ach Gott, was rede ich! Entschuldigen Sie, daß ich das gesagt habe. Alles geschieht nach Gottes Willen, und wir Menschen müssen uns fügen...«
Die Antwort darauf wurde mir abgenommen. Wir horchten auf. An die Tür zum Gefängnis wurde so laut gepocht, daß es bis zu uns heraufhallte. Ich lief bis an den Rand der Treppe. Ich mußte sehen, was da unten vor sich ging.

Bitte, leihen Sie mir Ihre Pistole!

Ich hörte den Schließer sprechen, und zwar rief er nach außen hin laut, während er auf den Unbekannten leise und in großer Angst einredete.
»Ich komme! Ich komme! Ich komme ja schon!« schrie er, und leise stöhnte er: »O mein Himmel... o mein Himmel... Was jetzt... was jetzt... Rasch die Treppe

rauf! Versteck dich bei dem Engländer! Kriech unter den Strohsack! Die da draußen wollen rein – und der Aufseher ist auch schon auf den Beinen!« Und noch einmal rief er: »Ich komme ja schon! Schlagt doch die Tür nicht ein!«
Der Unbekannte kam die Treppe heraufgestürzt und lief in Owens Zelle. Ich hinterher. Er sah sich rasch um – aber wo sollte er sich verbergen? Hier war kein Schrank, in den er hätte kriechen können, und der Tisch gab kein Versteck her. Unter den Strohsack! Aber das verschmähte er, und in stolzer Entschlossenheit sagte er zu mir: »Darf ich Sie bitten, mir Ihre Pistole zu leihen?« Sogleich hatte er sich indessen anders besonnen. »Nein«, sagte er, »mit den Kerlen werde ich auch so fertig. Wenn Sie nur die Güte hätten, sich nicht zu rühren. Kümmern Sie sich um nichts, was Sie jetzt höchstwahrscheinlich sehen und hören werden, und seien Sie gewiß – ich bin schon schlimmer dran gewesen und doch gut davongekommen!«
Er warf den schweren Mantel ab, stellte sich an die Wand, gerade der Tür gegenüber und faßte die Entfernung bis zu ihr scharf ins Auge. Er duckte sich etwas, wie zum Sprunge – und mir war klar, was er vorhatte. Dem ersten, der in die Zelle trat, würde er an den Hals springen, ihn zur Seite schleudern und sich dann zur Pforte durchschlagen, die aus der Wachstube ins Freie führte.
Mir klopfte das Herz. Hier war ein Mann bereit, um sein Leben zu kämpfen ...
Jetzt ging die Tür auf – aber es erschien keine Wache mit aufgepflanztem Bajonett, kein Häscher mit Strick und Ketten, sondern eine saubere junge Person, die ihren wollenen Sonntagsrock aufgeschürzt hatte, um ihn beim Gang durch die nächtlichen Straßen nicht schmutzig zu machen. In ihrer Linken trug sie eine Laterne mit einer brennenden Kerze. Dieser freundlichen Erscheinung folgte ein wohlbeleibter Herr auf bemerkenswert kurzen Beinen, der eine sehr gepflegte Stutzperücke trug, ein mirliton, wie man in Frankreich sagt, deren Locken nicht

frei auf die Schultern fallen, sondern sich in mehreren festen Rollen um den Hinterkopf legen. Er schnaufte vernehmlich. Die steile Wendeltreppe hatte ihn mitgenommen.
Als mein Begleiter ihn sah, löste sich seine Anspannung. Dagegen erstarrte der Eintretende geradezu, als er den mir Unbekannten erblickte. Sein Mund öffnete sich, als wolle er einen Schrei ausstoßen, und dann geschah noch etwas Überraschenderes – es geschah nämlich nichts. Der dicke Herr tat, als habe er nichts Auffallendes bemerkt, ja als sei der Mann da überhaupt nicht vorhanden.
Die Tür öffnete sich wieder, und ein ganz langer Schlagetot trat ein, den ich für den Aufseher des Gefängnisses hielt.
»Stranchell«, sagte der kleine Dicke scharf, »was sind das für Zustände? Eine halbe Stunde mußte ich auf der Straße stehen, bis der Schließer geruhte, mir die Tür zu öffnen. Und was finde ich hier in dieser Zelle? Fremde Besucher nach Schluß der Besuchszeit! Ich werde das untersuchen, Stranchell, und wehe dem, dessen Schuld ich ermittle!«
»Zu Befehl, Herr Jarvie«, antwortete der Aufseher. Er war offenbar so verdutzt, daß er mehr nicht herausbrachte.
»Baut Euch draußen vor der Tür auf, Stranchell«, befahl der kleine Dicke dem langen Hageren, »und laßt niemanden hinein und niemanden heraus!«
»Niemand rein. Niemand raus. Zu Befehl, Herr Jarvie!« Damit entfernte sich der betroffene Krieger, ein mit Halbsold entlassener Feldwebel, der sich bei seiner mageren Entlohnung noch etwas dazu verdienen mußte und deshalb glücklich war, als Gefängnisaufseher untergekommen zu sein.
Herr Jarvie trat zu dem Gefangenen. »Wie geht es Ihnen, Herr Owen?«
»Danke sehr«, antwortete der gute Owen. »Ich habe schon besser geschlafen als auf diesem Strohsack, aber das

ist mir gleich. Wenn nur der Kummer nicht wäre, der drückende Kummer ...«

»Welch ein Sturz!« sagte Herr Jarvie. »Aber so ist es: wer hoch steigt, der fällt auch tief. Der alte Herr Osbaldistone ist ein guter und ehrlicher Mann, aber ich habe ihn immer gemahnt: ›Übernehmen Sie sich nicht!‹ Doch die Herren in London wollten das ja nicht hören. Sie wußten es ja besser.« Der gute Owen seufzte auf.

»Kopf hoch!« sagte Herr Jarvie. »Glauben Sie, ich käme zu mitternächtlicher Stunde ins Gefängnis, um einem unglücklichen Mann Vorwürfe zu machen?«

»Für Ihren Besuch bin ich Ihnen sehr verbunden«, erwiderte der gute Owen. »Aber ich hätte nichts dagegen gehabt, wenn Sie etwas eher gekommen wären.«

»Sie Weltkind!« antwortete Herr Jarvie in lebhaftem Wohlgefallen an sich selbst. »Sie haben es mit einem gewissenhaften Christen zu tun, der sich am Tage des Herrn mit weltlichen Geschäften nicht abgibt. Mit Ihrem Brief haben Sie es mir sehr schwer gemacht, mich nicht zu versündigen; denn was Sie mir darin mitteilten, hat mich immer wieder in meinen sonntäglichen Betrachtungen gestört, weil meine Gedanken von Ihnen nicht loskamen. Immerhin müssen Sie zur gefälligen Kenntnis nehmen, daß ich bereits eine Stunde nach Sabbatsende zu Ihnen aufgebrochen bin. Zum Glück habe ich als Ratsherr und Zweiter Vorsitzender des Stadtgerichts zum Gefängnis jederzeit Zutritt.«

Während die beiden Herren so miteinander redeten, gab mir mein Unbekannter ein Zeichen. Er legte den Finger an die Lippen und bewegte sich dann leise und unauffällig zur Tür hin. Er traute sich anscheinend zu, mit dem Feldwebel a. D. draußen ins reine zu kommen. Aber Herr Jarvie war ein anderer Mann als etwa der Herr Inglewood. Seinen Luchsaugen entging nichts, und er rief:
»Stranchell!«

»Zu Befehl, Herr Jarvie!« schrie der Aufseher draußen.
»Habt Ihr die Tür abgeschlossen?«

»Zu Befehl, Herr Jarvie. Tür verschlossen, Riegel vorgelegt.« Mein Unbekannter äußerte etwas in gälischer Sprache, das ich nicht verstand, das sich aber, wenn ich es verstanden hätte, wahrscheinlich nicht geeignet hätte, gedruckt zu werden. Dann setzte er sich auf den Tisch, baumelte mit den Beinen und pfiff einen Gassenhauer, der damals im Schwange war:

> »Wenn du, wenn du, wenn du, wenn du,
> Wenn du denkst, ich hab' dich gern,
> Geh' ich, geh' ich, geh' ich, geh' ich
> Längst mit einem andern Herrn!«

Dabei sah er das nette Mädel an, das da mit der Laterne in der Hand geduldig stand, und als er auch noch ein Auge zukniff, wurde es der braven Magd schwer, ernst zu bleiben.

»Also, Herr Owen«, sagte Herr Jarvie, »Ihre Firma schuldet den Herren MacVittie und MacFin – eine Bande ist das! Können den Hals nicht voll genug kriegen! Dabei haben sie beim Verkauf des Eichenwaldes von Glenn ein Heidengeld verdient, und das Geschäft haben sie mir aus den Zähnen gerissen – nebenbei, Herr Owen, ganz nebenbei: das wäre den Lumpen nicht geglückt, wenn Sie, Herr Owen, sich nicht für die Herren vom Galgentor eingesetzt hätten – aber darauf kommt es jetzt nicht an. Also Sie schulden den beiden eine schöne Summe! Ich geb' es zu. Und vielleicht schulden Sie einem gewissen Nikolas Jarvie, Stadtrat und Zweiter Vorsitzender des Stadtgerichts zu Glasgow, auch noch einen ganz gehörigen Batzen –«

»Herr Jarvie –«

»Reden wir im Augenblick nicht weiter davon. Jedenfalls hat die Firma Nimmersatt & Co. Sie festsetzen lassen. Aber ich kann nicht einsehen, wieso Sie in der ärgerlichen Sache etwas tun können, solange Sie hinter Schloß und Riegel sitzen. Indessen, das ist ganz einfach. Sie brauchen

nur einen angesehenen Mann als Bürgen beizubringen, der es auf seinen Eid nimmt, daß Sie nicht über die Grenze gehen und bereit sind, einer gerichtlichen Vorladung jederzeit zu folgen. Dann sind Sie morgen, vielmehr heute schon, ein freier Mann. Allerdings muß der Bürge sicher sein, daß Sie ihn nicht aufsitzen lassen.«
»Dafür gäbe ich mein Wort«, antwortete der gute Owen, »ausgenommen einen Fall: wenn mich ein plötzlicher Tod dahinraffen sollte, dann wäre ich nicht imstande, vor Gericht zu erscheinen.«
»Gut, gut, gut. Aber, Herr Owen, ich bin ein vorsichtiger Mann; denn ein Geschäftsmann, der nicht vorsichtig ist, kann zum Halunken werden, ehe er sich's versieht. Ich bin freilich auch bekannt als einer, der sich aufs Geschäft versteht – jedoch bin ich nicht imstande, einen ehrlichen Geschäftsfreund in der Patsche sitzen zu lassen. Kurz und gut – Herr Owen, ich werde für Sie bürgen!«
»Bester Herr Jarvie –«
Der Genannte wollte von Dankbezeigungen nichts hören.
»Gut, gut, gut«, sagte er. »Aber Sie müssen sich immer vor Augen halten, daß ich damit nur eine judicio sisti eingehe, das heißt, ich bürge dafür, daß Sie im Land bleiben und sich auf das Verlangen dem Gericht stellen – aber ich verpflichte mich nicht zu einem judicatum solvi, das heißt, ich werde nicht etwa die Zahlung leisten, zu der ein Gericht Sie verurteilt, noch stelle ich eine Kaution zur Sicherung der Prozeßkosten!«
»Mein sehr verehrter Herr Jarvie –«
»Gut, gut, gut. Und jetzt werde ich feststellen, wieso in Ihre Zelle zwei fremde Personen eindringen konnten, was gegen alle Vorschriften und mithin ungesetzlich ist.«

Erstaunlich, höchst erstaunlich!

Er ging auf meinen geheimnisvollen Begleiter zu, der noch immer auf dem Tisch saß, mit den Beinen baumelte und den Gassenhauer pfiff, wobei er mit den Fersen im Takt seines Liedes an das Tischbein klopfte. Offenbar sah er der kommenden Untersuchung in voller Sorglosigkeit entgegen.

»Eine solche Frechheit habe ich noch nicht erlebt«, sagte der Zweite Vorsitzende des Glasgower Stadtgerichts. »Wie ist das nur möglich, daß ich dich eingefleischten Teufel hier antreffe!«

»Jedenfalls bin ich hier, Vetter!« lautete die Antwort.

»Steckbrieflich verfolgt, von allen Gerichten Schottlands gesucht — und spaziert ins Gefängnis! Weißt du denn nicht, wieviel dein Kopf wert ist?«

»Wahrscheinlich mehr als vier Stadtratsköpfe, Vetter!«

»Ein Wort von mir, und du hängst am Galgen!«

»Richtig! Aber das Wort wirst du nie aussprechen.«

»Warum denn nicht? Warum in aller Welt denn nicht?«

»Damit dich nicht eine alte Frau verflucht, die du Urgroßmutter nennst wie ich. Siehst du sie nicht in Stukavrallachan in ihrer Hütte sitzen, wie sie ihre alten Knochen am Torffeuer wärmt? Und zweitens, Vetter — du weißt ganz genau: sagst du ein einziges Wort, das mir nicht behagt, dann hast du deinen letzten Atemzug getan, Vetter, weil ich dich mit meinen Händen erdrosselt habe.«

Er streckte sie gegen seinen Vetter aus, und mir wurde bewußt, daß ich noch nie einen Mann mit so langen Armen gesehen hatte.

»Du kennst mich«, antwortete Herr Jarvie, »und du weißt, ich fürchte mich nicht.«

»Ja, mir ist bekannt, daß in deinen Adern das Blut eines guten Clans fließt, wenn aus dir auch ein elender Händler und Stadtmensch geworden ist. Aber dieses Gefängnis will ich so frei verlassen wie ich hereinkam – oder man wird noch zehn Jahre lang von dem jähen Ende eines Stadtrats reden.«

»Gut, gut, gut«, sagte Herr Jarvie. »Blut ist dicker als Wasser, und Freunde und Verwandte sollen den Splitter im Auge des andern nicht sehen. Das will ich der alten Frau im Tal von Stukavrallachan nicht antun, daß einer ihrer Urenkel vom andern ermordet wurde und daß der dafür an den Galgen kam. Aber das mußt du mir zugeben, Vetter – wenn ich dich an den Galgen brächte, dann hätte ich die Erde von dem gefährlichsten Rebellen des Hochlands befreit. Es ist ein Jammer, daß du mein Vetter bist.«

»Wir Hochländer sind Rebellen. Das ist wahr. Aber sind wir deshalb Verbrecher? Ist das Gerechtigkeit, wenn wir als Galgenvögel enden? Was wollen wir denn anderes als nur frei sein? Nicht einmal in einer engen Hose halten wir es aus und tragen deshalb unsern Schottenrock.«

»Jeder hat den Gesetzen des Staats zu gehorchen, in dem er lebt«, erwiderte Herr Jarvie energisch. »Wenn ich bedenke, was du schon an rebellischen Untaten begangen hast, dann sehe ich schwarz für dich, Vetter!«

»Wirst du wenigstens in Schwarz kommen, wenn ich vom Galgen abgeschnitten und begraben werde?«

»Du Lump – wo sind die tausend Pfund, die ich dir geliehen habe, weil du leider mit mir verwandt bist?«

Der so zur Rede Gestellte strich sich über die Stirn, als denke er nach. »Das kann ich dir genau sagen, wo sie geblieben sind – nämlich da, wo der Schnee vom vergangenen Jahr liegt.«

»Und der liegt oben auf den Grampian-Bergen!« rief der Ratsherr erbost. »Aber ich will sie von dir hier haben, hier!«

»Du wirst sie wiedersehen, Vetter.«

»Aber wann?«

»Wenn der rechte König wiederkommt.«

Der Stadtrat geriet außer sich vor Zorn. »Du Hochverräter! Du unverbesserlicher Jakobiter! Ihr unbelehrbaren

Narren! Der König, der auf dem Thron sitzt, ist dein Herr so gut wie meiner, solange er sich an Gottes Wort hält. Was einmal war, das kommt nicht wieder. Begreifst du denn das noch immer nicht?!«

»Warten wir's ab, Vetter«, antwortete der Hochländer gelassen. »Aber eins verspreche ich dir. Wenn wir Rebellen Glasgow stürmen und die Häuser der verräterischen Händler und Krämer plündern, weil sie auch ihre Seelen verkauft haben, dann stelle ich dir vor deine Tür eine Wache, und dir soll nichts geschehen.«

Herr Jarvie machte eine wegwerfende Handbewegung. »Mit einem Tauben kann man nicht reden, und einem Blinden kann man keine Farben zeigen. Geh deinen Weg, Robin! Du wirst ja sehen, wohin er führt. Was ist jetzt mit dem jungen Mann da? Er sieht unternehmend aus – vermutlich geht er bei dir als Meisterräuber in die Lehre!«

Der gute Owen hatte diesen wirklich ungewöhnlichen Disput wie ich stumm und in immer wachsendem Erstaunen mitangehört. Als ich aber so abscheulich verdächtigt wurde, sprang er sofort für mich ein.

»Bester Herr Jarvie«, sagte er eilig, »der junge Herr ist der ehrenwerte Francis Osbaldistone, einziger Sohn des Chefs unseres Hauses. Er sollte Juniorchef werden. Leider Gottes wurde nichts daraus.«

»Von der Geschichte habe ich gehört«, erwiderte Herr Jarvies. »Das ist also der Sohn, aus dem der dickköpfige Narr von Vater durchaus einen Kaufmann machen wollte, ob der Filius dazu Lust hat oder nicht, und der Herr Sohn zog es vor, auszureißen, und will Komödiant werden! Junger Mann – auf der Bühne für drei Groschen Purzelbäume schlagen, das halten Sie für mehr wert als die Arbeit eines ehrsamen Kaufmanns?!«

»Herr Jarvie«, antwortete ich, »was Sie da äußern, verstehe ich nicht. Ich habe Hochachtung vor Ihnen und bin Ihnen dankbar für die Dienste, die Sie Herrn Owen leisten. Was aber meine Person angeht, so bin ich hier, um Herrn Owen behilflich zu sein – meine Abneigung gegen

den kaufmännischen Beruf jedoch ist eine Sache, die nur mich und niemanden sonst etwas angeht.«
»Junger Herr«, rief der Hochländer, »für Sie habe ich von Anfang an etwas übrig gehabt, aber jetzt haben Sie bei mir einen Stein im Brett. Wer die Pfeffersäcke verachtet und die Ellenreiter und die Kontorhengste – der ist mein Mann!«
»Und wie weit wird er's bringen, wenn er auf dich hört?« fragte Herr Jarvie. »Selbst wenn er ein erstklassiger Seiltänzer wäre oder ein gelernter Feuerschlucker – wie könnte er die fünftausend Pfund beschaffen, um die Wechsel zu bezahlen, die sein Vater unterschrieben hat und die in zehn Tagen fällig sind?«
»In zehn Tagen?!« rief ich aus und zog, wie von einer Ahnung gepackt, das versiegelte Päckchen aus der Tasche, das Diana mir mitgegeben hatte. Die Frist, die sie mir dabei gesetzt hatte, war abgelaufen, und ich brach das Siegel auf. Dabei rutschte ein versiegelter Brief aus der Umhüllung und fiel Herrn Jarvie vor die Füße. Er hob ihn auf, warf einen Blick auf die Adresse und gab den Brief seinem Vetter. »Hier bringt der Zufall«, sagte er, »einen Brief an den Empfänger, obwohl es eins zu hundert stand, daß er ihn nie erreichte.«
Der Hochländer brach das Schreiben ohne weiteres auf. »Erlauben Sie!« rief ich hastig. »Ehe Sie den Brief lesen, müssen Sie mir nachweisen, daß er auch wirklich für Sie bestimmt ist!«
»Machen Sie sich da keine unnötigen Sorgen, Herr Osbaldistone«, sagte der Hochländer freundlich, aber bestimmt. »Erinnern Sie sich noch an einen Friedensrichter namens Inglewood? Oder an eine Schreiberseele namens Jobson und an einen gewissen Herrn Morris – und vor allem: erinnern Sie sich an Ihren ganz ergebenen Diener Campbell? Und haben Sie die reizende Diana Vernon schon ganz vergessen?«
Jetzt endlich ging mir auf, mit wem ich es zu tun hatte. Um das zu begreifen, muß man bedenken, daß ich zwar

mit diesem Mann nun schon fast zwei Stunden zusammen war, sein Gesicht aber nie hatte deutlich sehen können. Im Dunkel der Nacht hatten wir uns getroffen, und weder die Ölfunzel des Schließers noch das sparsame Talglichtchen in der Laterne der Magd gab einen hellen Schein. Damals hatte er eine Perücke getragen, jetzt zeigte er sich in seinem natürlichen Haar – übrigens war es flammend rotes Haar. Aber es gab keinen Zweifel mehr. Der Mann war Campbell, und es stand auch fest, daß Dianas Brief für ihn bestimmt war.
Er war Robin Campbell – aber wer war Robin Campbell? Wieso war der geheimnisvolle Mann imstande, mir in meiner Lage zu helfen? Plötzlich war es mir, als ob in die dunklen Gänge eines Labyrinths ein Lichtschimmer fiel. Hatte Diana nicht durch Thomas veranlaßt, daß Campbell sich für mich bei dem Friedensrichter verwandte? Es bestanden also Beziehungen von ihm zu Thomas wie zu Diana! Trug sie ihm in dem Brief etwa auf, mir dabei zu helfen, daß ich meinen gefährlichen Vetter aufspüren konnte?
Aufs Geratewohl suchte ich ihn zu stellen. »Werden Sie tun können, was Diana Vernon wünscht?«
Er wiegte den Kopf hin und her. »Was sie verlangt«, sagte er, »ist verdammt kitzlig. Aber ich werde sehen, was sich machen läßt. Lassen Sie Herrn Owen hier in Glasgow sein Heil versuchen. Sie aber kommen am besten zu mir ins Hochland. Mein Vetter weiß, wo ich hause, und er kann Ihnen den Weg zeigen. Ich bin ein armer Mann. Aber ein klarer Verstand ist besser als Geld. Ich werde schon etwas finden, das Ihnen weiterhilft.«
Jetzt wandte er sich an seinen Vetter. »Und du, Nik, wie ist es mit dir? Hast du genug Courage in den Knochen, um bei mir eine Pfanne mit schottischen Kalbsschnitzeln leer zu essen? Einen Rehrücken könntest du auch bekommen, wenn du den vorziehst. Am besten wär's, du brächtest diesen Londoner Herrn nach Drymen oder Aberfoil. Da wird man dir dann sagen, wo ich stecke.«

Der Ratsherr winkte ab. »Deine wilden Berge sind nichts für mich, Rob. Ich bleibe lieber innerhalb der Stadtmauern von Glasgow. Das ist mir sicherer.«
»Kerl«, sagte Campbell, »wenn du dich zu mir wagst, dann zahl' ich dir deine tausend Pfund bar auf den Tisch.«
Der Ratsherr hob den Kopf, als wittere er Bratenduft aus der Küche. »Ist das auch wahr?« fragte er.
»Ich schwöre es dir bei den grauen Steinen der Insel Inch-Cailleach, unter denen unsere Väter bei ihren Vätern liegen.«
Der Ratsherr schwankte. »Wollen sehen, wollen sehen«, sagte er. »Aber du könntest mir doch nach Aberfoil entgegenkommen und das Nötige mitbringen.«
»Wollen sehen, wollen sehen«, antwortete Campbell verschmitzt und sagte dann energisch: »Jetzt aber in die frische Luft! Hier in dem Loch komme ich um.«
»Und dich lasse ich laufen«, seufzte der Ratsherr auf. »Ich entziehe dich dem Gericht!«
»Laß die Fliege an der Wand sitzen«, meinte Campbell tröstend. »Wenn der Schmutz trocken ist, kann man ihn abbürsten.«
»Stranchell!« rief der Ratsherr, »aufschließen!«
»Zu Befehl, Herr Jarvie!« Mit unverhohlenem Staunen sah der Aufseher, daß wir mit seinem Vorgesetzten die Zelle verließen. Der gute Owen mußte noch zurückbleiben, aber er wußte ja, daß es nicht mehr für lange war.
»Herr Jarvie«, brachte der Aufseher zögernd vor, »diese zwei Mannspersonen —«
»Freunde von mir, Stranchell«, erklärte Herr Jarvie. »Gute Freunde von mir.«
»Zu Befehl, Herr Jarvie. Zu Befehl!«
Die Wachstube war leer, und vergeblich wurde nach dem Schließer gerufen. Campbell lachte. »Der ist über alle Berge! Den treibt die Angst davon wie der Wind ein dürres Blatt.«
»Und er läßt uns hier hinter Schloß und Riegel!« rief

Herr Jarvie empört aus. »Der Schuft setzt einen Vorsitzenden des Stadtgerichts fest!«
Campbell war an die Pforte gegangen. Er drückte die Klinke nieder, und die Tür ging auf. »Dougal ist fort«, sagte er, »und die Schlüssel hat er mitgenommen. In seiner Angst hat er noch an mich gedacht – die offene Tür sollte mir aus der Klemme helfen!«
Nun waren wir auf der Straße, und nachdem wir eine Strecke gegangen waren, sagte Campbell: »Gute Nacht, Vetter Nik. Vergiß nicht, daß wir uns in Aberfoil treffen wollen!«
Ohne eine Antwort abzuwarten, war er im Dunkel verschwunden. Gleich darauf hörten wir einen eigenartigen Pfiff, und sofort kam ein gleicher Pfiff von einer anderen Seite her.
»Nun hören Sie diese Hochlandsteufel!« sagte Herr Jarvie. »Die tun schon so, als wären sie hier die Herren im Haus!« Im selben Augenblick fiel ihm etwas Schweres klirrend vor die Füße.
»Gott steh mir bei!« rief er. »Mathilde, halte die Laterne hoch!«
Die Magd tat es, und er hob ein mächtiges Schlüsselbund auf.
»Die Gefängnisschlüssel«, sagte er erleichtert. »Das hätte was gegeben! Wir bringen sie zurück, und kein Mensch darf erfahren, wer sie in Händen gehabt hat.« Wir kehrten wieder um, und der Aufseher, der den davongelaufenen Schließer ersetzte, nahm sie in Empfang. Darauf machten wir uns noch einmal auf den Weg.
Die Straßen waren holprig und nicht gut instand. Wenn die Magd uns nicht geleuchtet hätte, so wären wir schlecht vorangekommen, und ich tat noch ein übriges, indem ich den Ratsherrn unterm Arm faßte. Älteren Leuten tut es wohl, wenn jüngere sich ihrer annehmen, und das löste bei ihm eine freundliche Einladung aus. Wenn ich Appetit auf einen gebratenen Kabeljau hätte oder auf einen frischen Hering, dann sollte ich ihn zum Frühstück auf-

suchen. Bei ihm würde ich dann auch den guten Owen treffen, den er bis dahin losgeeist haben würde.

Gern sagte ich zu, und dann fragte ich ihn, wie in aller Welt er nur daraufgekommen wäre, mich für einen angehenden Schauspieler zu halten. »Ja«, sagte er, »da kam doch gestern abend so ein geschwätziger Kerl zu mir – nicht etwa allein, sondern mit dem städtischen Ausrufer Hammorgaw, den er als einen guten alten Bekannten bezeichnete. Durch ihn sollte ich bei Tagesanbruch ausschellen lassen, ob jemand einen gewissen Herrn Francis Osbaldistone gesehen habe, der spurlos verschwunden sei – und dann erzählte er mir Ihre ganze Lebensgeschichte.«

Das konnte nur Andreas gewesen sein. Aber wie konnte er mich als Komödianten ausgeben?

»Ich räume ein«, sagte der Ratsherr, »daß er diesen Ausdruck vielleicht nicht selbst gebrauchte. Aber ich weiß bestimmt, daß er Sie einen Versemacher nannte – und für mich ist vom Versemachen zum Komödiespielen nur ein kleiner Schritt. Brotlose Künste, junger Mann, alles brotlose Künste!«

Damit waren wir vor seinem Hause angelangt, und er wies die Magd an, sie solle mich zu Luise Flyters Gasthaus bringen. Zum Abschied gab er mir noch einen dringenden Rat: »Lassen Sie sich nur nicht mit den Hochländern ein! Das sind böse Gesellen, und wer sich mit dem Bösen einläßt, mit dem nimmt es ein böses Ende!«

Noch einmal unter vier Augen

Die Tür zum Gasthof der Frau Flyter war, wie nicht anders zu erwarten, in dieser späten nächtlichen Stunde fest verschlossen. Es blieb mir daher nichts anderes übrig, als mich durch ein heftiges Klopfen bemerkbar zu machen. Daraufhin meldeten sich zuerst ein paar herrenlose Hunde, die in ein wildes Gebell ausbrachen. Danach öffneten sich in der Nachbarschaft einige Fenster, und es erschienen mehrere Köpfe in Nachtmützen, deren Besitzer sich in mehr als deutlicher Weise und durchaus ablehnend über meine Lebensführung äußerten. Darüber war wohl die Wirtin wach geworden; denn nun hörte ich, wie sie in die Küche hinabrief, man solle mir sofort öffnen; dabei entfuhren ihren Lippen scharfe Wendungen und Ausdrücke, die ich in ihrem Wortschatz gar nicht vermutet hatte.

Aber sie wirkten, und als ich nunmehr eintraf, fand ich meinen Andreas, der sich's mit seinem alten Bekannten Hammorgaw in der Küche beim Bier gemütlich gemacht hatte. Es saß noch ein Dritter dabei, der Gehilfe des Ausrufers, wie ich später erfuhr. Dem Getränk, das sie verzecht hatten, begegnete ich dann auf meiner Rechnung wieder. Zu dritt hatten sie versucht, den Text aufzusetzen, der am Morgen auf der Suche nach mir in Glasgow ausgerufen werden sollte. Das erübrigte sich nun, und darüber legte Andreas eine Freude an den Tag, die mich hätte rühren können. Aber ich erkannte, daß sie nicht aus seinem Herzen kam, sondern den Biergenuß als Quelle hatte, und ich beschloß, den Trunkenbold am nächsten Morgen aus meinen Diensten zu entlassen, da er mir durch seine Aufdringlichkeit lästig wurde.

Als ich ausgeschlafen hatte, bestellte ich ihn daher auf mein Zimmer und fragte ihn, was er dafür haben wolle, daß er mich nach Glasgow gebracht hatte. Daß die Auszahlung der Anfang vom Ende werden sollte, begriff er sofort. Er starrte mich an, ohne ein Wort hervorzubringen. Offenbar überlegte er genau, daß er alles verlieren würde, wenn er zu viel verlangte; andrerseits wollte er auch ja nicht weniger fordern, als ich zu zahlen bereit war. Schließlich gab er sich einen Ruck und sagte vorwurfsvoll: »Achtzehn Groschen per diem – das heißt für jeden Tag – werden Euer Gnaden nicht unverschämt nennen.«

»Es ist doppelt soviel wie üblich«, sagte ich. »Aber hier habt Ihr eine Guinee, und damit holla.«
»Ein Goldstück für mich?!« stammelte er. »Junger Herr, haben Sie den Verstand verloren?«
»Euch loszuwerden ist mir ein Goldstück wert«, erwiderte ich, »und nun geht Eurer Wege.«
Er sah mich vorwurfsvoll an. »Euer Gnaden schicken mich fort? Euer Gnaden stoßen mich von sich? Einen gutbezahlten Posten – was sage ich? – eine Lebensstellung habe ich im Stich gelassen, um Euer Gnaden in der Not zu helfen – und jetzt wollen Euer Gnaden mich mit einer lumpigen Guinee abfinden, wo ich von mir aus bereit war, es ein gutes halbes Jahr bei Euer Gnaden auszuhalten! Sagen Euer Gnaden mir, wenn ich darum bitten darf, nur noch eins: Habe ich Euer Gnaden schnell und sicher nach Glasgow gebracht?«
Das mußte ich ihm zugeben, und ich wagte die Frage, ob er denn auch im Hochland gut Bescheid wüßte. Das beschwor er. Freilich, wenn ich ihn gefragt hätte, ob er mir den Weg zum verlorenen Paradies zeigen könnte, dann hätte er das wahrscheinlich auch versichert. Aber später machte ich die Erfahrung, daß er mir nicht zu viel versprochen hatte.
Also behielt ich ihn, setzte aber seinen Lohn fest und bedang mir aus, daß ich ihn jederzeit entlassen könnte, wobei ich ihm dann nur noch den Lohn für eine volle Woche geben würde. Er war mit allem einverstanden und verließ mich mit der Miene eines Siegers.
Nun suchte ich Herrn Jarvie auf. Ich fand ihn an einem gutbesetzten Frühstückstisch, und neben ihm saß mein guter Owen. Er war frisch gewaschen, peinlich genau rasiert und sein hellbrauner Rock ohne jedes Stäubchen – aber aus seinem treuen Gesicht war der Kummer noch immer nicht gewichen. Stumm saß er da. Er konnte wohl in seinen Gedanken nur die Tage und Stunden zählen, die es noch dauerte, bis die Firma Osbaldistone & Tresham zusammenbrach.

So mußte ich denn unseren freundlichen Gastgeber unterhalten, seinen soeben aus China eingetroffenen Tee loben, auch noch seinen Kaffee kosten, der von seiner Plantage auf Jamaika stammte. Ich fand seinen Lachs exquisit, seine Heringe delikat, und ich bewunderte den feinen Damast des Tischtuchs, das, wie er sagte, sein Vater selbst gewoben hatte. Jener war ein einfacher Weber gewesen und hatte es doch bis zum Stadtältesten von Glasgow gebracht, und zwar durch eine unbedingte Rechtlichkeit – »ein Mann, wie ihn die Erde nicht noch einmal sehen wird«.

Das schien mir eine gute Gelegenheit, nach dem zu fragen, was mich mehr interessierte. »Nun sagen Sie mir doch, Herr Jarvie, was hat es mit diesem Herrn Campbell auf sich?«

Seine gute Laune war im Nu verflogen. »Dieser Campbell«, wiederholte er. »Jaja«, und anstatt mir zu antworten, fragte er mich: »Woher kennen Sie ihn eigentlich?«

»Ich habe ihn zufällig in Nordengland getroffen.«

»Dann werden Sie von ihm mehr wissen als ich.«

»Ich weiß gar nichts von ihm – aber wenn ich recht gehört habe, sind Sie doch mit ihm verwandt?«

»Eine sehr weitläufige Vetternschaft«, sagte er fast wegwerfend. »Ein Viehhändler ist er. Das sind alles Hungerleider da oben in den Bergen. Da ist nichts zu holen. Und was sollen wir lange darüber reden? Wir haben Wichtigeres zu tun« – und damit ging er auf seine Geschäfte mit Osbaldistone & Tresham ein. Er setzte sich seine Brille auf und sah die Aufstellung durch, die der gute Owen ihm mit kummervoller Miene vorgelegt hatte.

»Jaja«, sagte er. »Das gibt ein böses Defizit ... Das kann ein schwerer Verlust für mich werden ... Aber vielleicht brecht ihr doch noch nicht den Hals ... Und wenn ich jetzt bluten muß, dann will ich nicht vergessen, daß ich die Jahre hindurch an euch schön verdient habe ... Schlimmstenfalls muß ich auch noch den Kopf der Sau zum Schwanz des Ferkels legen ...«

Ich saß als müßiger Zuschauer dabei, und Herr Jarvie empfahl mir, mich ins College zu begeben: »Da finden Sie Herren, mit denen Sie griechisch und lateinisch sprechen können.« Ihm lag wohl mehr daran, mich loszuwerden, damit ich ihm nicht noch einmal mit Fragen nach Campbell unangenehm würde. Er wußte jedoch, was sich gehört, und lud mich auf ein Uhr zum Mittagessen ein. »Aber kommen Sie Schlag eins. In meinem Hause wird auf die Minute pünktlich gegessen, und wer zu spät kommt, der hat das Nachsehen.«
Ich schlug die Richtung nach dem College ein, und wie ich so durch die Straßen schlenderte, kam ich über die Fragen nicht hinweg, die mir Herr Jarvie offenbar nicht beantworten wollte. Eins stand fest: dieser Campbell war in gefährliche Unternehmungen verwickelt, denen Herr Jarvie ein schlimmes Ende prophezeite. Dabei war jedoch nicht zu übersehen, daß er für den Hochländer, dessen Pläne er verurteilte, etwas übrig hatte. In die Vorwürfe, die er ihm machte, mischten sich Zuneigung und Mitleid. Er schien vor dem gefährlichen Manne sogar eine gewisse Hochachtung zu haben – und gab es nicht zu denken, daß Diana Vernon es nicht verschmähte, Campbells Dienste in Anspruch zu nehmen? Aber mußte es mich nicht wieder beunruhigen, daß mein eigenes Schicksal mit einer so rätselhaften Persönlichkeit verbunden zu sein schien?
Das College lag in einem großen Park, und ich schlug einen langen Weg ein, den zu beiden Seiten Hecken einfaßten. An seinem oberen Ende sah ich drei Herren, die mir entgegenkamen und die in einem eifrigen Gespräch begriffen waren. Mich durchfuhr eine Ahnung wie ein Blitz – der in der Mitte der drei mußte Thomas sein!
Mein erster Gedanke war, ihn sofort zu stellen. Dann schien es mir besser, ihn im Auge zu behalten und mit ihm erst zu sprechen, wenn seine Begleiter ihn verlassen hatten, und rasch trat ich in einen Seitenweg, von dem aus ich die langsam Herankommenden beobachten konnte.

Sie waren in ihr Gespräch so vertieft, daß sie auf mich gar nicht geachtet hatten. Aber jetzt ärgerte es mich, daß ich mich hier gewissermaßen versteckte. Nun war es damals unter den jungen Männern von Stande Mode geworden, einen weiten Umhang zu tragen, dessen einen Zipfel man sich vor das Gesicht hielt, so daß es zum größeren Teil verdeckt war. Das tat ich auch und schritt ihnen entgegen, wobei sie nach wie vor keine Notiz von mir nahmen. Als wir aneinander vorübergingen, war mir, als sähe ich nicht recht – denn neben Thomas gingen Morris und der Mann mit dem Raubvogelgesicht, Herr MacVittie.
Noch einige Schritte, dann kehrte ich um und ging den Dreien nach. Sie beachteten mich nicht, und am Ende des Weges trennten sie sich. Thomas kam mir allein entgegen. Er war ein überlegener Kopf, der nicht leicht erschrak. Als ich aber jetzt meinen Umhang zurückschlug und er mich erkannte, fuhr er zurück, bestürzt, ja beinahe entsetzt.
Ich trat auf ihn zu. Das verwandtschaftliche Du verschmähte ich. »Endlich habe ich Sie gefunden«, sagte ich – »den Mann, der meinen Vater betrogen hat und den ich jetzt vor Gericht bringen werde!«
Er hatte sich wieder in der Gewalt und antwortete kühl, ohne irgendwelche Erregung zu zeigen: »Ich rate Ihnen, Herr Osbaldistone, sich vor keinem Gericht zu zeigen. Das würde für Sie übel ausgehen, denn zum zweiten Male werde ich Ihnen nicht aus der Schlinge helfen. Ich rate Ihnen weiter, schöne Verse aufs Papier zu bringen und die Geschäfte denen zu überlassen, die nicht in einer Welt der Phantasie leben, sondern in der harten Wirklichkeit.«
Damit hatte er mich getroffen, und in meiner Wut vergaß ich mich. »Sie sind ein Mann ohne Ehre«, sagte ich. »Das ist die Wirklichkeit.«
In seinen schönen Augen flammte es auf. Aber er blieb ganz ruhig. »Ich kenne hier eine Stelle«, erwiderte er, »wo man ungestört ist. Ich nehme an, das paßt Ihnen.«

»Gewiß«, sagte ich.
Stumm gingen wir nebeneinander. Er führte mich an einen kleinen viereckigen Platz, der mit Hecken umsäumt und durch Marmorsäulen geschmückt war, die Büsten trugen. Ich bekam zu spüren, wen ich herausgefordert hatte – noch ehe ich meinen Umhang abgeworfen und meinen Degen gezogen hatte, stieß er seinen bloßen Degen gegen meine Brust. Nur daß ich zurücksprang, rettete mich vor seinem tödlichen Stoß.
Wir fochten. Er war im Vorteil, denn sein Degen war länger als der meine und hatte eine dreischneidige Klinge, während ich einen sogenannten englischen Degen führte, der nur zweischneidig, schmal und flach war. Thomas focht nicht wie ein Gegner, sondern wie ein erbarmungsloser Feind. Erst hatte ich mich zurückgehalten, aber dann war ich entschlossen, ihn nicht zu schonen. Bei einem heftigen Ausfall jedoch glitt ich aus, und er stieß zu. Sein Degen drang durch Weste und Rock und schrammte mir die Rippen. Da packte ich mit der Linken das Heft seines Degens und wollte ihm mit der Rechten den entscheidenden Stoß versetzen, als uns ein Mann auseinanderriß. »Was?!« schrie er. »Ihr seid vom selben Blut und wollt euch umbringen? Wer noch einen Stoß wagt, dem spalt' ich den Schädel!«
Es war Campbell. Er hatte ein schottisches Breitschwert gezogen und schien in wildem Zorn zu allem fähig. Er schalt mich aus: »Wollen Sie Ihres Vaters Kredit wiederherstellen, indem Sie Ihrem Vetter die Kehle durchschneiden?« Aber auch Thomas kam nicht ungerupft davon. »Was fällt Ihnen ein? Sie wissen, was für eine große Sache im Gange ist, und setzen Ihr Leben in einem dummen Raufhandel aufs Spiel? Wer soll da noch Vertrauen in Sie haben?« – »Die Schuld liegt nicht bei mir. Mein Vetter hat mich beleidigt und mich zum Duell gezwungen.«
»Verwundet?« fragte mich Campbell.
»Eine Schramme«, sagte ich. »Wenn Sie nicht gekommen wären, dann hätte er sie hier mit seinem Leben bezahlt.«

»Das ist wahr«, sagte Campbell. »Aber deswegen brauchen Sie nicht stolz zu tun wie eine Sau, die Trompete blasen kann. Jetzt kommen Sie mit mir!«
Ich hatte Thomas am Arm gepackt. »Den Mann lasse ich nicht eher los«, rief ich, »als bis er mir die Papiere ausliefert, die er meinem Vater gestohlen hat.«
»Haben Sie hier noch nicht Feinde genug?!« antwortete Campbell, und Thomas sagte höhnisch: »Ihr seht, MacGregor – er rennt in sein Verderben. Der Haftbefehl ist schon unterschrieben.«
»Der Teufel hole alle Richter und Staatsanwälte und Polizeibeamten, die hinter uns Schotten her sind«, sagte Campbell aufgebracht. »So wahr ich ein Mann bin – daß diesem jungen Menschen, der für seinen Vater eintritt, übel mitgespielt wird, das werde ich nicht dulden. Verschwinden Sie, Herr Thomas! Und Sie« – damit meinte er mich – »lassen ihn laufen. Ich sag's Ihnen im Guten.«
Darauf ließ ich Thomas frei. »Die Rechnung ist noch nicht beglichen«, sagte er verbissen, »und ich hoffe, wir treffen uns wieder. Dann soll mir keiner in den Arm fallen.«
Er ging, und unwillkürlich wollte ich hinter ihm her. Aber jetzt hielt Campbell mich fest. »Dem Wolf in die Höhle folgen, was?! Ich habe Sie gesucht, Ihre Sache steht schlecht. Er hat Ihnen die alte Falle wieder aufgestellt und den Morris noch einmal auf sie gehetzt – aber hier sitzen andere Leute als der Inglewood. Ducken Sie sich! Lassen Sie die Welle über sich weggehen! Und laufen Sie Ihrem Vetter aus dem Weg wie diesem Morris und den Herren vom Galgentor! Ich darf mich hier auch nicht mehr blicken lassen. Aber ich erwarte Sie. Auf Wiedersehen in Aberfoil!«
Er ließ mich stehen, und ich suchte mir eine Apotheke. Hinter dem Ladentisch stand ein halbwüchsiger Lehrling und zerstieß mit allen Zeichen der Unlust irgend etwas in einem Mörser. Ich verlangte, seinen Prinzipal zu sprechen, worauf er mir, schnüffelnd und den Stößel noch

immer in der Hand, ein Hinterzimmer öffnete. Dem Apotheker, der hier seine Zeitung las, erklärte ich, beim Fechtunterricht sei ich verletzt worden, und bat um seine Hilfe. Ich sah es ihm an, daß er mir kein Wort glaubte, aber er verband meine unbedeutende Wunde und sagte dabei: »Wovon sollen denn Doktor und Apotheker und Totengräber leben, wenn die Menschen nicht mehr mit Messern und Säbeln aufeinander losgehen?«

Herr Jarvie holt weit aus

»Wo bleiben Sie denn so lange?« fragte Herr Jarvie, als ich fünf Minuten nach eins bei ihm zu Haus eintraf. »Mathilde hat schon zweimal nach Ihnen gesehen, und es ist ein wahres Glück, daß es heute einen Widderkopf gibt, denn er kann es vertragen, wenn er warmgestellt wird. Aber ein Schafskopf, der zu lange kocht, ist das reine Gift.«
An die schottischen Delikatessen mußten der gute Owen und ich uns gewöhnen, und das wollte etwas heißen. Was Herr Jarvie auftragen ließ und was er selbst mit größtem Behagen verspeiste, das schmeckte wie verbrannte Wolle, und es war ein jämmerlicher Anblick, wie der gute Owen kaute und kaute, weil er die Bissen nur mit Überwindung herunterbrachte. Später kam freilich ein Kognakpunsch auf den Tisch, der alles wiedergutmachte. Die Zitronen, deren Saft in das Getränk gepreßt wurden, stammten aus Herrn Jarvies westindischem Gut, und das Rezept von einem alten Kapitän. Der wieder hatte es von seinem Nachbarn bekommen, einem Seeräuber, der sich zur Ruhe gesetzt hatte.
Nun war der rechte Augenblick da, von meinen Abenteuern des Vormittags zu berichten, und ich tat es genau. Nur meine Verwundung erwähnte ich nicht. Die beiden

hörten angespannt zu, aber Herr Jarvie schüttelte dabei mißbilligend seinen Kopf. »Das Schwert gegen einen anderen Menschen zu ziehen«, sagte er, »ist gegen Gottes Gebot und daher eine Sünde. Wer in Glasgow dabei erwischt wird, kommt außerdem ins Gefängnis und muß noch Buße zahlen.« Als er aber hörte, wer Thomas und mich voneinander getrennt hatte, geriet er ganz außer sich. »Was?!« rief er. »Robin ist immer noch in der Stadt?! Ist er denn ganz und gar von Gott verlassen? Wenn ihn einer anzeigt, dann ist er verloren!«

»Herr Jarvie«, sagte ich, »jetzt bitte ich Sie um Ihren Rat. Kann ich mich diesem sonderbaren Manne anvertrauen oder nicht? Ist er imstande, meinem Vater zu helfen? Und geht es nicht gegen meine Ehre, mich mit ihm einzulassen?«

»Einen guten Rat werde ich Ihnen nie verweigern«, antwortete er. »Aber das will ich Ihnen gleich sagen: Wer auf seine Ehre pocht, der wird ein Blutvergießer und Mörder. Von Ehre wollen wir nichts wissen, junger Freund. Des Kaufmanns Ehre heißt Kredit!«

»Kann ich Herrn Campbell als einen ehrlichen Mann ansehen?«

»Tja«, sagte Herr Jarvie und hustete vorsichtig. »Er besitzt die Ehrlichkeit des Hochländers. Er ist, so möchte ich mich ausdrücken, in seiner Weise durchaus ehrlich. Aber die Hochländer haben ihre eigenen Begriffe.«

»Soll ich ihn in Aberfoil aufsuchen?«

»Ich würde es an Ihrer Stelle tun«, erwiderte er. »Hier in Glasgow ist es für Sie nicht geheuer. Dieses Individuum, diese halbe Portion, dieser Morris hat den Posten eines Zollaufsehers erhalten. Damit ist er eine amtliche Person, wenn sein Amt auch darin besteht, den Menschen mit seinen Formularen lästig zu fallen. Wenn er gegen Sie Anzeige erhebt, dann wird er gehört, und ehe Sie sich versehen, sitzen Sie fest.«

»Aber bin ich besser dran, wenn ich mich in die Gewalt eines undurchsichtigen Mannes begebe, von dem ich nur

weiß, daß er guten Grund hat, die Gerichte zu fürchten? Außerdem steht er mit meinem Vetter in enger Verbindung, dem mein Vater sein ganzes Unglück verdankt!«
»Da haben Sie nicht unrecht und doch noch nicht recht«, sagte Herr Jarvie. »Sie kennen das schottische Hochland und die Hochländer nicht. Das ist die Sache.«
Er schenkte uns und sich wieder ein, trank uns zu und sagte dann: »Meinen guten Rat... Den sollen Sie haben... Aber dazu muß ich weit ausholen...«
Er trank noch einmal, ehe er fortfuhr. »Dort oben ist alles anders. Da gibt's keine Gerichte. Da gibt's überhaupt keine Beamten. Da gibt's nur den ›Laird‹, den Häuptling des Clans, und der kennt keine anderen Gesetze als das Längenmaß seines Dolchs. Der Kläger ist das Breitschwert, Verteidiger ist der Schild, und der Stärkere hat recht.«
Der gute Owen seufzte auf, und auch mir wurde schwül. In ein solch gesetzloses Land sollte ich mich begeben und dort mein Recht suchen...
»Über diese Zustände reden wir nicht gern«, fuhr Herr Jarvie fort. »Man will sein eigenes Land nicht schlechtmachen, und ich muß mich auch vorsehen: ich habe da oben Verwandtschaft, und die Hochländer haben lange Arme. Aber wie sieht's da aus?«
Erst nach einer eindrucksvollen Pause fuhr er fort: »Stellen Sie sich ein Land vor, wild und verlassen, nur Berge und Schluchten und Höhlen – selbst den Teufel kommt das Grausen an, wenn er drüberwegfliegt. Stellen Sie sich weiter vor: in dieser Wüstenei leben sechzigtausend wehrfähige Männer, und nur für die Hälfte von ihnen gibt's Arbeit; denn das ist da oben nur ganz elender Boden. Zu Hunderten kommen sie ins Unterland, leben vom Stehlen und Rauben und sind darauf geeicht, unser Vieh wegzutreiben – ein bejammernswerter Zustand in einem christlichen Staat! Ich will ja nicht behaupten, daß ihre ›Lairds‹, ihre Häuptlinge, ihnen geradezu befehlen: ›Geht hin und nehmt, was ihr kriegen könnt‹ – aber sie tun

auch nichts dagegen. Sie verstecken die Räuber sogar und leben mit von dem, was die heimbringen – und die Kerle tun blind, was der Häuptling befiehlt.«

»Und Campbell ist einer der großen Herren und Landbesitzer, die sich eine Bande von Räubern halten?« fragte ich.

»Keine Rede davon«, antwortete Herr Jarvie. »Keine Rede. Robin der Rote ist kein ›Laird‹. Aber er ist von bester Familie –«

»Und die Hochländer hören auf ihn?«

»Das kann man wohl sagen! Ursprünglich war er Viehhändler und ein ehrlicher Mann – ein Mann, ein Wort! Den hätten Sie sehen müssen, wie er mit Schwert und Dolch im Gürtel und den Schild auf dem Rücken hinter hundert hochländischen Ochsen herzog, ein Dutzend Treiber um sich, die so wild und zottig aussahen wie ihr Vieh. Und er war nicht aufs Geld versessen. Wenn ihm der Mann gefiel, mit dem er handelte, dann zahlte er ihm auf ein Pfund Sterling fünf Schilling zurück. ›Nimm‹, sagte er, ›das ist dein Glückspfennig.‹«

»Ein Preisnachlaß von fünfundzwanzig Prozent«, sagte der gute Owen, und man merkte ihm an, daß die Sache seine Billigung nicht fand. »Das nenne ich einen erheblichen Rabatt.«

»Und wenn der andere ein armer Kerl war«, sagte Herr Jarvie, »dann gab Robin ihm den Ochsen gratis.«

»Wie sollte er da je auf einen grünen Zweig kommen?« fragte der gute Owen vorwurfsvoll.

»Das sage ich ja. Er war kein Geschäftsmann. Er wagte zu viel. Er machte Schulden – und seine Gläubiger, die brachten ihn um das Land, das er besaß. Sie nahmen ihm sein Haus, als er irgendwo unterwegs war, und seine Frau konnte gerade noch mitnehmen, was sie tragen konnte. Als er wiederkam, hatte er nicht einmal mehr ein Dach überm Kopf... Da zog sich Robin der Rote seine Mütze tiefer ins Gesicht, nahm sein Breitschwert – und in den wilden Bergen gab es von dem Tage an einen Geächteten, einen Vogelfreien mehr. Aber sagen Sie selbst: Wovon sollte er denn nun leben? Blieb ihm etwas anderes als das Schutzgeld?«

Den Ausdruck hatte ich noch nie gehört, und ich erkundigte mich: »Was hat man darunter zu verstehen?«

»Tja«, sagte Herr Jarvie, »ich sagte ja schon – da muß man auch wieder weit ausholen. Robin stammt aus dem berühmten Clan der MacGregor, den die Leute den ›Clan der Unbeugsamen‹ nennen, und mit Recht. Der Clan hat immer und gegen jeden rebelliert – gegen den eigenen König, gegen unser Parlament, sogar gegen die Kirche. Ich sag's ganz offen, ob's einer hören mag oder nicht: meine Mutter war eine MacGregor. Und als Robin MacGregor unter die Vogelfreien ging, da sammelte sich um ihn ein Haufen junger Kerle, und Robin ließ die Grundbesitzer und die Pächter wissen: sie sollten ihm jährlich eine gewisse Summe zahlen, deren Höhe von der Größe des Landbesitzes oder des Pachthofs abhing. Dafür verpflichtete sich Robin, ihnen jedes Stück Vieh, das ihnen weggetrieben wurde, binnen drei Tagen zurückzuschicken oder doch dessen Wert zu bezahlen. Und er hielt sein Wort! Es gibt keinen Menschen, der das bezweifelt.«

»Eine bemerkenswert ungewöhnliche Form der Versicherung gegen Diebstahl«, bemerkte der gute Owen, »aber durchaus gegen das Gesetz!«

»Wenn aber das Gesetz nicht imstande ist, mein Vieh und meine Scheune zu schützen?« wandte Herr Jarvie erregt ein. »Weshalb soll ich mich da nicht lieber mit einem schottischen Gentleman verständigen?«

»Was geschieht aber«, fragte ich, »wenn sich jemand weigert, ein solches Schutzgeld zu zahlen?«

»Da liegt der Hase im Pfeffer«, antwortete Herr Jarvie. »Ich möchte jedem davon abraten, sich mit meinem Vetter Robin nicht zu verständigen. Da war zum Beispiel eine gewisse Familie Graham, die wollte das Schutzgeld sparen – aber was geschah? Schon im ersten Winter verschwand ihr gesamter Viehbestand spurlos... Und als die Cohoons nicht zahlen wollten, brannten ihre Scheunen ab... Wie gesagt, ich möchte da zum Guten raten, Robin der Rote ist zu jedem nett, der zu ihm nett ist – aber im Bösen kommt man eher mit dem Gottseibeiuns aus als mit ihm.«

»Und es gibt kein Gericht, das gegen ihn einschreitet?«

»Es gibt kein Gericht in Schottland, das nicht gegen ihn einen Steckbrief erlassen hätte. Aber der steht eben auf dem Papier. Robin hat überall Freunde, bei hoch und niedrig, auch bei sehr hoch. Ich könnte da Namen nennen, indessen wozu? Hin und wieder ist auch einmal ein Trupp Konstabler gegen ihn losgeritten, aber den Rückweg mußten sie zu Fuß antreten, denn unterwegs waren ihnen die Pferde gestohlen worden. Nie hat ihn einer erwischt. Wenn die Verfolger schon dachten: ›Jetzt haben wir ihn!‹ – er fand immer ein Loch, durch das er davonkam. Abergläubische Leute behaupten, Robin habe einen Vertrag mit seinem Blut unterschrieben, und dafür mache ihn der Teufel unsichtbar, wenn Robin ihn anrufe – aber das ist Weibergeschwätz. Es fängt ihn keiner, weil er schlauer und gewandter ist als der Vater der Füchse.«

Ganz allmählich hatte sich in dem Ratsherrn und Zweiten Vorsitzenden des Glasgower Stadtgerichts eine Änderung vollzogen. Sosehr er anfänglich seinen wilden Vetter abgelehnt hatte, so war er doch nach und nach, indem er von ihm erzählte, immer wärmer geworden. Daß er ihn im Grunde bewunderte, das war mir ganz deutlich – und ich muß hinzusetzen, daß die einzigartige Gestalt des Herrn der Räuber auch für mich immer anziehender wurde. Aber ich war ja auf keiner Vergnügungsreise, sondern hatte eine schwierige Aufgabe, und so fragte ich: »Glauben Sie denn, Herr Jarvie, daß Robin MacGregor für meinen Vater etwas tun kann?«

»Das ist mir fast sicher«, lautete seine Antwort. »Aber dazu muß ich wiederum weit ausholen. Die hochländischen Herren und Häuptlinge haben jetzt seit Jahr-

zehnten Frieden gehalten. Weshalb, junger Herr? Was meinen Sie?«
»Vielleicht haben sie eingesehen, daß England stärker ist als sie?«
»Das wird kein Bergschotte je einsehen.«
»Sind sie etwa bequemer geworden?«
»Sie sind die härtesten Jäger und Seeleute ... Nein, Sie erraten es nicht. Die großen Herren wurden bezahlt, damit sie Frieden hielten.«
»Aber wer bezahlt sie denn?«
»Da war König Wilhelm, der ließ zwanzigtausend Pfund Sterling unter sie verteilen. Nach ihm kam die Königin Anna, und sie zahlte den Häuptlingen kleine Jahrgelder, damit sie ihre Faulenzer füttern konnten. Aber dann bestieg König Georg I. den englischen Thron – Gott erhalte den gekrönten Herrn! Er kam aus Hannover, und im Hannoverschen kennt man das anscheinend nicht, daß man Räuber am besten bezahlt, damit sie nicht rauben – jedenfalls kommt seitdem vom Londoner Hof kein Penny mehr in die schottischen Berge, und nun liegen die Lairds da wie die Fische im Sand. Sie haben keine Mittel, ihre Leute zu ernähren. Im Unterland gibt ihnen kein Mensch Kredit, denn das hieße, das liebe Geld ins Meer werfen. Das kann aber nicht so bleiben! Die Häuptlinge wollen die Könige aus dem Hause Stuart wiederhaben – und so wahr wie ich hier sitze: es dauert keine anderthalb Jahre mehr, und sie kommen von den Bergen in hellen Haufen, und wir haben den Krieg im Land!«
»Schlimm für Sie, Herr Jarvie, sehr schlimm. Aber entschuldigen Sie eine Frage. Was hat das alles mit meinem Vater zu tun?«
»Sehr viel, junger Freund, sehr viel. Robin kann fünfhundert Mann aufbieten, und das will im Kriegsfall schon etwas heißen. Und ich glaube mich nicht zu irren, wenn ich meine, er ist einer der Hauptagenten zwischen den Lairds und den nordenglischen Adligen, die dem König Georg auch nicht grün sind. Da ist nun die Sache mit

dem zweifelhaften Morris, dem Robin mit einem der jungen Osbaldistone in den Cheviot-Bergen die Staatsgelder abgenommen hat. Ich muß Ihnen gestehen, Herr Francis — es ging das Gerücht, Sie hätten dabei mitgewirkt, und es hat mich sehr bekümmert, daß Ihres Vaters Sohn sich für so etwas hergibt —«
Ich wollte etwas erwidern, aber er ließ mich nicht zu Wort kommen. »Schon gut, schon gut, jetzt weiß ich Bescheid. Es ist ganz klar: es war der Thomas. Aber diese Kreatur, der Morris, diese feige Hyäne wagt noch heute nicht einzugestehen, wer ihn um das Geld erleichtert hat. Er fürchtet, daß Robin ihm den roten Hahn aufs Dach setzt!« — »Das habe ich vermutet«, sagte ich.
»Da ist nichts zu vermuten. Ich weiß es gewiß. Ich kenne einen gewissen Jemand, der einige von den Papieren gesehen hat, die Morris bei sich gehabt hat. Das ist nämlich so: um zu Geld zu kommen, haben ein paar von den Häuptlingen ganze Wälder verkümmert. Ihr Vater hat sie gekauft und dabei sehr hohe Wechsel in Zahlung gegeben. Die wurden den Lairds in Glasgow ohne weiteres honoriert, denn Osbaldistone & Tresham waren eine goldsichere Firma —«
»Das waren wir«, sagte der gute Owen wehmütig.
»Aber nun kommt der Stein ins Rollen, verstehen Sie?«
Nein, ich verstand nicht, und Herr Jarvie mußte noch einmal weit ausholen.
»Das ist doch ganz einfach«, sagte er. »Wenn die Wechsel jetzt nicht eingelöst werden, dann kommen die Glasgower Firmen den Häuptlingen an den Hals. Die müssen dann zahlen — aber wie sollen sie wieder herausspeien, was sie schon längst durchgebracht haben? Aus ihnen ist kein Penny zu holen, aber sie müssen zahlen — aus dem Schlamassel rettet sie nur ein Krieg. Das böse Wetter steht schon lange am Himmel — aber jetzt bricht es los!«
»Sie meinen«, sagte ich. »Thomas Osbaldistone hat meinen Vater ruiniert, damit durch seinen Konkurs der Aufstand eher ausbricht?«

»Ja, das meine ich. Und das bare Geld, das Ihr sauberer Herr Vetter mitgehen ließ, das braucht er, weil er schon voraussah, daß er die gestohlenen Wertpapiere hier nicht loswürde. Jeder, dem er sie zum Kauf anbietet, fragt natürlich: ›Wie sind Sie denn an die Papierchen gekommen?‹ Selbst die Herren vom Galgentor, denen er die heißen Papiere andrehen wollte, machten saure Gesichter – die Füchse waren zu schlau, den Köder anzubeißen! Mit den Papieren kann er sich höchstens seine Pfeife anstecken... Er wird sie also in einem der hochländischen Schlupfwinkel versteckt haben, und Robin weiß wahrscheinlich wo!«

Das war ein Fingerzeig... Endlich verstand ich, was hier gespielt wurde. Aber wie konnte ich damit rechnen, daß Robin MacGregor mir die gestohlenen Papiere überließ? Er war ein Agent der Jakobiten, sie brauchten Geld – weshalb sollte er in meinem Interesse gegen die Interessen der Partei handeln, für die er kämpfte? Indessen hatte Herr Jarvie diese Bedenken nicht. »Robin war immer ein Kerl für sich«, sagte er. »Da ist zum Beispiel der Herzog von Argyle – ein großer Herr, ein sehr großer Herr. Der hat seinen Frieden mit dem König Georg gemacht und steht gegen die hochländischen Rebellen – aber Robin ist sein Freund geblieben. Sie mögen einander, und damit basta. Wenn Robin Sie gern hat, Herr Francis, dann tut er auch etwas für Sie. Und war da nicht ein gewisses Briefchen, das Sie ihm gebracht haben? Stand darin vielleicht ein gutes Wort über Sie? Und wie, wenn Robin MacGregor die Person hochachtet, deren Hand Sie ihm empfahl?«

Mit einemmal war Diana wieder da – nicht leibhaftig, und doch anwesend – irgendwo an einem mir unbekannten Ort, und doch bei mir – ein guter Engel...

»Ich gehe nach Aberfoil«, sagte ich.

»Gut, gut, gut... Aber da ist noch etwas sehr im Wege – wie sollen Sie damit fertig werden?«

»An wen denken Sie jetzt?«

»An eine alte Schimmelstute in Robins Stall.«
»Wie soll ich das verstehen?«
»Die bockt! Sie feuert hinten aus!« Das begriff ich nicht.
»Ich rede von seinem Weibe, Mann! Von Robins Weib! Sie kann keinen Engländer riechen und wird für ihren Jakob Stuart alles tun, was sie tun kann. Wenn sie auf den Papieren sitzt, dann rückt sie keins davon heraus.«
»Wie ist das nur möglich«, rief ich aus, »daß die friedlichen Geschäfte Londoner Kaufleute sich mit einem Aufstand schottischer Hochländer verwickeln!«
»Das kann Sie nur verwundern, weil Sie eine unsichtbare Großmacht nicht kennen, junger Freund – das Geld, das liebe, das verfluchte Geld! Die Holländer sagen: der beste Glaube ist das Geld... Das sind Leute, was?! Aber als der König von Spanien eine Armada gegen England ausschicken wollte, da konnte er's nicht, und warum nicht? Weil die Bankiers von Genua ihm das dazu nötige Geld nicht gaben – und warum gaben sie es ihm nicht? Weil die Londoner Bankiers in der Lage waren, sie dazu zu zwingen! Ja, wer den Daumen auf dem Beutel hat, der hat die Macht... Es dauerte ein ganzes Jahr, bis der Spanier das Geld irgendwo anders zusammengepumpt hatte. Aber was halten Sie von den Londoner Bankiers, junger Freund?«
»Sie haben für Ihr Vaterland getan, was sie nur konnten!«
»Richtig, mein Junge. Und ich meine, das gilt auch von dem, der die hochländischen Lairds davor bewahrt, mit ihren blindwütigen Anhängern einen blutigen Krieg vom Zaun zu brechen, nur weil die Herren gewisse Gelder nicht zurückzahlen können. Jeder Krieg bringt Tod und Not und Elend... Es geht einfach darum, Ihres Vaters Kredit zu retten und nebenbei auch mein eigenes Geld, das mir Osbaldistone & Tresham aus unseren Geschäften schulden.«
»Wenn Ihnen das gelänge, Herr Jarvie«, sagte ich und kam nicht weiter. »Ach, ich kann nicht sagen, wie dankbar wir Ihnen wären!«

Der gute Owen griff ein. Seine Stimme zitterte vor Erregung. »Wir würden außerdem bei zukünftigen Geschäften über einen neuen Prozentsatz mit uns reden lassen. Zum mindesten, das glaube ich versichern zu dürfen, würde die Firma Osbaldistone & Tresham in Schottland mit keinem anderen Agenten mehr Geschäfte machen als mit Ihnen, Herr Jarvie.«

»Wobei die Firma nicht schlecht fahren würde«, antwortete er selbstbewußt, »und Sie würden nur bedauern, das nicht schon längst getan zu haben. Jedenfalls kenne ich drei ehrenwerte Glasgower Bürger, die bereit sind, Ihnen so viel Bargeld vorzuschießen, daß Sie allen Ihren Verpflichtungen nachkommen können – und die drei Herren verlangen keine andere Sicherheit als die Wertpapiere, die Sie, Herr Francis, aus den Händen der Philister holen müssen.«

»Herr Francis, Herr Francis!« rief der gute Owen, »jetzt hängt alles an Ihnen!«

»Junger Herr«, sagte Nikolas Jarvie, »das habe ich von meinem Vater geerbt: ich kann mich niemals mit den Geschäften eines Freundes befassen, ohne sie zuletzt ganz zu meinen eigenen zu machen. Sie sollen nicht allein in die Berge! Ich komme mit.«

Sofort rief er die Magd und befahl ihr, seinen Reitrock an die frische Luft zu hängen, seine Reitstiefel zu schmieren und sie die ganze Nacht vor dem Küchenherd stehenzulassen. Um sein Pferd wollte er sich selbst kümmern. Der gute Owen war am besten aufgehoben, wenn er hier im Haus blieb und sich nicht weiter sehen ließ. Herr Jarvie und ich aber wollten am andern Morgen früh aufbrechen.

Mit Feuer und Schwert

Für Andreas hatte ich von einem Pferdehändler, den mir Herr Jarvie empfohlen hatte, ein schwarzes Pony gekauft, und der Mann hatte es übernommen, die schöne Stute, die Edgar gehörte, an den Eigentümer zurückzubringen. Als wir aber am andern Morgen aufbrechen wollten, sah ich zu meinem Erstaunen, daß Andreas mit einem braunen Wallach ankam, der lahmte; es sah aus, als könne der elende Gaul nicht mehr als drei seiner Beine benutzen, und das vierte schwebe nur der Begleitung wegen in der Luft. Ich stellte ihn zur Rede, was das denn heißen solle, und er erklärte mir, das Pony habe er gut verkaufen können, und der Wallach sei so übel nicht – »wenn er erst ein paar Meilen gelaufen ist, dann kommt er gut in Gang. Er ist als folgsam bekannt. Die Leute nennen ihn den ›sanften Bill‹«.
Mit anderen Worten – der verschmitzte Bursche hatte für das Pony mehr Geld in die Tasche gesteckt, als ihn der kümmerliche Wallach gekostet hatte. Ich wollte unseren Aufbruch nicht verzögern und war deshalb bereit, die Gaunerei hinzunehmen. Als echter Engländer begnügte ich mich damit, den Betrug zu durchschauen. Aber als Herr Jarvie dazukam, griff er auf der Stelle durch. »Beschafft sofort das Pony wieder!« befahl er. »Oder ich lasse Euch einsperren, bis Ihr bezahlt habt.«
»Wie soll ich zahlen, wo ich keinen Penny in der Tasche habe?« antwortete Andreas frech. »Einem Hochländer kann man keine Hose abziehen.«
»Vierzehn Tage bei Wasser und Brot machen den unverschämtesten Kerl kirre«, sagte Herr Jarvie seelenruhig, und da gab Andreas klein bei. Nicht lange, und er kam mit dem schwarzen Pony wieder. »Laßt Euch das gesagt sein«, bemerkte Herr Jarvie, »ich sehe Euch genau auf die Finger!«
Andreas nahm das hin, aber er brummte: »Zu viel

Herren«, sagte die Kröte, als die Egge mit ihren scharfen Zähnen über sie wegfuhr.«

Wir ritten los, in nordöstlicher Richtung. Schon wenige Meilen nach der Stadt wurde das Land öde und trostlos. Ich sah nichts als Heide und Sümpfe, ich erblickte keinen Baum und keinen Busch, und selbst das Heidekraut war von der elendesten Sorte. Nirgends ein Lebewesen zu entdecken, nicht einmal Vögel. Ich hörte nur die jämmerlichen Rufe von Kibitzen, die zu beklagen schienen, daß der Schöpfer ihnen eine solche Einöde zum Aufenthalt angewiesen hatte. Dazu vernahm ich hin und wieder ein flötendes Ta-ü... Ta-ü... »Moorhühner«, sagte Herr Jarvie – aber ich dachte, wahrscheinlich sind das verwunschene arme Seelen.

Mittags machten wir bei einer Dorfschenke halt, wo man uns ein zähes Birkhuhn vorsetzte, außerdem gedörrten Lachs, Schafkäse und Brot, das aus Hafermehl gebacken war. Das Dünnbier, das es gab, war ein freudloses Gesöff; aber der Whisky war vorzüglich. Jedenfalls konnten wir unsern Weg gestärkt fortsetzen, aber diese Stärkung hatten wir auch nötig; denn war das Land bis dahin öde gewesen, so wurde es nunmehr wild. Keine menschliche Behausung war mehr zu entdecken. Das Moor, über das wir ritten, stieg stark an. Hohe dunkelblaue Berge, die etwas Drohendes hatten, kamen näher und näher, und was Herr Jarvie dazu sagte, war nicht dazu angetan, uns zu erheitern: »Ich kenne manchen ehrlichen Mann, der nicht so weit geritten wäre wie wir, ohne vorher sein Testament gemacht zu haben. Herr Francis, ich empfehle Ihnen, daß Sie von nun an kein Wort über den Mann sagen, der uns erwartet. Verraten Sie auch niemandem, wo wir hinwollen, wo wir herkommen und was wir hier zu tun haben. Denn er hat Feinde, und hier steht ein Clan gegen den andern – ehe man sich versieht, fahren sie einem an die Gurgel.«

Andreas war etwas zurückgeblieben, und als er uns jetzt eingeholt hatte, instruierte Herr Jarvie auch ihn.

»Wir kommen jetzt in die Hochlande«, so begann er.
»Das seh' ich selbst«, antwortete Andreas. »Das braucht mir niemand zu sagen.«
»Haltet gefälligst Euern Mund! Wir kommen also jetzt in die Hochlande —«
»Das haben Sie schon einmal gesagt.«
»Maul halten, Kerl!«
»Warum nicht? Meine Mutter hat immer gesagt: ›Wer dich bezahlt, für den mußt du tanzen.‹«
»Ich sage Euch, wenn Euch etwas am Leben liegt, dann redet nicht mehr ins Blaue hinein. In der Herberge, wo wir übernachten werden, treffen wir alle möglichen Leute aus dem Hochland und aus dem Unterland. Wenn sie ihren Whisky getrunken haben, dann steigt er ihnen zu Kopf, und ehe man sich's versieht, haben sie ihre Dolche gezogen. Mischt Euch in nichts ein! Macht keine überflüssigen Bemerkungen. Bindet mit keinem Menschen an, und tretet auch keinem auf die Hühneraugen!«
»Als ob ich noch keine Hochländer gesehen hätte!« antwortete Andreas zuversichtlich. »Ich habe von ihnen gekauft und habe an sie verkauft, ich hab' mit ihnen gegessen und getrunken —«
»Habt Ihr mit ihnen auch gefochten?«
»Gott behüte! Ich bin ein friedlicher Mensch. Sie wissen wohl nicht, daß ich von Haus aus Gärtner bin, gelernter Gärtner. Eigentlich bin ich ein halber Gelehrter, der viel nachgedacht hat und über so manches reden kann.«
»Eben, eben. Ihr redet zuviel. Mann, ich sage Euch: kein Wort zu irgendwem, wer wir sind, wie wir heißen, wo wir herkommen —«
»Wenn Sie der Meinung sind, ich könne mich nicht benehmen«, sagte Andreas gekränkt, »dann geben Sie mir meinen Lohn, und ich mache kehrt. ›Ich trenne mich leicht von dir‹, sagte der Gaul, als der Karren zusammenbrach.«
»Gut«, sagte ich. »Kehrt um. Aber zu Fuß — und von mir kriegt Ihr keinen Penny.«

Da zog er die Hörner ein und bemerkte nur, bis heute wäre er noch mit jedem ausgekommen.

Mittlerweile war es spät geworden, aber der Mond schien hell, und es wurde eine schöne Nacht. Wir hatten eine Höhe überschritten, nun ging es ziemlich steil abwärts. Das Tal senkte sich, und bald hielten wir am Rande eines Flusses. Er war nicht breit, schien aber tief, denn die lautlose Strömung war stark.

»Das ist der Forth«, sagte Herr Jarvie, »und drüben sehen Sie die Lichter von Aberfoil.«

Wir ritten über eine altertümliche steinerne Brücke, die sehr schmal und sehr hoch war, und eine halbe Stunde später hielten wir vor einer Hütte, die noch dürftiger aussah als das niedrige Haus, in dem wir mittags gerastet hatten. Durch die winzigen Fenster des Wirtshauses schimmerte Licht, und wir hörten laute Stimmen. Wir waren abgestiegen, und der Ratsherr wollte als erster ins Haus. Da hielt Andreas ihn am Rockärmel fest und sagte: »Stop, Herr! Sehen Sie da —«

Er zeigte auf eine abgeschälte Weidenrute, die vor die halbgeöffnete Tür gelegt war. »Ich soll ja mein Maul halten«, sagte er weiter. »Aber es ist die Pflicht des Erfahrenen, die Unerfahrenen zu belehren. Wo *das* Zeichen zu sehen ist, da sind Hochlandshäuptlinge eingekehrt, die nicht gestört sein wollen. Aber wenn Sie gern ein kaltes Eisen in die Rippen bekommen wollen, dann treten Sie nur ein!«

Herr Jarvie zögerte. »Ein blindes Huhn kann ein gutes Ei legen«, meinte er. Doch im Haus mußte man uns gehört haben. Zerlumpte Kinder kamen heraus und glotzten uns an. Als wir ihnen sagten, sie sollten den Pferdeknecht holen, antworteten sie grinsend: »Ha niel Saasenach!« — »Wir sprechen kein Sächsisch«, womit sie Englisch meinten. Der Ratsherr wußte jedoch, was einen Schotten zum Englischsprechen bringt. »Wenn ich dir zehn Cents gebe«, sagte er zu einem etwa achtjährigen Bengel, »verstehst du dann Englisch?«

»Für zehn ein bißchen, für zwanzig very good!« antwortete der hoffnungsvolle Schottensprößling.
»Dann hol deine Mutter und sag ihr, zwei englische Herren wollten sie sprechen.«
Die Wirtin kam mit einem brennenden Kienspan in der Hand, dessen Terpentingehalt stark genug war, daß er ein gewisses Licht abgab, dabei freilich wie eine Fackel rußte. In seinem Schein sahen wir ein Weib von ungewöhnlich großer Gestalt, aber mager wie ein abgenutzter Karrengaul, nur noch Haut und Knochen, mit wirrem schwarzem Haar und höchst jämmerlich bekleidet. Wie sie uns abschätzend betrachtete, mußte ich an eine Hexe denken, die man bei ihren höllischen Zauberkünsten aufgestört hat.
In einem Englisch, das immerhin zu verstehen war, versicherte sie uns, ihr Haus sei voll, weshalb sie uns nicht aufnehmen könne; wir sollten nach Callander reiten.
»Noch sieben Meilen weit!« rief der Ratsherr aus.
»Besser weiterreiten als verkehrt absteigen«, sagte sie, und dann fügte sie leise, aber eindringlich hinzu: »Komische Leute im Haus. Trau' ihnen nicht. Sie haben's vielleicht mit den Rotröcken. Sie warten auf irgendwen.«
»Auf keinen Fall reiten wir weiter«, erklärte ich energisch. »Bedenken Sie doch, Frau — seit sieben Stunden haben wir nichts zwischen die Zähne bekommen. Wir fallen um vor Hunger!«
»Diese verfressenen Engländer!« sagte sie. »Der hat schon einmal am Tag gegessen, und nun will er noch etwas Warmes in den Bauch? Aber wer durchaus nach Cupa will, der muß nach Cupa. Bleiben Sie hier, wenn Sie es nicht anders wollen. Wer nicht hören will, dem ist nicht zu helfen.«
Sie nahm Andreas mit, um ihm zu zeigen, wo er die Pferde unterbringen konnte, und wir traten in das Haus. In einem schmalen Gang stieß ich erst mein linkes Schienbein schmerzlich an einer Kiste, in der Torf lag, und dann mein rechtes an einem Faß; es roch fatal wie

Salzfleisch, das man zu lange hatte liegenlassen. Dann öffnete ich eine Tür, die nicht aus Brettern gefügt war, sondern aus Weidengeflecht bestand, und nun betraten wir den einzigen Raum dieser schottischen Karawanserei. In der Mitte brannte ein Feuer aus glühendem Torf und dürren Ästen. Der Rauch fand aber keinen anderen Ausweg als ein Loch im Dach und hielt sich in dichten Schwaden etwa fünf Fuß über dem Boden. Darunter war es fast rauchfrei, weil es durch die Ritzen der geflochtenen Tür hereinwehte; Luft kam auch noch durch zwei Löcher, die Fenster vorstellten und von denen das eine durch ein Plaid, das andere durch einen zerlumpten Oberrock verhängt war.

An einem eichenen Tisch saßen drei Männer. Zwei trugen die Tracht der Hochländer, und zwar hatte der eine, ein kleiner, wendiger Kerl, enge Strumpfhosen aus kariertem Stoff an. Herr Jarvie flüsterte mir zu: »Großer Häuptling! Sonst trägt keiner diese Beinfutterale. Viel zu teuer.« Der andere war groß, ein wahrer Schlagetot. Sein Plaid zeigte ein anderes Muster als das seines Gefährten: es enthielt mehr Rot, während bei dem ersten schwarze und grüne Karos vorherrschten. Der dritte im Bunde, offenbar ein recht unternehmender Bursche, stammte seinem Kostüm nach aus dem Unterland und hatte etwas Militärisches an sich. Sein Reitrock war mit Tressen besetzt, und vor sich auf dem Tisch hatte er ein Schwert und zwei Pistolen liegen. Jeder der drei hatte seinen Dolch in die Tischplatte gestoßen, so daß die gefährlichen Waffen senkrecht vor ihnen standen. Wie ich später hörte, war das ein Zeichen, daß sie beim Zechen miteinander nicht in Streit geraten wollten.

Sie hatten eine Zinnkanne mit Whisky auf dem Tisch und tranken aus einem einzigen halbzerbrochenen Glas, das einen Holzfuß hatte und fast ununterbrochen von einem zum nächsten kreiste. Die drei redeten laut und heftig miteinander, halb englisch und halb gälisch. Ein vierter Mann lag in sein Plaid gewickelt auf dem Boden und schlief oder schien zu schlafen. Er war ganz angezogen und hatte Schwert und Schild neben sich liegen.

An den Wänden sah ich merkwürdige Behälter, teils aus Brettern, teils aus Weidengeflecht, die man wohl am besten als große Krippen bezeichnen kann – in ihnen schliefen die Hausgenossen, Männer, Frauen und Kinder, und anscheinend kannten sie keine andere Zudecke als die dicke Wolke von Rauch und Dunst.

Die Gäste am Tisch waren miteinander so beschäftigt, daß sie uns zunächst gar nicht bemerkten. Aber mir entging nicht, daß der am Feuer ausgestreckte Mann sich etwas aufrichtete, uns scharf ansah, worauf er sich wieder hinlegte, wobei er jedoch sein Plaid über den unteren Teil des Gesichts zog. Jetzt trat Andreas herein, und wir riefen nach der Wirtin. Sie kam, und wir verlangten etwas Ordentliches zum Essen. Sie sagte nicht ja und nicht nein. Offenbar wollte sie erst einmal abwarten, was sich hier entwickelte. Ich griff nach einem alten Hühnerkasten und bot ihn Herrn Jarvie als Sitz an. Für mich drehte ich eine Waschbütte um, und Andreas setzte sich schweigend auf einen niedrigen Hackklotz.

Die drei Männer waren verstummt und maßen uns mit bösen Blicken. Dann redete uns der Kleine an, den Herr Jarvie als großen Häuptling bezeichnet hatte, und zwar recht von oben herab: »Die Herren tun ja, als ob sie hier zu Hause wären!«

»Das tue ich im Gasthaus immer«, erwiderte ich.

»Haben Sie nicht den abgeschälten Weidenzweig vor der Tür gesehen?«

»Allerdings«, sagte ich, und er fiel mir ins Wort: »Dann wissen Sie doch auch, daß das Wirtshaus von einigen Herrn in Beschlag genommen wurde.«

»Es würde mich interessieren«, sagte ich, »wieso drei Personen das Recht haben, alle übrigen Reisenden auszuschließen, wo es im Umkreis von einigen Meilen kein anderes Obdach gibt.«

»Meine Herren«, sagte Herr Jarvie, der wohl das Gefühl

hatte, hier eingreifen zu müssen, »wir wollen Sie nicht belästigen, und ich denke, bei einem guten Whisky findet man schnell zueinander. Sie gestatten, daß wir Sie dazu einladen!«
Der Unterländer schrie: »Wir wollen weder Ihren verdammten Whisky noch Ihre verdammte Gesellschaft!« Er sprang auf, und daraufhin erhoben wir uns alle.
»Ich habe es doch gleich gesagt!« jammerte die Wirtin. »Schert euch fort! Wie kommen hochnäsige Engländer dazu, ehrenwerten schottischen Herren lästig zu werden!«
Die drei hatten ihre Plaids abgeworfen, und ich warf meinen Mantel auf die Waschbütte. Ich war nicht gesonnen, mir etwas gefallen zu lassen, und ich war nur unsicher, wieviel ich dabei dem Ratsherrn zumuten konnte.
»Drei gegen drei!« rief der Unterländer. »Wenn Sie Männer sind, dann ziehen Sie!«
Mit seinem Breitschwert ging er auf mich los, und ich konnte mich auf meinen Degen verlassen, denn er war länger als seine Waffe, und so hielt ich ihn mir gut vom Leibe. Auch der Ratsherr wollte blankziehen. Aber vergebens zog und zog er am Griff – sein Säbel war wohl viele Jahre lang nie benutzt worden und in der Scheide eingerostet. Dabei drang der riesenhafte Schlagetot auf ihn ein – doch der kleine dicke Ratsherr wußte sich zu helfen. Er ergriff eine Eisenstange, die man wohl zum Schüren des Feuers benutzt hatte und die rotglühend dalag, schlug fest zu und setzte mit diesem einen Schlag den Schottenrock seines Gegners in Flammen. Der fluchte entsetzlich und hatte nun alle Hände voll zu tun, mit diesem Hausbrand fertig zu werden. Der dritte Mann indessen griff in den Kampf nicht ein. Seinen Gegner hätte Andreas abgeben müssen, aber der war einfach Hals über Kopf davongerannt. Allerdings kam er nicht weit, denn an der rettenden Tür trat ihm die Wirtin entgegen und rief: »Hier kommt keiner raus, ehe nicht alle bezahlt haben!«
»Ich ergebe mich!« rief Andreas und hob beide Hände

hoch. »Ich bin ein friedliebender Mensch! Ich befolge die Gebote Gottes, in diesem Fall speziell das fünfte!«

Ich hielt mir, wie gesagt, meinen Gegner vom Leibe, aber es gelang mir nicht, ihm sein Schwert aus der Hand zu schlagen, denn ich wagte nicht, an ihn dicht heranzutreten, weil er in der Linken seinen Dolch hielt, und auch der Ratsherr kam ins Gedränge. Das Feuer im Rock seines Gegners war gelöscht, und der Riesenkerl – ein Goliath sozusagen – war über den Brandschaden in eine solche Wut geraten, daß er entschlossen schien, den kleinen, ganz aus dem Atem gekommenen Ratsherrn mit einem Hiebe wie ein Holzscheit zu spalten. Da aber sprang der scheinbare Schläfer auf, ergriff Schwert und Schild und rief: »Den Stadtrichter von Glasgow lasse ich nicht im Stich!«

Es war der Waldschrat. Es war Dougal, der entlaufene Schließer! Wie eine Wildkatze sprang er den Schlagetot an. Da griff der dritte Mann ein, der als unbeschäftigter Zuschauer das Handgemenge gewissermaßen von höherer Warte aus betrachten konnte.

»Meine Herren!« rief er, »der Ehre ist genug getan! Keiner ist vor dem anderen gewichen! Kommen wir auf den Vorschlag des Gentleman zurück, der eine Kanne Whisky zahlen wollte! Und dann wollen wir würfeln, wer die nächste Kanne zahlt!«

Alles ließ die Waffen sinken.

»Und wer bezahlt mir meinen Rock?« fragte der erboste Goliath. »Er war ganz neu, und jetzt hat er ein Loch, durch das man einen Kohlkopf stecken kann. Und er stinkt wie ein angesengter Hammelkopf!«

»Den Stoff sollen Sie von mir bekommen«, sagte Herr Jarvie, »und genau in den Farben Ihres Clans. Sie brauchen mir nur anzugeben, wohin ich ihn von Glasgow aus schicken soll.«

»Sagen Sie mir, wo Sie dort zu finden sind. Ein Vetter von mir verkauft seine Eier in der Stadt. Da kann er bei Ihnen vorsprechen.«

»Gut, gut, gut«, sagte Herr Jarvie. »Aber wo ist der Mann, der für mich einsprang?«
Dougal war nicht mehr zu sehen. Er hatte es klüglich vorgezogen, sich nicht im Vordergrund der Bühne zu zeigen. Aber ich flüsterte Herrn Jarvie zu, wer ihm geholfen hatte, als wahrhaft Not am Mann war. »Da sieht man's wieder«, sagte er leise. »Der, den Sie kennen, hat immer viel von ihm gehalten, und er hat recht gehabt! Ganz sicher – das ist sein Bote! Der hat hier auf uns gewartet!«
Er setzte sich zu den Herren an den Tisch, und da die Wirtin mit dem Essen kam, wollte ich mich nach Andreas umsehen. »Er ist im Stall«, sagte sie. »Kommen Sie, Herr, ich zeige Ihnen den Weg. Es ist nicht mehr weit bis Mitternacht, und um die Zeit will keiner von meinen Leuten in den Stall. Da soll's umgehen – ein Gespenst mit seinem Kopf unterm Arm. Aber mir ist es noch nicht über den Weg gelaufen.«
Als sie mit einem Kienspan in den elenden Schuppen hineinleuchtete, in der unsere Pferde standen, schob sie mir ein Papier in die Hand. »Nehmen Sie's«, sagte sie. »Ich danke Gott, daß ich's los bin. Zwischen Schmugglern und Zöllnern, zwischen Straßenräubern und Pferdedieben lebt eine ehrliche Frau sicherer als hier an der Grenze zum Hochland.«

Gesucht: eine ältere und eine jüngere Mannsperson

Ich stand am Eingang zum Pferdestall, wenn man einen Raum so nennen darf, in dem Pferde mit Ziegen, Schweinen und Rindvieh unter demselben Dach zusammengedrängt sind, das auch den Wohnraum des Hauses deckt.

Bei dem Licht des Kienspans, den die Wirtin mir überlassen hatte, entzifferte ich ein feuchtgewordenes und zusammengeknülltes Papier, das ich erst einigermaßen glatt streichen mußte. Die Aufschrift: »Zu Händen des ehrenwerten Herrn F. O., eines jungen englischen Edelmanns«, und dann las ich: »Mein Herr! Nachteulen haben sich aufgemacht, und daher kann ich mich mit Ihnen und meinem Vetter N. J. nicht im Wirtshaus von A. treffen, wie wir es verabredet hatten. Sie werden dort Leuten begegnen, vor denen ich Sie warne. Seien Sie ihnen gegenüber absolut verschwiegen. Die Person, die Ihnen dieses Schreiben übermittelt, ist zuverlässig und wird Sie an einen Ort bringen, wo wir uns in voller Sicherheit treffen können und wo ich Ihnen, meinen Feinden zum Trotz, ein Mahl vorsetzen werde, das sich sehen lassen kann. Da wollen wir dann auf das Wohl einer gewissen D. V. anstoßen und uns nach den Geschäften umsehen, bei denen ich Ihnen, wie ich hoffe, behilflich sein kann. Bis dahin verbleibe ich Ihr sehr ergebener R. M. C.«
Robin MacGregor Campbell! Eine Nachricht von ihm – aber keine gute: neue Schwierigkeiten, neue Hindernisse! Doch was half's? Wir hatten eine heikle Sache angefangen und mußten dabeibleiben.
Ich rief nach Andreas, aber erst, nachdem ich ihn immer wieder gerufen hatte, kam er aus einem Strohhaufen herausgekrochen. »Junger Herr, junger Herr«, sagte er hastig, ehe ich meine Meinung über seine erbärmliche Feigheit hätte äußern können, »Sie werden wissen, daß Sie mir Ihr Leben verdanken. Wenn ich nicht zum Frieden geredet und auf Gottes Gebote hingewiesen hätte, dann wären Sie und der Ratsherr zerhackt worden, jawohl zerhackt! Und als Ihr Lebensretter flehe ich Sie an: kehren Sie um! Lassen Sie sich mit Robin dem Roten nicht ein!«
»Was soll das heißen? Wer hat Euch etwas von ihm gesagt?«

»Ich habe mit meinen Augen gesehen, wie einer seiner Schurken dem Drachen von Wirtin den Zettel übergab, den Sie jetzt gelesen haben. Ich habe mit meinen Ohren gehört, wie er zu ihr sagte: ›Das kommt von Robin‹ – und da nahm sie das Papier. Hören Sie auf einen erfahrenen Mann, junger Herr: lassen Sie die Finger von einer bösen Sache!«
Ich suchte mich herauszureden. Ohne Zweifel müßten wir sehr vorsichtig sein und den Tag abwarten; jetzt wollten wir jedoch vor allem etwas essen.
Das schlug bei ihm ein, und er kam mit mir. Als wir die Stube betraten, sah ich, daß sich Herr Jarvie mit unseren ehemaligen Gegnern angebiedert hatte, und er machte mich feierlich mit ihnen bekannt. »Dieser Herr«, sagte er, indem er auf den Unterländer im Tressenrock wies, »ist ein Herr Duncan Galbraith aus der berühmten Familie der Garschattachin und zugleich Major der berittenen Miliz.« Es ging weiter: der Schlagetot war ein Stuart und der andere Hochländer ein Inveraschallach. Aber dann war mir, als hörte ich nicht recht. »Die Herren«, sagte Nikolas Jarvie, »sind dabei, mit ihren Kriegern ein übles Subjekt zur Strecke zu bringen, einen Räuberhauptmann namens Robin den Roten –«
»Wir hatten ihn schon!« rief der Milizmajor wütend. »Von drei Seiten umstellt! Um ein Haar hätten wir ihn gepackt!«
»Wenn er nicht zu den Campbells entwischt wäre –« beklagte sich der Goliath. »Und die kamen gleich mit mehr als dreihundert Mann!«
»Aber noch ist nicht aller Tage Abend! Wenn die Rotröcke Wort halten –«
»Da sind sie endlich!« rief der Unterländer.
Draußen ein unverkennbares Geräusch – eine marschierende Kolonne. Ein Kommando, und ein rotröckiger Offizier trat ein, dem ein Sergeant mit drei Soldaten folgte.
Der Offizier salutierte. »Hauptmann Borrow vom 27.

Regiment.« Er wandte sich an den Mann im Tressenrock. »Major Galbraith, nehm' ich an« – und zu den beiden Hochländern: »Auch Sie warten auf mich, nicht wahr?«
»Sie kommen zu spät«, knurrte der Major. »Der Kerl ist davon. Den Süden sollten Sie abriegeln, aber Sie waren nicht da!« – »Wurde aufgehalten«, sagte der Hauptmann. »Bekam den Befehl, nach zwei Personen zu fahnden. Dringender Verdacht des Hochverrats.«
»Das geht uns nichts an«, sagte der kleine Hochländer, der den kaum aussprechbaren Namen der Inveraschallach trug. »Ich bin mit meinen Männern hergekommen, um mit Robin MacGregor die Klingen zu kreuzen, weil er vor drei Jahren einen meines Clans im Zweikampf erstochen hat. Das schreit nach Blut – aber für einen königlichen Haftbefehl rühre ich keinen Finger.«
»Das können Sie halten, wie es Ihnen beliebt«, antwortete der Hauptmann hochmütig. Er sah mich und Herrn Jarvie an. Wir hatten uns um ihn gar nicht gekümmert und ruhig weitergegessen. »Gehören die beiden Herren zu Ihnen?«
»Sie sind harmlose Reisende«, erwiderte der Major. »Wir haben uns mit ihnen ausgezeichnet unterhalten.«
Der Hauptmann nahm einen der brennenden Kienspäne in die Hand, um uns besser betrachten zu können, und sagte dann mißtrauisch: »Ich habe Befehl, eine ältere und eine jüngere Mannsperson zu verhaften. Näheres Signalement fehlt. Aber die beiden könnten's sein.«
»Herr Hauptmann«, sagte Nikolas Jarvie sehr energisch, »seien Sie bitte in Ihren Ausdrücken etwas vorsichtiger. Weder Ihr roter Rock noch ihr Hut mit den Hauptmannstressen gibt Ihnen ein Recht, mich zu beleidigen. Ich bin ein freier Bürger und eine Amtsperson aus Glasgow. Mein Name ist Nikolas Jarvie. Ich bin Stadtrat und Zweiter Vorsitzender des Stadtgerichts. Mein Vater war Stadtältester, was Sie zur Kenntnis nehmen wollen!«
»Der alte Weber war ein schlitzohriger Kerl!« rief der Major. »Der hat gegen die Stuarts gefochten!«

»Er war ein ehrlicher Mann«, sagte Herr Jarvie, »und die Welt würde anders aussehen, wenn es mehr von seinem Schlage gäbe!«

»Ich habe meinen Befehl«, sagte der Hauptmann.

»Ich verlange«, rief Herr Jarvie, »vor ein Zivilgericht gebracht zu werden. Ich habe es nicht nötig, einem Rotrock Rede zu stehen!«

»Wie heißen Sie?« fragte mich der Hauptmann.

Ich nannte meinen Namen.

»Was?! Ein Sohn des Freiherrn von Osbaldistone in Northumberland?«

»Keineswegs, Herr Hauptmann!« erklärte Herr Jarvie eilig. »Ein Sohn des großen William Osbaldistone aus dem Haus Osbaldistone & Tresham, London, Kanonenstraße.«

»Ein sehr verdächtiger Name«, entschied der Offizier. »Ihre Papiere, wenn ich bitten darf!«

Die Hochländer sahen einander bedenklich an.

»Ich habe keine Papiere«, sagte ich.

Der Hauptmann gab einen Befehl. Seine Leute nahmen mir den Degen und die Pistolen ab und durchsuchten mich. Natürlich fanden sie das einzige Papier, das ich bei mir hatte – den Brief Robins. Ich hätte ihn gleich, nachdem ich ihn gelesen hatte, zerreißen müssen. Aber ich war kein erfahrener Hochverräter.

»Aha«, sagte der Hauptmann. »Sie stehen also mit dem als vogelfrei erklärten Räuber Robin MacGregor Campbell in Verbindung!«

»Das sind zwei Spione des Roten!« rief der Inveraschallach. »Hängt sie am nächsten Baum auf!«

»Wie sind Sie an diesen Brief gekommen?« Ich wollte die Wirtin nicht verraten und schwieg. Da krähte Andreas, den die Angst um seinen Hals gepackt hatte, aufgeregt dazwischen: »Ich hab's gesehen, wie so ein hochländischer Schuft den Zettel der Wirtin gab! Herr Offizier, mein Herr hat damit gar nichts zu tun, sowenig wie ich. Ich bin ein armer Gärtner, Herr Offizier!«

»Meine Herren«, sagte der Hauptmann zu uns. »Sie stehen in Verbindung mit dem Feind. Sie haben sich als Gefangene zu betrachten. Sobald es hell wird, lasse ich Sie in die Garnison bringen.«
Herr Jarvie lachte kurz auf. »Das werden Sie bezahlen müssen!«
Der Offizier und die drei Männer redeten leise miteinander und verließen dann den Raum.
»Diese Hochländer sind von den westlichen Clans«, sagte Herr Jarvie, »und berüchtigte Langfinger. Die hat die Regierung nun aufgeboten, gegen Bezahlung natürlich, und der arme Robin wird alle Hände voll zu tun haben, wenn es Tag wird. Aber wenn er diesen Kerlen und den verdammten Rotröcken eine volle Ladung in die Schnauze gibt, dann wird mein Herz nicht vor Kummer brechen.«

Schlimm, aber nicht zu ändern

Die Nacht verbrachten wir mehr schlecht als recht; immerhin schlief ich, am Tisch sitzend, etwa zwei Stunden, allerdings mit Unterbrechung. Denn die Soldaten waren ständig im Gang. Der Hauptmann schickte mehrere Patrouillen aus, die jedoch ihr Ziel nicht zu erreichen schienen. Gegen Morgen aber, es war schon hell, kam ein Unteroffizier mit zwei Mann ins Haus, die einen gefangenen Hochländer eskortierten. Es war niemand anders als Dougal.
Durch den Lärm wurde Herr Jarvie auch wieder wach, und als er den Mann mit den gebundenen Händen erblickte, rief er aus: »Gerechter Himmel! Herr Hauptmann, für den armen Kerl leiste ich Bürgschaft, und in jeder Höhe!«
Der Offizier ersuchte ihn, sich gefälligst nur um seine

eigenen Angelegenheiten zu kümmern, und machte sich dann an ein genaues Verhör, dem er die unfreundliche Bemerkung vorausschickte, der Gefangene würde baumeln, falls er nicht ausführlich rede. Der Waldschrat schien völlig verstört zu sein und in Todesängsten, weshalb er folgende Zugeständnisse gewissermaßen tropfenweise von sich gab: er kenne Robin MacGregor Campbell, genannt Robin der Rote. Er habe ihn innerhalb der letzten zwölf Monate gesehen – innerhalb der letzten sechs Wochen – innerhalb dieser Woche – ja, er habe ihn vor einer Stunde verlassen!

»Aha!« sagte der Hauptmann. »Wieviel Mann hatte der Kerl um sich?«

»Woher soll ich das wissen?«

»Das weißt du ganz genau, du hochländischer Wildesel! Hast du Lust zu baumeln?«

»Genau weiß ich das wirklich nicht. Weshalb sollte ich sie denn gezählt haben? Vielleicht waren es sechs oder sieben.«

»Wo waren die andern?«

»Die hat Robin gegen die westländischen Clans geschickt.«

Das klang dem Hauptmann offenbar wahrscheinlich. »Und wozu hat er dich weggeschickt?«

»Ich sollte nur mal schauen, was Euer Gnaden und die roten Männer hier im Wirtshaus machten.«

»Der Kerl hält nicht dicht!« flüsterte Herr Jarvie mir zu. »Ein Glück, daß ich mich seinetwegen nicht in Unkosten gestürzt habe.«

»Nun hör gut zu, mein Freund!« sagte der Hauptmann. »Jetzt will ich mich mit dir verständigen. Du bist also ein Spion, und Spione kommen an den nächsten Baum, das ist dir bekannt. Aber wenn du mir einen guten Dienst erweist, dann zeige ich mich erkenntlich. Dann schenke ich dir nicht nur das Leben, sondern zahle dir fünf Goldstücke.«

»Fünf Goldstücke!« rief Dougal.

»Jawohl. Du brauchst mich und meine Leute nur dahin zu bringen, woher du gekommen bist.«

»Nein, Herr Offizier«, jammerte der Waldschrat, »das kann ich nicht. Ich bitte Euer Gnaden, lassen Sie mich sofort aufhängen! Fünf Goldstücke! Da könnte man ja auf böse Gedanken kommen!«

»Geht in Ordnung«, antwortete der Hauptmann. »Unteroffizier, an den Baum mit dem Spion!«

»Zu Befehl, Herr Hauptmann!« Der Unteroffizier zog einen Strick aus der Tasche, drehte ihn zu einer Schlinge und legte sie dem Gefangenen um den Hals.

Jetzt aber wehrte Dougal sich verzweifelt. »Nein, nein!« schrie er. »Nicht an den Baum! Ich bring' euch hin!«

»Fort mit der Kreatur!« rief Herr Jarvie. »Führen Sie den Befehl aus, Unteroffizier!«

»Wenn es um Ihren Hals ginge«, sagte einer der Soldaten, »dann hätten Sie's nicht so verdammt eilig!«

Der Hauptmann hatte auf Dougal leise eingeredet. Jetzt fragte der Waldschraut laut: »Und Sie verlangen bestimmt von mir nichts mehr, als daß ich Ihnen zeige, wo er ist?«

»Mein Wort darauf.«

»Und wann bekomme ich die fünf Goldstücke?«

»Hier auf der Stelle!« Der Hauptmann machte seinen Geldbeutel auf, gab ihm fünf Sovereigns und sagte dabei: »Aber vergiß nicht: im selben Augenblick, in dem du falsch spielst, jage ich dir eine Kugel durch den Schädel.«

»Für Geld«, sagte Herr Jarvie voller Zorn. »Für bares Geld – da haben Sie den Hochländer, wie er leibt und lebt.«

Draußen ein Kommando: »An die Gewehre!«

Der Hauptmann kam wieder herein. »Es tut mir leid, meine Herren, aber Sie müssen uns begleiten. Ich habe zuwenig Leute. Sie verlieren dadurch nur einen Tag, und wenn Sie so loyale Männer sind, wie Sie es mir versicherten, dann werden sie ihn im Dienst Seiner Majestät gern drangeben.«

Zu Besuch bei Tante Helene

Nie werde ich das beglückende Gefühl vergessen, als ich aus der düsteren und rauchigen Hütte in die frische Luft der Morgenfrühe trat. Zur Linken zog sich das Tal hin, das der Forth nach Osten zu durchströmte, und die bewaldeten Berge, auf die der Sonnenschein fiel, leuchteten in den schönen Herbstfarben. Zur Rechten erhoben sich mächtige Felsrücken, deren Hänge Eichen- und Birkenwälder bedeckten.
Der Pfad, dem wir folgten, führte durch ein wirres Dickicht. Mehrmals mußten wir durch reißende Wildwasser, die uns bis an die Knie gingen und eine solche Gewalt hatten, daß wir uns zu dritt an den Armen halten mußten, um nicht weggespült zu werden. Von militärischen Dingen verstand ich nichts, sagte mir jedoch, daß sich dieses wüste Gelände für einen Hinterhalt oder einen plötzlichen Überfall ausgezeichnet eignen müsse, und Niklas Jarvie schien denselben Gedanken nachzuhängen, denn er stellte dem Hauptmann Folgendes vor: »Wenn Sie Robin fangen wollen, dann dürfen Sie nicht vergessen, daß er wenigstens fünfzig Mann um sich haben wird – und wenn er noch die Männer der benachbarten Clans auf die Beine bringt, dann kommen Sie hier mit Ihren paar Mann in Teufels Küche. Ich rate Ihnen, kehren Sie lieber um!«
»Ich habe meine Befehle«, antwortete der Offizier, »und ich kann Ihnen versichern: der Kerl soll aufbieten, soviel er will – diesmal werden sie alle aufgerieben. Er sitzt in der Falle: drei Schwadronen Kavallerie riegeln die Pässe ab, durch die er verschwinden könnte. Dreihundert Hochländer, die unter dem Befehl der Herren stehen, die Sie im Wirtshaus antrafen, halten die Höhen besetzt, und starke Abteilungen der nächsten Garnison sperren die Täler. Der Rote ist geliefert.«
Aber der Hauptmann wurde doch vorsichtig. Er befahl

seinen Leuten, die Bajonette aufzusetzen, ließ von je einem Unteroffizier und zwei Mann Vorhut und Nachhut bilden, um das Gros zu sichern, und allen schärfte er höchste Wachsamkeit ein. Noch einmal verhörte er Dougal sehr genau und bedachte ihn dabei mit recht verletzenden Ausdrücken, weil er uns einen so miserablen Ziegenpfad führe. Aber Dougal antwortete, wenn die Herren glatte Wege bevorzugten, dann müßten sie nicht in die Berge kommen.

Es war aber auch wirklich ein haarsträubender Weg. Wir kamen jetzt aus dem Walddickicht heraus und an einen See, den wir zu unserer Linken hatten. Der schmale Pfad lief ganz dicht am Wasser entlang, und rechts hatten wir steile, völlig ungangbare Felswände. Wenn oben auf der Höhe etwa unbedenkliche Leute saßen, die auf uns Baumstämme oder Felsbrocken rollen ließen, so hätten wir das über uns ergehen lassen müssen, ohne uns wehren zu können, und jene hätten uns ins Jenseits befördert, ohne daß es sie einen einzigen Schuß Pulver kostete, was ja für die sparsamen Schotten von besonderem Reiz sein mußte. Um uns noch weitere Schwierigkeiten zu machen, folgte der Todesweg allen Buchten des Sees, so daß man immer nur ganz kleine Teile überblicken konnte.

Der Hauptmann wurde nervös. Er rief immer wieder: »Kerls, paßt auf! Kerls, paßt auf!« Dougal mußte unmittelbar vor ihm gehen, und der Offizier erinnerte ihn daran, wie rasch ein Pistolenschuß seinem Leben ein Ende machen könnte.

Da kam ein Mann der Vorhut zurück und meldete, der Weg sei durch ein Verhau gesperrt. Hinter ihm seien Köpfe mit Hochländermützen und lange Flintenläufe aufgetaucht, aber wieder verschwunden. Fast im selben Augenblick erreichte den Hauptmann eine Meldung von der Nachhut – es seien Sackpfeifen zu hören. »Das ist gut«, rief der Hauptmann. »Das sind unsere Verbündeten, die Hochländer, die ihre Stellung beziehen!«

Er war ein entschlossener und mutiger Offizier. Er rief

den Männern zu, sie als Soldaten würden den Räuberhauptmann doch nicht den Miliztruppen überlassen, diesen Sonntagnachmittags-Kriegern. Die Belohnung, die auf den Kopf des Roten ausgesetzt sei, wollten sie mit niemandem teilen. Er ließ die Nachhut herankommen und setzte sich dann an die Spitze des Zuges. Uns wurde die Mitte der Marschkolonne zum Aufenthalt angewiesen, wo sich auch Dougal aufzuhalten hatte. Zwei Grenadiere nahmen ihn zwischen sich und hatten Befehl, ihn niederzuschießen, wenn er etwa zu entfliehen suche.

Der Hauptmann kommandierte: »Vorwärts, marsch!« Der Pfad verließ jetzt das Ufer und erstieg in einem steilen Zickzack die schroffen grauen Schieferfelsen. Oben auf der Höhe war das gemeldete Verhau deutlich zu sehen. Der Sergeant erhielt den Befehl, mit drei Rotten vorzugehen und zu feuern sowie sich ein Ziel zeige. Unsere Hauptabteilung folgte langsamer nach.

Als die vordersten Soldaten in Schußweite an das Verhau herangekommen waren, erschien auf ihm eine Frau, und sie rief ihnen zu: »Halt – und keinen Schritt weiter! Was habt ihr in MacGregors Gebiet zu suchen?!«

Alle waren stehengeblieben. Die hohe Gestalt der Frau – ich kann es nicht anders ausdrücken – war ehrfurchtgebietend. Sie war wohl nahe an die Fünfzig. Ihr Antlitz verriet Spuren ehemaliger Schönheit, hatte jetzt aber etwas Männliches bekommen – vielleicht durch die Unbilden eines rauhen Klimas oder durch Kummer und Leidenschaften. Ihr Plaid trug sie nicht nach Art der schottischen Frauen um Kopf und Schulter gewunden, sondern ganz um den Leib geschlagen wie hochländische Krieger. Auf dem Kopf hatte sie eine Männermütze mit einer Feder.

»Das ist sie!« sagte Herr Jarvie leise zu mir und sichtlich beunruhigt. »Das ist Robins Frau. Jetzt gibt's Scherben.« Der Hauptmann war nach vorn gegangen, und sie rief ihm zu: »Sie da! Was haben Sie hier zu suchen?«

»Wir suchen einen vogelfreien Mann!« rief er zurück.

»Wir suchen Robin MacGregor Campbell, genannt Robin der Rote! Mit Weibern führen wir keinen Krieg. Leisten Sie keinen Widerstand gegen königliche Truppen! Dann haben Sie nichts zu befürchten.«

»Das kenn' ich!« rief die Frau. »Mir und den Meinen habt ihr kein Haus und kein Dach gelassen, kein Bett und keine Decke – und jetzt kommt ihr her und wollt uns auch noch das Leben nehmen!«

»Sind Sie da oben allein«, rief der Hauptmann, »dann geschieht Ihnen nichts! Aber wenn da Leute ohne Verstand sind und wenn geschossen wird, dann seid ihr alle dran! Vorwärts, Sergeant!«

Der rief begeistert: »Hurra! Den Kopf des Roten und einen Beutel voll Goldstücke!«

Mit seinen sechs Mann drang er im Sturmschritt vor. Sobald sie aber die nächste Kehre des steilen Serpentinenweges erreicht hatten, brach eine Salve von Schüssen auf sie ein. Der Sergeant taumelte und wollte sich an einem Felsen halten. Er vermochte es jedoch nicht mehr und stürzte in die Tiefe. Von den Soldaten fielen drei, tot oder verwundet. Die anderen rannten zum Haupttrupp zurück.

»Grenadiere vor!« befahl der Hauptmann. Damals waren die Grenadiere noch die Handgranatenwerfer der Truppe. Vier von ihnen traten vor, machten ihre gefährliche Waffe fertig, und dann rückte der ganze Trupp los, der Hauptmann allen voran.

Darüber war aber Dougal ganz vergessen worden. Geduckt rannte er zurück in das Dickicht und kletterte wie eine Katze den Hang hinan, wobei er nicht mehr gesehen werden konnte. Ich überlegte nicht lange und machte ihm das nach.

In dem Dickicht war von dem, was sich draußen abspielte, nichts zu sehen. Ich hörte nur Knattern von Gewehrschüssen, die ein lang rollendes Echo hervorriefen, das Krachen der Handgranaten und wildes Geschrei. Dougal kletterte mit der Leichtigkeit eines unbeschwer-

ten Eichhörnchens von Fels zu Fels nach oben. So rasch konnte ich ihm nicht folgen; ganz außer Atem, ruhte ich etwas aus und sah zurück nach unten.
Auch der Ratsherr war im Dickicht etwa zwanzig Fuß nach oben geklettert. Dann aber hatten die Stacheläste eines dornigen Baums die Schöße seines Reitrocks erfaßt, und an ihnen schwebend, hing er nun frei in der Luft, womit er mich lebhaft an einen Laden »Zum Goldenen Vlies« in der Ludgatehillstraße in London erinnerte, vor dessen Tür ein vliesähnliches Gebilde aus Goldblech als Firmenzeichen hing. Dem wackeren Andreas ging es besser, aber auch nicht gut. Er hatte einen vorspringenden Felsen erklettert, auf dem er einen kostenlosen Sitzplatz einnahm, und da saß er nun und wagte sich in heilloser Angst weder vor noch zurück.
Wie gern hätte ich dem Ratsherrn aus seiner peinlichen Lage geholfen! Aber allein war ich dazu nicht imstande, und soviel ich auch rief – es gelang mir nicht, Andreas für eine Hilfeleistung zu gewinnen. Inzwischen war aber der Lärm des Gefechts verstummt, es fiel kein Schuß mehr. Ich mußte mich darüber unterrichten, wie die Dinge standen. Ich kletterte also an den Rand des Dickichts, von wo ich einen guten Ausblick hatte.
Tatsächlich – das Gefecht war zu Ende. Ich sah, wie die Hochländer dabei waren, die Gefangenen zu entwaffnen und dabei auszuplündern. Wie ich später erfuhr, hatte der Hauptmann rechtzeitig eingesehen, daß die Höhe nicht zu erstürmen war, und um das Leben seiner Leute nicht zwecklos zu opfern, hatte er sich ergeben. Er selbst mußte verwundet sein. Blut rann ihm über das Gesicht. Ich sah mich nach Dougal um. Es war mir gewiß, daß er die Rolle des Verräters nur gespielt und die Soldaten in ihr Verderben gelockt hatte, aber es war mir nicht sicher, wie sich die wilden Hochländer uns gegenüber verhalten würden, da sie alle Engländer als ihre Feinde ansahen. Der Waldschrat war jedoch nirgends zu erblicken. So kletterte ich zu dem Ratsherrn, um ihm beizustehen,

soweit das möglich war. Als ich ihn nach einer beschwerlichen Kletterei erreichte, stand er jedoch schon wieder auf den Beinen. Aber wie sah er aus! Blau im Gesicht, die Augen verquollen. Während er noch immer mühsam nach Atem rang, überschüttete er mich mit Vorwürfen, die er keuchend hervorstieß: »Da heißt es – ein Freund – hilft mehr – mehr als ein Bruder! Aber Sie – Herr Osbaldistone – Ihretwegen kam ich in dieses gottverfluchte Land – Ihretwegen wurde ich um ein Haar erschossen oder ersäuft – Ihretwegen hing ich elend zwischen Himmel und Erde – und Sie unternahmen nichts, um mir zu helfen. Halten Sie das für recht und billig?«
Ich suchte ihm zu erklären, daß ich das wahrhaftig gern getan hätte, aber daß ich allein ihn auch nicht hätte befreien können. Er war jedoch zu erbost, als daß er das einsehen konnte. »Bis zum Jüngsten Tag hätte ich da hängen können«, so zankte er, »wenn diese Kreatur, wenn dieser Dougal nicht mit einem der Hochland-Schurken gekommen wäre. Mit einem Dolch schnitt er mir die Schöße meines Reitrocks durch, und sein Kumpan setzte mich so behutsam auf den Felsen, als ob ich von Glas wäre. Aber jetzt sehen Sie mal, aus welch erstklassigem Stoff mein Reitrock gewoben ist! Jeder andere wäre gerissen, aber der hielt, und ich habe so sicher gebaumelt wie eine Pinasse, die mit dreimal verschlungenen Tauen an der Bramstange aufgehängt ist. Der Stoff stammt nämlich noch vom Webstuhl meines Vaters, und der verstand sein Handwerk. Da können Sie sehen, was Qualität ist!«
Er berichtete noch mehr. Dougal hatte ihm geraten, sich vorerst bei der gefährlichen Dame nicht sehen zu lassen. »Helene Campbell«, sagte er, »war schon als Mädchen keins von der sanften Sorte, und die Leute behaupten, selbst Robin fürchte sich ein bißchen. Wir warten hier am besten, bis Dougal wiederkommt.«
Das schien mir richtig, aber die Sache lief dann anders, und es war wieder Andreas, durch den wir in Schwierig-

keiten kamen. Er saß zwar noch immer auf seinem Felsen und wagte sich nicht weiter, hatte indessen nicht bedacht, daß er da oben wie auf einem steinernen Präsentierteller hockte, und es war nicht zu verwundern, daß die scharfsichtigen Hochländer ihn erspähten. Sie schrien einander etwas zu, und sofort machten sich ein paar Männer daran, sich mit ihm zu befassen.

Als sie bis auf Schußweite an ihn herangekommen waren, gaben sie ihm zu verstehen, daß er herunterkommen solle – andernfalls würden sie sich den Spaß machen, ihn herunterzuschießen. Die Angst um sein Leben war größer als die Furcht vor dem halsbrecherischen Abstieg, zu dem er sich bis dahin nicht hatte entschließen können. Er setzte sich also in Bewegung, klammerte sich an Eichstämmen fest und an vorspringenden Felskanten, erwies sich dabei aber so ungeschickt, daß es die Hochländer aufs höchste ergötzte, und die Kerle steigerten ihr Vergnügen noch dadurch, daß sie ihre Flinten abknallten, als ob sie auf der Hasenjagd wären. Sie schossen ins Blaue, aber Andreas meinte, er sei ihr Ziel, und beeilte sich, in die Tiefe zu gelangen. In der Hast wollte er sich an einer Efeuranke halten – sie riß natürlich, und nun rutschte er bäuchlings bergab und landete genau vor den Füßen der Hochländer. Sie fielen über ihn her, und ehe er sich aufrappeln konnte, rissen sie ihm alles ab, was er an sich hatte – Hut, Perücke, Mantel, Rock, Schuhe und Strümpfe. Als ein wohlgekleideter und anständig aussehender Bedienter war er den Berg heruntergekommen, und jetzt stand er wie eine kahlköpfige Vogelscheuche da, bis auf Hemd und Hose ausgeplündert, woran die Schotten nicht interessiert waren – und so zerrten sie ihn aus dem Dickicht auf die Straße.

Dabei aber hatten sie auch Herrn Jarvie und mich entdeckt. Im Augenblick waren wir von einem Dutzend Räubern umringt, die uns ihre Schwerter und Dolche auf die Brust und an die Gurgel setzten. Einige luden ihre Pistolen, was in die ganze Szene vorzüglich paßte.

Widerstand zu leisten war zwecklos; aber eben als dem Ratsherrn die Überbleibsel seines Reitrocks abgerissen worden waren und ich mein seidenes, feinbesticktes Halstuch hingeben mußte, erschien Dougal. Er nahm sich unser an, schrie auf die Räuber ein, entriß dem einen mein Halstuch und schlang es mir wieder um den Hals, freilich so fest, daß mir der Gedanke kam, als Schließer im Gefängnis habe er auch noch beim Henker gelernt, wie man einen lebenden Menschen schnell und sicher erdrossele.

Dougal setzte sich tatsächlich durch. Wie er es verlangte, wurden wir zu Helene Campbell gebracht, und als ich sie nun aus nächster Nähe sah, wußte ich nicht, womit ich ihre Sympathie gewinnen könnte. Sie war keine Dame, aber auch kein wüstes Weibsbild. Ihr herrischer Blick verlangte Unterwerfung und ließ vermuten, daß sie vor harten Befehlen nicht zurückschrecken würde. Indessen war ihr bei aller Wildheit eine gewisse Würde eigen, so daß ich ihr Unwürdiges nicht zutrauen mochte.

Herr Jarvie kam mir zuvor, und zwar hielt er es für richtig, sie sozusagen auf gemütvolle Weise zu bestricken. »Einen schönen guten Morgen, liebe Tante!« rief er heiter – das heißt, es hatte heiter klingen sollen, klang jedoch etwas gepreßt. »Na, wie steht es denn bei euch? Wir haben uns ja ewig nicht gesehen – ich glaube gar, du weißt nicht mehr, wer ich bin! Aber du wirst doch deinen Vetter nicht vergessen haben, den Vetter Nikolas aus Glasgow! Damals, als ihr geheiratet habt und Robin noch ein ehrbarer Viehhändler war, habe ich dir zu deiner Hochzeit eine Perlenkette geschickt – und dein trefflicher Mann wird dir nicht verschwiegen haben, daß ich ihm mehr als einmal aus der Klemme geholfen habe.«

Sie wollte darauf antworten, und ich war keineswegs sicher, daß er ihr Herz gewonnen hatte. Aber es gab Wichtigeres für sie. Aus einiger Entfernung pfiff eine Dudelsackmusik heran. Vermutlich war es dieselbe, die auch von der Nachhut des Hauptmanns gehört worden war. Jetzt kam auf dem Weg, den wir eingeschlagen hatten, ein starker Trupp von Hochländern heran, etwa dreißig bis vierzig Männer, und nun erst wurde mir bewußt, daß die Truppe, mit der wir es bis dahin zu tun gehabt hatten, nur aus alten Männern und blutjungen Burschen bestand, die fast noch Knaben waren. Von unten näherten sich uns gutbewaffnete Krieger im besten Alter. Zugleich war deutlich zu merken, daß sie kein Siegeszug herführte, denn die drei Musikanten des Zuges bliesen auf ihren Dudelsäcken eine ausgesprochen klagende Weise.

Helene Campbell stürzte den Männern entgegen. »Was bedeutet das, Allaster?« rief sie. »Rob, was soll das heißen? Wo ist MacGregor? Wo ist der Vater?«

Die beiden jungen Männer, die den Trupp anführten, waren offenbar ihre Söhne. Sie antworteten in gälischer Sprache, und darauf brachen alle, welche die Worte verstanden hatten, in ein wildes Klagegeschrei aus. Die Mutter, ganz außer sich vor Zorn, überschüttete die beiden Söhne mit heftigen Vorwürfen, und sie standen ganz niedergeschlagen vor der rasenden Frau. Aber sie blieben nicht stumm, sie verteidigten sich wohl, wenn auch scheu und bedrückt. Herr Jarvie, der das Gälische verstand, setzte mich ins Bild: Robin der Rote war gefangen!

So war das Unglück geschehen: Bei Robin und seinen Männern war ein Mann aus dem Unterland aufgetaucht, der ihn zu einer Unterredung mit einem Engländer bestellte — »und ich fresse einen Besen mit Stiel, wenn das nicht Ihr lieber Vetter Thomas war, zu dem Robin kommen sollte!« Er ging darauf ein, befahl aber, den Mann, der die Botschaft gebracht hatte, als Geisel für seine eigene Sicherheit gefangenzuhalten. Dann ging er mit zwei Begleitern an die verabredete Stelle. Aber schon nach einer Stunde kam Angus Breck, einer von seinen beiden Leuten, ganz verzweifelt und abgehetzt zurück — an dem vereinbarten Ort befand sich der Mann nicht, der Robin angeblich hatte sprechen wollen, sondern die

Milizmänner des Majors Galbraith fielen über die drei her – sie waren in einen Hinterhalt geraten. Angus Breck kam davon, aber Robin und der dritte Mann wurden überwältigt.

»Und ihr Feiglinge habt nicht versucht, euern Vater zu retten?« hatte die Mutter aufgeschrien – aber Herr Jarvie billigte die bescheiden, jedoch sicher vorgebrachte Antwort der Söhne. Ein Kampf mit der weit überlegenen Macht, die der Feind aufgeboten hatte, war sinnlos für den kleinen Haufen. Die Männer waren umgekehrt und wollten nun Verbündete suchen, um den Gefangenen in einer großen Unternehmung zu befreien.

»Sie haben Robin«, sagte Herr Jarvie, »wahrscheinlich in das alte Schloß von Menteigh gebracht oder in die Burg Gantatan. Jedenfalls sind seine Männer sicher, daß sie ihn da herausholen, wo er ist, wenn sie nur stark genug sind.«

Der laute Jammer der Leute und ihre Verzweiflung wichen der Entschlossenheit, alles für die Aktion einzusetzen. Robins Frau gab die Befehle. Boten wurden abgeschickt, und dann wurde der Aufbruch beschlossen. Da trat jedoch eine Verzögerung ein. Es stellte sich heraus, daß die Männer jenen Unglücklichen mitgeschleppt hatten, der Robin die verräterische Einladung überbracht hatte. Am Waldrand hatten sie ihn gefesselt liegenlassen. Jetzt wurde er geholt, denn es sollte entschieden werden, was weiter mit ihm zu geschehen hatte.

Sie brachten einen bejammernswerten Menschen heran. Todesangst lag auf seinem verzerrten Gesicht – und zu meinem Erstaunen und Schrecken erkannte ich in dem Menschenwrack den unseligen Morris.

Er warf sich vor der Frau Robins auf die Knie. Er bettelte um sein Leben. Er versicherte, er habe nichts davon gewußt, daß die Verabredung, die er vermitteln sollte, nur eine Falle war.

Niemand glaubte ihm. »Tod dem Verräter!« rief die Frau auf gälisch, und alle Männer wiederholten: »Tod dem Verräter!«

Zwei Hochländer packten ihn und wollten ihn an den Rand der Felsklippe zerren, auf deren Plateau wir standen. Auf dem Wege dahin kamen sie an mir vorbei, und Morris erkannte mich. Er schrie: »Herr Osbaldistone! Retten Sie mich! Retten Sie mich!«
Schon waren sie mit ihm vorüber, und dann stießen sie ihn, an Händen und Füßen gefesselt, von der hohen Klippe in den See. Sein tiefblaues Wasser rauschte auf. Dann war alles still.
Noch jahrelang fuhr ich nachts aus dem Schlaf auf, weil ich meinte, ich hätte seinen Hilferuf wieder vernommen.
»Das war Mord, das war ein abscheulicher Mord!« sagte Herr Jarvie empört. »Eine verfluchte Tat, und Gott wird die Schuldigen strafen, und die den Mord befahl, wird er noch schlimmer treffen als die, welche ihr gehorchten.«
Aber als die Frau, die er meinte, mich jetzt rufen ließ, ging er mit mir. »Meine Freunde lasse ich nicht im Stich, ich nicht! Hier geht es jetzt um Kopf und Kragen.«
Sie maß mich mit einem bösen Blick und redete mich dann an. »Sie heißen Osbaldistone? Der Verräter nannte Sie so.«
»Mein Name ist Osbaldistone«, war meine Antwort.
»Ich nehme an, Ihr Vorname ist Thomas.«
»Nein. Ich heiße Francis.«
Sie stutzte, fuhr dann aber hastig fort: »Sie kennen Thomas Osbaldistone? Er ist Ihr Bruder oder zum mindesten Ihr Vetter und Ihr guter Freund?«
»Mein Vetter ist er«, sagte ich, »aber mein Freund ist er nicht. Ich habe ihm in einem Zweikampf auf Tod und Leben gegenübergestanden, und Robin Campbell war dabei.«
»Sie kennen Robin?«
»Er hat mir zweimal aus der Not geholfen, und er forderte mich auf, ihn hier in den Bergen zu treffen. Er wollte mir in einer persönlichen Angelegenheit behilflich sein, und aus Freundlichkeit hat mich Herr Jarvie hierherbegleitet.«

»Und ich wünschte«, sagte der Ratsherr, »Herrn Jarvies Stiefel wären voll kochenden Wassers gewesen, als er sie anziehen wollte, um auf diese Reise zu gehen!«
»Schwören Sie bei dem Gott, an den Sie glauben«, sagte Robins Frau, »daß Sie mit dem tückischen Anschlag auf MacGregor nichts zu tun haben!«
»Das schwöre ich«, sagte ich. »Wenn ich davon gewußt hätte, dann hätte ich alles versucht, es zu verhindern.«
»Wären Sie jetzt bereit, für MacGregor etwas zu tun?«
»Alles, was mir möglich ist!«
»Würden Sie auch zu den Feinden gehen, die ihn gefangen haben, und ihm eine Botschaft bringen?«
Ich überlegte genau, ehe ich antwortete. Aber was sprach dagegen? Die Fehde gegen Robin betraf mich nicht, und seine Feinde brauchte ich daher nicht zu fürchten. So erklärte ich mich bereit, wenn sie mir die Sicherheit des Ratsherrn verbürgte und Andreas freigab, so daß er mich begleiten konnte.
Das sagte sie zu, und dann fuhr sie fort: »Ich werde Sie bis an die feindlichen Vorposten bringen lassen. Dort fragen Sie nach dem Oberbefehlshaber. Haben Sie ihn erreicht, dann richten Sie ihm in meinem Namen aus: »Wenn dem großen Robin MacGregor Campbell auch nur ein Haar gekrümmt wird und wenn er nicht innerhalb der nächsten vierundzwanzig Stunden freigelassen wird, dann lebt in diesem Land keine große Dame, die nicht schon vor Weihnachten im Witwenkleid geht oder in tiefem Schwarz in der Trauer um ihre Söhne. Dann lebt in diesem Land kein Pächter, der nicht über seine niedergebrannten Scheunen und seine leeren Ställe jammert. Dann kann kein Laird mehr ruhig schlafen, weil er nicht weiß, ob er am Abend des nächsten Tages noch am Leben sein wird – und alle unsere Gefangenen sterben, den Dolch im Herzen.«
Mich überlief es. Denn ich konnte nicht daran zweifeln, daß diese Frau ihre furchtbaren Drohungen wahrmachen würde – aber ich konnte mich auch einer gewissen Be-

wunderung nicht erwehren. Stand sie nicht vor mir wie die Richterin und Seherin Debora, das Weib Lapidoths, auf deren Geheiß sich der Heerbann der israelitischen Bauern erhob und das übermächtige Heer der Feinde schlug, die mit neunhundert eisernen Wagen gekommen waren – »und alles fiel vor der Schärfe des Schwertes, daß nicht einer übrigblieb«?

Der Hauptmann Borrow vom siebenundzwanzigsten Regiment hatte die feierlichen Worte mitangehört. Mit kalter Ruhe und so laut, daß jeder ihn hören konnte, gab er mir auch einen Auftrag. »Überbringen Sie dem Kommandeur meine Empfehlung. Er soll seine Pflicht tun und den Gefangenen um keinen Preis freigeben. Ich war unbesonnen genug, mich von diesen hinterlistigen Wilden in eine Falle locken zu lassen – aber ich werde zu sterben wissen. Freilich, meine armen Kerls, die jammern mich.«

»Wie können Sie so etwas sagen?!« rief der Ratsherr. »Sie werden doch nicht aufgeben! Nein, Herr Francis – sagen Sie dem Kommandeur, daß hier einige ehrliche Männer in die bitterste Not geraten sind und daß ihnen noch Schlimmeres bevorsteht. Auf der Stelle soll er Robin freilassen, ehe das ganze Land in Flammen aufgeht!«

So widersprachen sich die Aufträge, die man mir mit auf den Weg gab, und diesen Weg mußte ich, wie mir klargemacht wurde, zu Fuß zurücklegen. Man fürchtete wohl, zu Pferde könnte ich mich leicht davonmachen, oder die Reittiere waren den Männern ein zu kostbarer Besitz. Für den ausgeplünderten Andreas hatten sie nur ein altes Plaid übrig, in das er sich wickelte und das ihm etwas durchaus Verwegenes gab.

Ihm noch einmal die Hand drücken...

Die beiden Söhne Robins führten uns. Sie wollten uns nicht nur bis zu ihren Feinden bringen, sondern bei der Gelegenheit auch deren Stärke genau erkunden. Nachdem wir etwa eine Stunde ziemlich rasch gegangen waren, kamen wir zu einer Anhöhe, die nur mit Dickicht bewachsen war. Es verbarg uns den Blicken, ließ uns aber in das Tal sehen und die Stellungen erkennen, welche die Miliz bezogen hatte. Da sie vor allem aus Reiterei bestand, wagte sie sich nicht auf die Bergpfade, die den Hauptmann ins Unglück gebracht hatten. Sie hielten auf einem ansteigenden Gelände in der Mitte des Tals, von wo aus die Truppe es beherrschte. Dort war sie vor plötzlichen Überfällen der Hochländer sicher, und überdies hatten sie nach allen Richtungen Feldwachen und Doppelposten aufgestellt. Es kam ihnen wohl auch zugute, daß die Hochländer noch niemals berittenes Militär angegriffen hatten, denn den Söhnen der Berge, die nur ihre kleinen Ponys kannten, waren die großen englischen Pferde unheimlich, von denen sie sich erzählten, im Kampf bissen die Tiere zu und schlügen mit ihren Hufen. Robins ältester Sohn erklärte mir, was ich in der Ferne sah. Dort glänzte im Licht der Sonne der Menteith-See, und aus der blauen Linie der Ochill-Berge hoben sich die Umrisse des mächtigen Stirling-Schlosses ab, das der Lieblingsaufenthalt der schottischen Könige gewesen war und in dessen Mauern sich furchtbare Bluttaten ereignet hatten.

Der junge Mann schärfte mir ein, auf keinen Fall zu verraten, wer mich an diese Stelle gebracht hätte, und dann zeigte er mir den Doppelposten, den ich aufsuchen sollte, nachdem etwa eine Viertelstunde vergangen war. Damit verschwand er mit seinem Begleiter. Als es soweit war, stieg ich mit Andreas in das Tal hinab, und schon ritt uns ein Mann des Doppelpostens entgegen und befahl uns mit drohend erhobenem Karabiner, stehenzubleiben. Vor uns hielt er dann an, und ich verlangte, zu dem Höchstkommandierenden geführt zu werden. Es war, wie ich erfuhr, der Herzog von Argyle. Im Kreis von einigen Offizieren saß er im Gras. Er trug einen Küraß aus glänzend schwarzem Stahl, der mit Gold ziseliert war, und darüber das ovale goldene Medaillon des Distelordens, des höchsten schottischen Ordens, den außer dem König nur wenige Edelleute anlegen dürfen. Unter den Offizieren erkannte ich Major Galbraith. Sonst fielen mir die vielen reichlivrierten Diener auf, die sich in nächster Nähe befanden und wohl im Dienst des hohen Herrn standen. Ich begrüßte ihn so ehrerbietig, wie sich das gehörte, und auf seine Frage, was ich wolle, berichtete ich ihm die Gefangennahme des englischen Hauptmanns, die ich miterlebt hatte, und dann wiederholte ich, freilich nicht ohne Herzklopfen und mit einigen vorsichtigen Milderungen im Ausdruck, was mir Helene Campbell aufgetragen hatte.

Der Herzog hörte mich aufmerksam an, und nach einigen Augenblicken, in denen er seine Antwort abwog, sagte er ruhig, doch sehr bestimmt: »Es ist mir leid, daß ich den Herren, die da in die Gefangenschaft dieser wilden Leute geraten sind, nicht helfen kann. Aber ich darf es mir nicht erlauben, den Mann freizulassen, von dem seit Jahren alle diese Unruhen und Belästigungen ausgehen. Kehren Sie zu denen zurück, die Sie hergeschickt haben, und sagen Sie ihnen Folgendes: Morgen früh bei Tagesanbruch lasse ich Robin den Roten hinrichten. Er ist ein Rebell, den die Gerichte Seiner Majestät des Königs von England und Schottland zum Tode verurteilt haben. Nichts wird mich hindern, ihr Urteil vollstrecken zu lassen. Sagen Sie den Leuten auch dies noch: Wenn sie ihren Gefangenen etwas zuleide tun, dann werde ich deren Tod gnadenlos rächen – dann sollen die Täler ihrer Berge noch hundert Jahre lang vom Echo ihrer Klagen widerhallen.«

Mit höflichen, aber unmißverständlichen Worten weigerte ich mich, diesen Auftrag zu übernehmen. »Das hieße«, sagte ich, »freiwillig in den Tod gehen.«
»Dann schicken Sie Ihren Diener hin!« sagte der Herzog. Es war mir äußerst peinlich, daß Andreas, der diese Entscheidung mitangehört hatte, mich nicht an seiner Stelle antworten ließ. In der Angst um sein Leben vergaß er allen schuldigen Respekt, und er schrie geradezu: »Der Teufel fahre mir in die Beine, wenn ich auch nur einen Schritt zu diesen Raubtieren tue! Das ist nicht das Ende, das meiner Mutter Sohn bestimmt ist! Und niemand hat das Recht, mich in eine Mörderhöhle zu schicken!«
Ich wies ihn zurecht und stellte dann dem Herzog vor: wenn ich den Hochländern maßvolle Bedingungen überbringen könnte, durch die ich das Leben des Herrn Jarvie retten würde, dann wäre ich bereit, das zu versuchen – aber davon wollte der Herzog nichts wissen. »Es ist hart«, sagte er, »und es ist auch ein Jammer um Robin. Aber ich kann ihm nicht helfen. Ich habe es oft genug getan.«
Daß Robin auf dem Schafott oder am Galgen enden sollte, war mir entsetzlich. Welch ein Tod für den Mann, der sich gegen mich so uneigennützig, so hilfsbereit gezeigt hatte! Ich war auch nicht der einzige, dem sein Schicksal naheging. Einer der Herren gab zu bedenken, ob es nicht das beste wäre, wenn er in das feste Stirling-Schloß gebracht würde, wo man ihn als Geisel festhalten könnte, damit von nun an seine Anhänger Frieden hielten. Major Garvaith brachte eine andere Überlegung vor. »Der Robin ist im Grunde ein treuer Mann, und man muß ihn doch zur Vernunft bringen können. Aber was seine Frau und seine Söhne angeht – die bändigt nur ein einziger, nämlich er selbst. Wenn er nicht mehr da ist, dann wird es hundertmal schlimmer als zu seinen Lebzeiten.« Mehrere Herren stimmten ihm lebhaft zu.
»Nein, nein«, sagte der Herzog. »Sein überlegener Kopf ist an allem schuld. Mit jedem anderen ist in ein paar Wochen fertig zu werden – aber er hat uns Jahre und Jahre

hingehalten. Ist er tot, dann ist seine Bande nicht mehr als eine Wespe ohne Kopf. Sie kann zwar noch einmal stechen, aber dann kann man sie auch gleich zerquetschen.«

»Herr Herzog«, erwiderte Galbraith, »beschließen Sie nichts, ehe Sie nicht sicher sind, daß Sie die Ratten ausräuchern können. Nur mit den Hochländern, auf die wir warten, können Sie den Paß von Loch Ord stürmen, wo das wüste Weib sitzt.«

»Das ist richtig«, sagte der Herzog. »Ich kenne ihn genau. Den halten zehn gute Schützen gegen das beste Reiterregiment von ganz Europa.«

»Aber ich sehe nicht, daß die Verbündeten kommen, auf die Sie rechnen!«

»Sie müßten doch schon längst dasein!« rief ein anderer.

»Sie werden kommen«, antwortete der Herzog. »Sie haben es versprochen.«

»Es sind Hochländer, Herr Herzog!« sagte der Major aus dem Unterland.

Der Herzog lächelte. Er rief einem der Offiziere zu, er solle ein paar Reiter ausschicken, ob die Erwarteten denn nicht vielleicht schon zu sehen seien. »Nutzen wir die Wartezeit, meine Herren. Lassen Sie den Leuten das Essen ausgeben.«

Das geschah, und dabei wurden auch Andreas und ich bedacht, was uns recht willkommen war, da wir seit dem letzten Abendbrot nichts zu uns genommen hatten.

Jene Reiter kamen zurück, ohne daß sie etwas von anrückenden Hilfstruppen bemerkt hatten; aber noch ehe die Sonne ganz untergegangen war, traf ein Hochländer ein, der von ihnen kam und dem Herzog einen Brief überbrachte.

»Ich wette ein Oxhoft Rotwein«, sagte Major Galbraith, »daß die Kerle es vorziehen, nicht zu erscheinen.«

»So ist es, meine Herren!« rief der Herzog ergrimmt, als er den Brief durchgelesen hatte, der mehr wie ein schmutziger Wisch aussah. »Unsere sogenannten Verbündeten ziehen wieder ab. Sie haben sich mit dem Feind arrangiert.«

»Was habe ich gesagt?« fragte Galbraith. »Herr Herzog, dahinter steckt das furchtbare Weib! Sie hat den Kerlen mehr geboten als Euer Gnaden! Zehn gegen eins: schon organisiert sie den großen Aufstand aller Clans!«

»Das mag nun sein, wie es will«, erwiderte der Herzog. »Jedenfalls verändert das die Lage. Ich halte es für ausgeschlossen, daß wir etwas unternehmen, ehe wir Infanterie aus Inverneß herangeholt haben.«

Dem stimmten alle zu, und der Rückzug wurde beschlossen. Aber ehe die Truppe aufbrach, ließ der Herzog den Gefangenen holen, und ich stand unter den Offizieren, als Robin gebracht wurde. Die Arme waren ihm auf dem Rücken mit einem Sattelgurt zusammengebunden. Zwei Unteroffiziere hatten ihn links und rechts gepackt, und vier Mann gingen mit aufgepflanztem Bajonett hinter ihm her.

Noch nie hatte ich ihn in seiner Hochlandstracht gesehen. Er trug keine Perücke mehr, auch keinen Hut. Unter der Schottenmütze quoll sein rotes Haar hervor, das ihm seinen Beinamen verschafft hatte, und da der kurze Schottenrock seine nackten Schenkel und die Beine bis zu den Strümpfen sehen ließ, sah man, daß auch sein Körper mit einem rötlichen Flaum bedeckt war, was seiner ganzen Erscheinung etwas Wildes gab. In nichts glich er mehr jenem Mann, den ich als einen Herrn Campbell kennengelernt hatte.

Obwohl er in Fesseln vor uns stand, hielt er sich kühn und ungezwungen. Vor dem Herzog verbeugte er sich, den Major begrüßte er mit einem Kopfnicken, und dann fiel sein überraschter Blick auf mich.

»Viel Zeit ist vergangen, seitdem wir uns gesehen haben, Robin Campbell!« sagte der Herzog.

»Damals war ich nicht gebunden, Euer Herrlichkeit«, antwortete Robin. »Aber das macht nichts. Es kommen auch wieder bessere Tage.«

»Für dich nicht, Robin Campbell! Ich erkenne an, daß du die Gewalttaten, die du auf dem Gewissen hast, nicht wie der Böse aus Lust am Bösen begingst. Aber du hast dir eine Herrschaft angemaßt, die dir nicht zukommt, und das mußt du jetzt mit deinem Leben büßen.«

»Euer Herrlichkeit, das ist mir schon mehr als einmal gesagt worden, aber ich lebe immer noch.«

»Nicht mehr lange!« rief der Herzog. »Und ich rate dir, laß deiner Frau und deinen Söhnen und deinen Spießgesellen noch sagen, sie sollen sich nicht an den Gefangenen vergreifen, die in ihre Hände gefallen sind.«

»Euer Herrlichkeit«, antwortete Robin, »mein schlimmster Feind wird von mir nicht sagen können, ich wäre ein blutdürstiger Mann, und da, wo ich bin, dulde ich auch keine Bluttat. Wenn Euer Herrlichkeit aber mich von meinen Leuten wegnehmen – wie kann ich ihnen dann noch befehlen? Aber meinetwegen – lassen wir nichts unversucht!«

Er wandte sich an die Umstehenden. »Meine Herren«, sagte er, »ist jemand unter Ihnen, der dem gefesselten Robin MacGregor noch einen Gefallen tun will, ehe ihm der Kopf vor die Füße gelegt wird?«

Der Hochländer, der den Brief an den Herzog gebracht hatte, trat zu ihm hin. »Sag, was ich für dich tun soll, MacGregor!«

Robin sprach zu ihm. Was er sagte, verstand ich nicht. Aber ich nehme als sicher an, daß er dem Mann auftrug, jene Warnung des Herzogs seinem Clan zu überbringen.

»Da sieht man's«, meinte der Herzog bitter. »Für ihn tun sie alles, aber für uns nichts!«

»Halten zu Gnaden, Herr Herzog«, antwortete Galbraith. »Sorgen Sie dafür, daß Robin wiederbekommt, was man ihm genommen hat, lassen Sie ihm Gerechtigkeit widerfahren – und er wird Frieden halten. Nur die Gewalttätigkeit der Mächtigen wird ihn immer wieder zum Rebellen machen.«

»Das sind gefährliche Worte«, sagte der Herzog scharf,

»und ich will sie nicht gehört haben. Ich ersuche Sie, Major, mit Ihrer Truppe nach Gartatan abzureiten. Ich werde den Gefangenen selbst nach Duchray bringen. Von dort bekommen Sie weitere Befehle. Sie werden nicht einen einzigen Reiter entlassen, Major!«

Damit wandte sich der Herzog ab und ging weg, ohne noch einen Blick auf Robin zu werfen. Der Major aber sagte halblaut: »Es gibt auch noch Gegenbefehle. Eines schönen Tages spielen wir wieder ›Eins, zwei, drei, ein Stuhl ist frei!‹. Der neue König ist schon unterwegs...«

Die beiden Reiterabteilungen machten sich zum Aufbruch bereit, um noch bei Tageslicht in die Quartiere zu kommen. Man lud mich nicht höflich ein, sondern wies mich barsch an, mich dem Trupp anzuschließen, den der Herzog führte. Daraus konnte ich folgern, daß ich zwar nicht gerade als Gefangener angesehen wurde, jedoch als eine nicht unverdächtige Person. Das nahm ich hin, denn dadurch blieb ich wenigstens in Robins Nähe. Ich mußte ihn doch noch einmal in meiner Sache sprechen. Hatte er bei Thomas etwas erreicht? Aber wie war das denn möglich, da Thomas ihn so hinterlistig seinen Feinden ausgeliefert hatte? Wer hatte jetzt die Papiere, nach denen ich suchte?

Ach, lag mir wirklich so viel an den gestohlenen Papieren? Es ging um Robins Leben. Helfen konnte ich ihm nicht. Aber ich wollte in seiner Nähe bleiben, um ihm vor seinem letzten Gang noch einmal die Hand drücken zu können.

Von den Felswänden des Tals hallten die Signale der Trompeter wider, als wir losritten. Nach kurzer Zeit bog Major Galbraith mit seinen Reitern rechts ab und durchquerte den Fluß, um ein altes Schloß zu erreichen, in dem sie sich aufhalten sollten, und wir setzten den Marsch in guter Ordnung fort.

Um den Gefangenen ja nicht entwischen zu lassen, hatte der Herzog besondere Vorsicht befohlen. Robin wurde auf die Kruppe eines starken Pferdes gesetzt, das ein Lehnsmann des Herzogs namens Ewan von Brigglands ritt, ein sehr kräftiger Bursche. Um beide Reiter wurde ein Sattelgurt geschlungen und auf der Brust Ewans zugeschnallt, wodurch es ganz unmöglich war, daß Robin sich von seinem Wächter losmachen konnte. Mir hatte man ein Pferd gegeben und aufgetragen, mich immer in der Nähe dieser beiden zu halten. Die Mannschaft ritt so dicht neben uns, wie es die Breite des Weges erlaubte, und in nächster Nähe ritten zwei Unteroffiziere mit schußbereiten Pistolen in der Hand. Andreas, dem man ein Pony überlassen hatte, hielt sich am Schluß des Zuges bei der Dienerschaft des Herzogs.

So zogen wir eine gute Strecke hin, bis wir an eine Stelle kamen, an der auch wir über den Fluß setzen mußten. Er war hier nicht sehr breit, aber beträchtlich tief, und der Weg, der zur Furt führte, war so schmal, daß ihn immer nur ein Reiter passieren konnte. Die starke Mitte unseres Zuges hielt oben am Ufer, während die vorderen Reiter einer hinter dem anderen das Wasser durchquerten, was ziemlich lange dauerte.

Während wir so zusammengedrängt warteten, hörte ich, wie Robin dem Mann, hinter dem er auf dem Pferd saß, zuflüsterte: »Dein Vater, Ewan, würde keinen ehrlichen Schotten wie ein Kalb zur Schlachtbank geführt haben – und schon gar nicht für einen Herzog, der es mit den Engländern hält!«

Ewan antwortete darauf kein Wort. Er zuckte mit den Schultern, als wollte er sagen: »Was kann ich denn anderes tun?«

»Und wenn MacGregors Leute von den Bergen kommen und du mitansehen mußt, wie die Flammen aus den Dachsparren deines Hauses schlagen, dann denke daran: dazu wär's nicht gekommen, wenn dein Freund Robin noch das Kommando führte.«

Wieder antwortete ihm nur ein Achselzucken – oder war das keine Antwort?

»Es ist schon schlimm, Ewan, wenn ein Mann wie du vergessen kann, daß Robin der Rote ihm mit Geld aus-

geholfen hat, als die Steuereintreiber kamen und er keinen Penny im Hause hatte.«
Ewan schwieg. Er zuckte nicht einmal mit den Achseln.
»Bringt jetzt den Gefangenen durch!« rief der Herzog von der anderen Seite des Flusses.
Ewan gab seinem Gaul einen Schenkeldruck und ritt los. Ich wollte hinterher, aber die Reiter riefen: »Noch nicht, Sir! Noch nicht!«
So mußte ich weiter warten. Es wurde schon dämmrig, aber ich konnte noch gut sehen, wie der Herzog drüben seine Leute sammelte, die an verschiedenen Stellen des Flusses aus dem Wasser kamen. Eine stattliche Zahl war schon am Ufer, aber einige waren noch im Fluß, als ich ein starkes Klatschen im Wasser hörte. Auch der Herzog mußte es vernommen haben, denn ich hörte ihn rufen: »Hund, wo ist dein Gefangener?!« Gleich darauf fiel ein Pistolenschuß – ob der Herzog im Zorn seinen Bauern vom Pferd geschossen hatte, konnte ich nicht sehen. Aber eins war mir gewiß: Robin war entkommen.
»Setzt ihm nach!« rief der Herzog. »Hundert Guineen für den, der den Kerl wieder einfängt!«
Ewan mußte den Gurt gelöst haben und Robin in den Fluß geglitten und unter Wasser davongeschwommen sein.
»Da ist er! Da ist er!« hörte ich schreien, und ich sah auch Robins Kopf. Der tapfere Schwimmer hatte Atem schöpfen müssen.
Die Reiter preschten in den Fluß und lenkten ihre schwimmenden Pferde auf den Entflohenen zu. Sie schrien dabei, es fielen auch Schüsse aus Pistolen und Karabinern, und ein wilderes Durcheinander ließ sich kaum denken. Später hörte ich, daß keineswegs alle bemüht waren, die hundert Goldstücke zu verdienen – so mancher lärmte und schoß nur, um die Verfolger zu verwirren.
Um mich kümmerte sich kein Mensch mehr. Die Soldaten hatten an anderes zu denken. Von den Reitern im Fluß gerieten nämlich einige in die gefährlichen Strudel des Stroms, und es mußte ihnen Hilfe gebracht werden. Dazu

wurde es rasch dunkel, und schließlich gaben Trompeter das Signal zum Sammeln – der Herzog hatte die Verfolgung aufgegeben. Aber nun hörte ich Stimmen, die mich angingen. »Wo ist der Engländer«, schrie jemand, »der dem Kerl ein Messer zugesteckt hat, daß er den Sattelgurt durchschneiden konnte?«
»Dem schneiden wir den Puddingbauch an!«
»Eine Kugel in den Hirnkasten!«
Es war hohe Zeit, ihnen keine Gelegenheit zu geben, sich mit mir näher zu beschäftigen. Ich sprang vom Pferd, ließ es laufen und verbarg mich im Dickicht des Unterholzes. Die Dunkelheit war vollends hereingebrochen, und von den Reitern, die sich noch auf dem diesseitigen Ufer befanden, hatte ich nichts zu befürchten. Für sie war ich verschwunden. Überdies hörte ich immer noch Signale, die nach den letzten Nachzüglern riefen, und es dauerte nicht mehr lange, da wurde es ganz still. Drüben waren also alle abgezogen.

Vorsichtig, Francis, vorsichtig!

Was nun? Um Andreas brauchte ich mir keine Gedanken zu machen. Der war sicher mit der Dienerschaft auf das andere Ufer gegangen und verstand es schon, sich durchzuschlängeln. Er gehörte zu denen, die immer wieder auf ihre Füße fallen. Aber was sollte ich nun anfangen? Die Nacht im Freien zu verbringen, schien mir wenig verlockend. Ich mußte sehen, so bald wie möglich wieder unter Menschen zu kommen, durch die ich Robin erreichen konnte, und da fiel mir ein, daß ich ja gar nicht weit von Aberfoil war. Das Wirtshaus dort hatte er einmal als Treffpunkt bestimmt, und so war es das beste, es wieder aufzusuchen.
Ich machte kehrt, ließ die Furt im Rücken und suchte auf

den Weg zu kommen, den wir nach Aberfoil geritten
waren. Der Mond, der inzwischen aufgegangen war, ließ
mich die Straße bald finden. Sein mildes Licht füllte die
Windungen des Tals und übergoß es mit seinem silbrigen
Schein.
Ich schritt kräftig aus, und der Schritt beschwingte mich.
Obwohl ich nicht sehen konnte, wie die verworrenen
Fäden, in die ich verstrickt war, sich lösen sollten, war ich
im Augenblick ohne alle Sorge. Ich war so glücklich, daß
Robin wieder in Freiheit war, und so voller Lebensmut,
daß ich zu pfeifen anfing. Erst nach einer guten Weile
wurde mir bewußt, was ich da pfiff – es war das übermütige, ja freche Liedchen, das Robin gepfiffen hatte, als
er in der Zelle des guten Owen mit den Beinen baumelnd
auf dem Tisch von Tannenholz saß.
Ich war darin so vertieft, daß mich zwei Reiter einholten,
ohne daß ich den Hufschlag ihrer Pferde vernommen
hatte. Ich bemerkte sie erst, als der eine mir schon zur
Seite war. Er hielt und redete mich auf englisch an.
»Hallo – wohin so spät in der Nacht?«
»Nach Aberfoil«, entgegnete ich.
»Sind die Pässe offen?« fragte er weiter, und in einem sehr
bestimmten, fast herrischen Ton.
»Das kann ich Ihnen nicht sagen. Aber wenn Sie Engländer und hier fremd sind, so rate ich Ihnen, nicht aufs
Geratewohl in die Berge zu reiten. Es hat Unruhen gegeben, und ich möchte nicht behaupten, Fremde wären
hier ihres Lebens sicher.«
»Eine englische Truppe soll geschlagen worden sein.
Stimmt das?«
»Es war eine schwere Schlappe. Einige fielen, der Offizier
und der Rest wurden gefangen.«
»Woher wissen Sie das so genau?«
»Ich war dabei.«
»Wieso?«
»Als unfreiwilliger Zeuge. Ich war ein Gefangener des
Offiziers.«

»Was lag gegen Sie vor? Wer sind Sie? Wie heißen Sie?«
»Mein Herr«, erwiderte ich, »ich wüßte nicht, wieso ich genötigt wäre, einem Unbekannten so viele Fragen zu beantworten. Ich habe Sie gewarnt, in ein Land zu reiten, in dem ein Aufruhr ausgebrochen ist. Was Sie nun tun werden, das ist Ihre Sache. Aber da ich mich nicht erkundige, wer Sie sind, so wäre ich Ihnen sehr verbunden, wenn Sie sich auch um mich nicht weiter kümmern würden.«
»Herr Francis Osbaldistone«, sagte der andere Reiter — und als ich diese Stimme hörte, ging es mir durch und durch —, »wenn Sie unbemerkt zu bleiben wünschen, dann empfiehlt es sich nicht, in der Stille der Nacht zu musizieren!« Und dann pfiff Diana Vernon das Gassenlied, mit dem ich hier marschiert war.
»Guter Gott!« rief ich aus. »Diana —«
Sie trug Männerkleidung, als ob sie auf einer Flucht nicht erkannt werden wollte. Mit wem aber war sie auf der Flucht? Auf keinen Fall war Thomas ihr Begleiter. Der Mann war größer, seine Stimme unterschied sich von der meines Vetters, und er war auch wesentlich älter.
Aber ihm war es offenbar nicht willkommen, so prüfend angesehen zu werden. Er zog den Hut tiefer ins Gesicht und sagte: »Gib deinem Vetter, was ihm gehört, und dann weiter! Wir dürfen keine Zeit verlieren.«
Dem Ton seiner Worte war anzuhören, daß er ein Recht hatte, von Diana Gehorsam zu fordern. Sie hatte schon ein Futteral hervorgeholt. Jetzt beugte sie sich vom Pferd zu mir herab, gab es mir und sagte dabei in ihrer alten Weise, deren scherzende Leichtigkeit innere Bewegung zu verdecken hatte: »Du siehst, Francis, ich bin dazu geboren, dein guter Engel zu sein. Wir haben Thomas genötigt, seinen Raub herauszurücken, und wenn wir, wie es unser Plan war, gestern abend schon nach Aberfoil gekommen wären, dann hätte ich dort eine Hochlandsfee gefunden, die den Schatz eines Londoner Geschäftshauses für dich aufgehoben hätte. Aber Riesen und Drachen hiel-

ten uns arme, irrende Ritter auf, und wir müssen sehr achtgeben, daß wir nicht in schreckliche Abgründe stürzen. Und darum bitte ich dich auch, Francis – sei vorsichtig! Sei sehr vorsichtig!«
In ihren letzten Worten brach eine solche Herzlichkeit auf, daß ich ganz verzweifelt war. Ich konnte nichts erwidern. Ihr Begleiter drängte: »Diana, es wird spät! Wir müssen weiter!«
»Ich komme, ich komme«, sagte sie hastig. »Leb wohl, Francis!«
»Wohin, Diana, wohin –«
»Du darfst uns nicht folgen. Ein Abgrund trennt uns! Leb wohl!«
Sie ritten davon, und ich stand da, das Futteral in der Hand, und starrte ihnen nach. Der Hufschlag ihrer Pferde klang schwächer und schwächer. Dann war kein Laut mehr zu hören.
Ich war allein. Das Futteral enthielt also die Wertpapiere, die meinen Vater vor dem Untergang seines Hauses retteten. Ich hatte erreicht, weshalb ich in dieses wilde Land gereist war – aber ich war nicht glücklich. Offen gesagt, mir war hundeelend zumute. Diana war fort, mit einem anderen Mann fort – nun hieß es, damit fertig zu werden, und über eigenes Leid kommt man wohl am besten hinweg, indem man sich mit dem befaßt, was man für andere zu tun schuldig ist.
Da war der redliche Jarvie, der meinetwegen in eine so gefährliche Lage gekommen war, und um ihn aus der Klemme zu befreien, war es auch geraten, erst einmal nach Aberfoil zu gehen. So setzte ich denn meinen Weg fort, wobei mich auch der Gedanke leitete, vielleicht könnte ich dort Diana doch noch einmal sehen. Es war doch unmöglich, daß sie zu Pferde über Aberfoil hinauskämen. Ich wollte wenigstens erfahren, wer der Glückliche war, dem sie ihr Leben anvertraut hatte, der ihr Gatte werden sollte oder es höchstwahrscheinlich schon geworden war.

In diese kummerschweren Gedanken verloren, hörte ich einen Schritt hinter mir, einen Männerschritt. Da kam jemand, der schneller ging als ich, obwohl die Straße stark anstieg. »Sei vorsichtig, Francis, sei sehr vorsichtig!« Im Gehen machte ich meine Pistole schußbereit, und erst als ich damit fertig war, blieb ich stehen. Ich sah einen Hochländer herankommen und rief ihm zu: »Drei Schritt vom Leib, oder ich schieße!«
»Wozu das?« war die Antwort. »Wir haben uns doch schon einmal um Mitternacht getroffen, Herr Osbaldistone!«
Robin der Rote! Den Feinden entronnen und unverwundet! Ja schon wieder im Besitz von Waffen, denn er trug eine Muskete auf der Schulter und hatte im Gürtel Breitschwert und Dolch. Ich steckte die Pistole weg und hielt ihm beide Hände entgegen.
»Herr Campbell – gottlob, daß Sie am Leben sind!«
»Ja«, sagte er, »zwischen Hals und Galgen ist ebensoviel Raum wie zwischen Lippe und Becher.«
Er erzählte, wie es ihm ergangen war. Im Fluß hatte er sein Plaid von der Strömung forttragen lassen, und damit hatte er seine Verfolger genarrt. Während es deren Aufmerksamkeit in Anspruch nahm und sie versuchten, es mit ihren Kugeln zu treffen, in der Meinung, auf die Art ihn selbst erreichen zu können, war er unter Wasser weitergeschwommen, wie eine Otter immer nur dann und wann seine Nase zum Luftholen hinausstreckend.
Dann aber wollte er wissen, wie ich mich durchgeschlagen hatte. Als ich ihm berichtete, daß Herr Jarvie und ich verhaftet worden waren, lachte er laut auf. »Die Dummköpfe haben den Stadtrat für Seine Exzellenz gehalten und Sie für die verkleidete Diana Vernon!«
›Seine Exzellenz‹ – das war Dianas Begleiter! Ein hoher Herr war ihr Gatte!
»Sie sind beide hier vorbeigeritten«, sagte ich. »Es ist noch nicht lange her. Der Herr hatte es sehr eilig.«
»Jaja«, antwortete Robin, »jetzt kann sie nicht mehr

machen, was sie will. Jetzt heißt es Ordre parieren. Aber es war auch Zeit für den Wildfang! Sie machte Kapriolen, die ihr den Hals brechen konnten. Nur schade — Seine Exzellenz ist schon zu alt. Mit einem jungen Kerl wie Sie hätte sie durchgehen sollen! Aber dafür ist es jetzt zu spät.«

Mir war, als hätte ich einen schweren Schlag auf den Kopf bekommen. Einen alten Mann hatte Diana geheiratet! Vielleicht konnte sie nun eine Herzogskrone in ihre Taschentücher sticken lassen — vielleicht war sie jetzt auch sehr reich — aber neben einem alten Mann...

Ich bezwang meine Erregung. Ich wollte mir doch nichts merken lassen, und ich berichtete weiter. Daß Robins Leute den Trupp des Hauptmanns überwältigt hatten, begeisterte ihn. »Es heißt immer«, sagte er, »des Königs Spreu ist besser als gewöhnlicher Leute Korn — aber wenn die Königlichen vor ein paar alten Männern, blutjungen Kerlchen und einer tüchtigen Frau klein beigeben, dann taugen die Rotröcke nichts.«

Er kam wieder auf seine Erlebnisse zu sprechen. »Als mir Ihr Vetter durch diesen Morris sagen ließ, er müsse mich sprechen, da nahm ich an, er habe von Seiner Exzellenz den Befehl bekommen, er solle mir die bewußten Papiere übergeben. Es fiel mir wohl auf, daß dem Morris der Schrecken in die Knochen fuhr, als ich bestimmte, er müsse als Geisel bei meinen Männern bleiben — aber der Kerl war ja immer in hellen Ängsten. Nun können wir den Lumpen wieder nach Hause schicken. Aber das steht fest: ohne ein gehöriges Lösegeld kommt er nicht los.«

»Er hat schon bezahlt«, sagte ich.

»Wieso?«

»Mit dem Höchsten, was er hatte — mit seinem Leben. Ihre Leute haben ihn im See ertränkt, Herr Campbell!«

»Nennen Sie mich nicht so!« rief er böse. »Jetzt bin ich in meinem Land, und mein Name ist MacGregor. Aber raus mit der Sprache — wer hat einen wehrlosen Gefangenen umgebracht?«

Ich zögerte nicht länger, und er erfuhr, wie es zugegangen war.

Voller Zorn stieß er den Gewehrkolben auf den Boden. »Bei Gott«, rief er, »so etwas kann einen dazu bringen, daß man den ganzen Clan und Weib und Söhne in die Hölle wünscht! Was wird aus den Menschen, wenn keiner da ist, der sie im Zaum hält?! Und wie sich alles verstrickt: ihn holte der Tod, den er mir verschaffen sollte!«

Mich ließ nicht mehr los, was er eben ausgesprochen hatte. Aber ich bemühte mich, mir meine Erregung nicht anmerken zu lassen. »Sie sagten«, brachte ich vor, »Seine Exzellenz hätte befohlen, mir die Papiere zurückzugeben?«

»Ja. Der Brief, den Sie mir im Gefängnis von Glasgow gaben, war von Seiner Exzellenz und wies mich an, in dieser Sache alles für Sie zu tun, was mir möglich wäre. Ihr Vetter muß davon Wind bekommen haben, und deshalb wollte er mich aus dem Wege schaffen. Das seh' ich jetzt klar.«

»Und nun hab' ich die Papiere!«

»Seine Exzellenz muß ihn selbst gesprochen haben«, sagte Robin, »und hat die Papiere von ihm verlangt.«

»Aber wer ist der mächtige Mann, den Sie ›Seine Exzellenz‹ nennen?«

»Wenn Sie das bis heute noch nicht erfahren haben, dann ist es am besten, Sie lassen's dabei. Der Brief, den Sie mir brachten, war von seiner Hand, und jetzt haben Sie, was Sie wollten. Wozu da noch vieles fragen?«

Mir stand wieder alles vor Augen. Der rätselhafte Schatten an den erleuchteten Fenstern der Bibliothek im Schloß, der Handschuh auf dem Tisch – und ich erinnerte mich genau und begriff jetzt: Diana ging nicht aus dem Zimmer, um jenen Brief zu schreiben, sondern um ihn von dem Unbekannten schreiben zu lassen. Im Schlosse hatte also, vor allen verborgen, ein Mann gelebt, der in der jakobitischen Verschwörung eine wichtige Rolle spielte, ja der vielleicht ihr Führer war...

»Ich kann also annehmen, daß Seine Exzellenz zu derselben Zeit im Schloß war wie ich?«

»Ja, und in Dianas Zimmern, die außer ihr sonst niemand betrat. Daß er da unterkam, war ja auch das Natürlichste von der Welt.«

Mit ihm also lebte sie, und für ihn lebte sie ...

»Außer dem Baron Hildebrand und Thomas wußte es kein Mensch im Schloß. Ihre anderen Vettern haben nie etwas davon bemerkt, denn von denen war keiner imstande, auch nur die Katze von der Milch zu locken. Und das alte Schloß mit seinen vielen Gängen und Schlupfwinkeln ist ein Versteck, wie es besser nicht zu denken ist.«

»Und Seine Exzellenz wußte auch in der ersten Angelegenheit Bescheid?« Ich scheute mich, den Namen »Morris« auszusprechen.

»Nein. Von dem Anschlag wußte Seine Exzellenz nichts. Ich habe oft genug über den Spaß lachen müssen, aber nach dem, was am See geschah, ist mir das Lachen vergangen ... Die Sache hatten Thomas und ich uns ausgedacht, und wir haben dem Mann dann auch das Geld abgenommen. Weil Ihr Vetter Sie vom ersten Tag an nicht leiden konnte, hat er den Verdacht auf Sie lenken wollen, bis Diana von ihm verlangte, Sie ungeschoren zu lassen. Vor dem unglücklichen Morris muß sich ja alles gedreht haben, als er bei dem Richter den eigentlichen Täter sah, während er vor Inglewood den falschen verklagte. Der Kerl war nicht hasenrein, aber ich wollte, er wäre noch am Leben.«

Wir waren ein langes Stück zusammengegangen, und es konnte nicht mehr weit bis Aberfoil sein. Da sprangen uns drei Hochländer aus dem Gebüsch auf den Weg, legten ihre Gewehre an und riefen, wir sollten stehenbleiben. Robin rief ihnen nur ein einziges Wort zu: »Gregaragh« — und das wirkte wie eine Zauberformel. Sie ließen ihre Gewehre sinken, stürzten auf Robin zu und umschlangen seine Knie. Von ihrem Gälisch verstand ich kein Wort, aber das war auch nicht nötig. Es war klar, daß sie vor Freude und Begeisterung überströmten, weil ein Totgeglaubter lebendig vor ihnen stand. Einer der drei lief davon, wahrscheinlich um der erste zu sein, der die unerwartete Nachricht verkünden konnte, und als wir nun in den Ort kamen, gerieten wir in einen Strudel von jubelnden Männern, Frauen und Kindern, die uns im Flackerschein von rasch angezündeten Fackeln wie ein höllisches Gesinde umtanzten.

Robin hatte Mühe, uns einen Weg zu bahnen, aber schließlich konnten wir doch in das Wirtshaus kommen. Aufgeregt blickte ich mich um, ob ich jetzt nicht Diana und ihren Begleiter hier sähe – jedoch das einzige Lebewesen, das ich erspähte, war der Ratsherr Nikolas Jarvie.

Immer gut von ihr denken

Er saß auf einem Stuhl am Feuer. »Hallo, Vetter«, sagte Robin, »wie geht es dir?«

»Diese Frage«, so antwortete der Ratsherr bedächtig, »wird immer leichthin ausgesprochen. Dabei ist sie eigentlich nur schwer zu beantworten. Jedenfalls könnte ich ihr nur durch sehr umständliche Ausführungen gerecht werden. So will ich mich auf die Feststellung beschränken: den Umständen entsprechend geht es mir nicht schlecht.«

»Tut mir leid«, sagte Robin, »daß ich dir hier deine gewohnten Bequemlichkeiten nicht bieten kann.«

»Niemand wird erwarten, daß ich mein Haus am Salzmarkt mit auf Reisen nehmen kann wie eine Schnecke ihr Haus. Ich bin schon froh, daß ich den Klauen deiner Angehörigen lebend entronnen bin.«

»Recht hast du, Vetter. Wenn man am Leben bleibt, dann ist schon viel gewonnen, und darauf wollen wir anstoßen!«

Das geschah, aber die Becher, aus denen wir den Whisky tranken, gaben keinen Klang, denn sie waren aus Holz. Danach sagte Herr Jarvie zu mir: »Über unsere Angelegenheit wollen wir später reden«, und wandte sich dann an Robert MacGregor mit dem gewichtigen Ernst eines Mannes, der endlich dazukommt, etwas loszuwerden, über das er tagelang gegrübelt hat.

»Vetter Robin, über eben diese deine Angehörigen habe ich mit dir ein ernstes Wort zu reden.« Robin widersprach ihm nicht, jedoch war es ihm anzumerken, daß er dem Kommenden nicht ohne Bedenken entgegensah.

»Was meine Tante Helene angeht«, so begann Herr Jarvie, wurde aber von Robin sofort unterbrochen. »Kein Wort über meine Frau! Über mich kannst du sagen, was dir nur einfällt.«

»Wie du willst«, entgegnete Herr Jarvie. »Zwischen Baum und Rinde soll man seine Hand nicht stecken. Aber deine Söhne betreffend – Vetter, sie sind so unwissend wie die Ochsen, die du früher auf den Markt brachtest! Ich habe festgestellt, daß sie weder lesen noch schreiben können. Nicht einmal das kleine Einmaleins ist ihnen bekannt.«

»Richtig. Aber dafür treffen sie einen Birkhahn im Fluge und stoßen einen Dolch durch ein zwei Zoll dickes Brett!«

»Und was bringt ihnen das ein?! Vetter, sollen sie denn wirklich Räuber werden? Du bist schon zu alt, als daß du dich noch ändern könntest – aber dieses junge Blut! Vetter, schick sie mir nach Glasgow! Oder noch besser, gib sie mir gleich mit. Handwerk hat goldenen Boden, Vetter! Ich gebe sie bei einem guten Weber in die Lehre! Mein Vater hat nicht anders angefangen, und ich auch nicht.«

Weiter kam er nicht. Robin konnte seine Empörung nicht länger zurückhalten. Er sprang auf. »Ceade millia diaone!« schrie er. »Hunderttausend Teufel! Weberknechte willst du aus meinen Söhnen machen! Sklaven am Webstuhl!«

Indessen besann er sich wieder. »Du meinst es gut, Vetter«, sagte er. »Einen Bergadler kannst du in einen Käfig setzen, aber daß er wie ein Stubenvogel singt, wenn du pfeifst – das bringst du ihm nicht bei. Darüber geht er elend ein! Komm, jetzt reden wir über eine Sache, von der du etwas verstehst. Eachin, die Tasche!«
Einer seiner Männer kam mit einer pelzbesetzten Tasche, die Robin umständlich aufschnürte, denn ein Schloß besaß sie nicht. Er nahm eine Rolle Goldstücke heraus: »Hier, Vetter, sind deine zehnmal hundert Pfund. Zähle sie nach und wiege sie ab – und dann wären wir quitt.«
Schweigend griff Herr Jarvie nach dem Geld, behielt es einen Augenblick in der Hand, legte es aber dann auf den Tisch.
»Ich kann es nicht annehmen, Robin. Es sieht mir ganz so aus, als klebe Blut daran.«
»Gibt es Geld, an dem kein Blut klebt?« fragte Robin gleichmütig. »Wer zuviel sieht, der kommt nicht weit. Aber verlaß dich drauf: dies ist gutes französisches Gold, und es war noch in keines Schotten Tasche. Sieh nur scharf hin, Vetter, die Louisdore sind ganz frisch – sie kommen eben aus der Münze!«
»Um so schlimmer, Robin. Mit diesem Gold werden Verräter an des Königs Sache gekauft! Daß du dich dazu hergibst –«
»Willst du die Schuld bezahlt haben oder nicht?«
»Daß du mir diese Summe schuldest, das steht fest«, sagte Herr Jarvie – und dann blinzelte Robin mir zu, denn es war ein düsteres Bild, wie der Ratsherr in diesem verwahrlosten Loch Goldstück für Goldstück in die Finger nahm und jedes sorglich abwog. Nachdem er die ganze Summe zweimal durchgezählt und die aufgelaufenen Zinsen berechnet hatte, gab er drei Goldstücke zurück – eines für seine Tante Helene, wofür sie sich ein anständiges Kleid kaufen sollte, und je eins für die Söhne. »Nur Schießpulver sollen sie dafür nicht einhandeln!«
Robin war über diese Großmut sichtlich überrascht,

nahm jedoch das Geschenk mit höflichem Dank an. Nun zog der Ratsherr den Schuldschein aus der Tasche, den Robin einmal unterschrieben hatte. Herr Jarvie bestätigte auf der Rückseite des Dokuments, die umstehende Summe richtig erhalten zu haben, und setzte seinen Namen darunter. Ich mußte als Zeuge unterschreiben, aber damit war Herr Jarvie noch nicht zufrieden. Wie er uns umständlich darlegte, verlangte das Gesetz die Unterschrift zweier Zeugen.
Robin lachte. »Im Umkreis von sieben Meilen findest du hier keinen Menschen, der seinen Namen schreiben kann! Aber ich werde dir zeigen, wie wir uns helfen!«
Er nahm den Schuldschein, warf ihn ins Feuer und sagte: »Das ist unsre Art, mit Quittungen umzugehen!«
Der Ratsherr schnappte über diese Methode der Buchführung nach Luft, äußerte sich dann aber nicht weiter, denn die Wirtin brachte das Essen. Was sie uns auftischte, war freilich nicht in ihrer armseligen Küche hergestellt worden. Sie brachte nämlich eine Wildpastete und einen gespickten Rehrücken, dazu ein paar Flaschen mit einem vorzüglichen Burgunder. Die Gerichte waren kalt, woraus ich schloß, daß sie von weither gebracht worden waren. Aus der Pastete waren einige Stücke herausgeschnitten. Robin bat, das zu entschuldigen. »Du mußt wissen«, sagte er zu Herrn Jarvie, »daß ihr heute nacht nicht die einzigen Gäste im Lande MacGregors seid, und deswegen kann meine Frau euch auch nicht begrüßen, so leid es ihr tut.«
Aus der Miene, die der Ratsherr machte, war nicht zu ersehen, daß es ihn nach ihrer Anwesenheit verlangte. Mit Behagen machte er sich über die Pastete her. Mir aber nahm der Gedanke an die erwähnten Gäste den Appetit, und während er nach dem Essen auf einem Lager von Heidekraut, das Robin hatte heranschaffen lassen, so fest schlief wie ein Bär im Winterschlaf, tat ich kein Auge zu. Im Dämmerlicht der ersten Frühe kam Robin, um uns zu wecken. Ich war sofort auf, aber es machte Mühe, Herrn

Jarvie wachzubekommen. Als ich ihm dann beibrachte, ich wäre im Besitz der Wertpapiere, war er freilich eifrig bei der Sache. Wie er am Abend vorher die Goldstücke geprüft hatte, so befaßte er sich nun mit dem Inhalt des Futterals, das Diana mir gegeben hatte. Er verglich sie mit der Aufstellung, die ihm der gute Owen gegeben hatte, und strahlend versicherte er mir, es fehle nichts. »Dem Himmel sei Dank!« sagte er. »Jetzt aber nichts wie fort aus diesem vermaledeiten Land, und mich soll der und jener holen, wenn ich es noch ein einziges Mal betrete! Auf dem kürzesten Weg nach Hause!«

Robin widersprach ihm. »Es ist eine alte Regel – einen Gast, der abreisen will, soll man nicht aufhalten. Jedoch unsereins tut gut, niemals denselben Weg zurückzugehen, den er gekommen ist.«

»Jaja«, erwiderte Herr Jarvie, »so muß ein Viehhändler denken, der sein Vieh auf dem Weg zum Markt Wiesen kahl fressen läßt, die ihm nicht gehören!«

»Vetter«, antwortete Robin ernst, »ich habe noch in der Nacht, als du schliefst, mit Seiner Exzellenz gesprochen. Es sieht böse aus.«

»Ist Seine Exzellens hier in nächster Nähe?« fragte ich rasch.

»Nicht mehr«, antwortete Robin und fügte hinzu: »Die Heide brennt!« Was er uns dann auseinandersetzte, war allerdings aufs höchste beunruhigend.

»Ich habe dem Thomas nie getraut«, sagte er. »Daß Diana Vernon nichts von ihm hat wissen wollen, das hat er nie überwunden. Um ihr zu zeigen, wer er ist, hat er den Aufstand entfesseln wollen – aber als Seine Exzellenz und Diana ihm die Wertpapiere abgenommen haben, war ihm der Spaß verdorben. Jetzt ist er Hals über Kopf ins Stirling-Schloß geritten und hat den Königlichen den ganzen Aufstandsplan verraten. Alle Truppen sind auf den Beinen. Sie fahnden nach Seiner Exzellenz, denn nun wissen sie durch Thomas, daß er der Kopf der Empörung ist. Ich sag's euch, ihr Männer: Läuft dieser Verräter mir

noch einmal vor die Klinge, dann kommt er lebend nicht mehr davon!«
Ich dachte nur an Diana. In welchen Strudel hatte sie sich gestürzt, als sie sich dem Mann verband, dessen Namen Robin nie nannte! In welcher Gefahr schwebte sie! Aber war denn nicht jetzt das Schlimmste vermieden? »Ich finde«, sagte ich, »die Verräterei des Thomas hat auch ihr Gutes — jetzt kann es zu dem unsinnigen Aufstand nicht mehr kommen!«
»Glauben Sie nur das nicht«, antwortete Robin. »Die Lawine ist im Rollen, und niemand hält sie mehr auf.«
Gerechter Himmel! Die einzige Chance, welche diese unselige Rebellion gehabt hätte, war die, daß die Hochländer durch einen überraschenden Angriff wenigstens einen Anfangserfolg hätten erringen können — und nun war auch das noch verspielt!
»MacGregor«, sagte ich zu ihm, »alles, was ich erreicht habe, das habe ich Diana zu verdanken. Ich kann sie nicht im Stich lassen. Wir müssen sie in Sicherheit bringen, MacGregor!«
»Für sie sorgt jetzt Seine Exzellenz«, sagte er, »und Sie können überzeugt sein, sie geht nicht von seiner Seite. Ich hoffe, wie werden bald in einem anderen Land sein, wo sie ganz sicher sind.«
»Und wir, Herr Osbaldistone«, sagte der Ratsherr, »müssen so schnell wie möglich in Glasgow sein. Sonst kommen wir mit unseren Papieren zu spät.« — »Auf Schleichwegen lass' ich Sie an die Grenze bringen«, sagte Robin, »und da kommt der Mann, der Sie führen wird!«
Es war Dougal, auf den er wies, und der Waldschrat war nicht wiederzuerkennen: er hatte den Reitrock des Andreas an, und auf dem Kopf dessen Perücke und Hut! Wir brachen auf. Es ging den Weg, den wir als Gefangene des Hauptmanns zurückgelegt hatten, es ging über den Paß, an dem sich so Schreckliches zugetragen hatte, und wir kamen schließlich an eine Schlucht, die sich zu einem Bergkessel erweiterte.

Hier stürzte ein Wildbach aus großer Höhe steil in die Tiefe, dem Felsen mehrmals die Bahn zu versperren suchten. So schoß der etwa zwölf Fuß hohe Wasserfall in ein Steinbecken, das aussah, als hätten Riesen es ausgehöhlt, und von da schäumten die Wasser noch einmal in einem Sturz von weißer Gischt wohl fünfzig Fuß herab auf den Boden der Schlucht, durch die der Bach dann in starker Strömung talab floß. An dieser bemerkenswerten Stelle erwartete uns eine starke Mannschaft von Hochländern, die zu Robins Leuten gehörten. Die schrillen Töne ihrer Sackpfeifen mischten sich mit dem Brausen der Wasserfälle, und mir war, als hätten wir eine verzauberte Welt betreten.

Aus den Reihen der Männer löste sich Robins Frau. Sie kam uns entgegen, von ihren beiden Söhnen begleitet. Sie trug einen Frauenmantel und empfing uns mit der gelassenen Sicherheit einer Königin. Ehe Herr Jarvie wußte, wie ihm geschah, hatte sie ihn umarmt. »Willkommen, Neffe«, sagte sie, und dann, zu mir gewandt: »Auch Sie sind uns willkommen. Unser erstes Zusammentreffen war böse. Aber rechnen Sie das nicht uns zu, sondern der harten Zeit, in der wir leben. Wir kennen auch Erbarmen – die Gefangenen, deren Gefangener Sie einmal waren, habe ich freigelassen, als wir bestimmt wußten, daß MacGregor entkommen war.«

Sie bemühte sich, freundlich zu sein, aber in ihren Zügen lag ein solcher Ernst, daß es mich bedrückte. War sie eine Seherin, die in erschreckenden Gesichtern das schwere Schicksal ihres Landes voraussah, den Tod der Männer, die sie umgaben? Für ein ländliches Essen war alles gut hergerichtet – aber mir war dabei zumute, als hielten wir ein Totenmahl.

Als es so weit war, daß wir aufbrechen mußten, verabschiedete sie sich von Herrn Jarvie mit den Worten: »Leb wohl, Neffe! Hoffentlich siehst du mich nie wieder. Das ist das beste, was Helene MacGregor einem Freunde wünschen kann.«

Mir aber gab sie einen Ring, und ich erkannte ihn sofort wieder – Diana hatte ihn an ihrer linken Hand getragen.
»Junger Herr«, sagte Robins Frau, »dieser Ring kommt von einer Person, die Sie bittet, immer gut von ihr zu denken.«
Die Dudelsäcke pfiffen, das Wasser rauschte, und es war, als wäre nichts weiter geschehen. Aber das Zeichen, das Diana mir sandte, machte mich ganz elend – klang ihr Abschiedsgruß nicht wie ein Hilferuf?
Mit Robin zusammen gingen wir an einen See, und unter einem überhängenden Felsen wartete dort ein Boot auf uns, das mit vier jungen, kräftigen Hochländern bemannt war. Hier nahmen wir Abschied voneinander. Das Boot stieß ab und wurde nach Südwesten gesteuert.
Robin war auf dem steinernen Dach, unter dem das Boot gelegen hatte, stehengeblieben und blickte uns nach. Im starken Wind wehte sein Tartan, und auch die schwarze Feder an seiner Mütze bewegte sich. Er stand unbeweglich, als wäre er von Stein.
Wir winkten ihm zu, aber er rührte sich nicht. Schließlich sahen wir noch, wie er langsam den Hügel hinaufschritt.

Herr Jarvie fürchtet die Schandmäuler

Dougal führte uns gut. Wir ritten noch lange in den Abend hinein, übernachteten und konnten dadurch Glasgow anderen Tags schon früh am Morgen erreichen. Als die Stadt vor uns lag, kehrte er um. Den Ratsherrn begleitete ich bis an die Tür seines Hauses, und von der Mathilde, die ihn freudig begrüßte, erfuhr ich, daß der gute Owen in das Gasthaus der Frau Flyter umgezogen war. So ritt ich gleich weiter, und als ich mich dort mit dem Türklopfer bemerkbar machte, öffnete mir niemand anders als Andreas die Tür. Er sah mich, stieß einen Freuden-

schrei aus und rannte die Treppe hinauf. Ich folgte ihm, denn ich nahm an, er wollte dem guten Owen meine Ankunft melden. Die Zimmertür ließ er halb offen, so daß ich ohne weiteres eintreten konnte. Da saß Owen, und neben ihm – mein Vater! Er erhob sich rasch, und einen Augenblick dachte ich, er wollte mich in seine Arme schließen. Aber kerzengerade stand er da und äußerte in seiner gewohnten, abgemessenen Würde: »Ich bin erfreut, mein Sohn, dich wiederzusehen.« Doch dann verließ ihn seine gequälte Zurückhaltung. Er umarmte mich und sagte mit halberstickter Stimme: »Francis... ach, mein Francis...«
Ich wollte ihm Rührung ersparen. »Herr Vater«, sagte ich, »hier sind die Wertpapiere!« Damit übergab ich ihm das bewußte Futteral.
Der gute Owen streckte mir seine beiden Hände entgegen. Er hatte nasse Augen. Ich muß sagen – das war ein bemerkenswerter Augenblick.
Nicht lange, und ich erfuhr, was sich hier zugetragen hatte. Als mein Vater aus Holland zurückgekehrt war, hatte er sich in London nur so lange aufgehalten, bis die dringendsten Geschäfte erledigt waren. Bei dem Ansehen, das er genoß, und dem großen Erfolg seiner Spekulationen in Amsterdam verfügte er über bedeutende Mittel, und er machte sich sofort auf den Weg nach Glasgow. Seine unerwartete Ankunft war für die Herren MacVittie & Co. am Galgentor ein schwerer Schlag. Sie hatten damit gerechnet, daß er ausgespielt hatte – nun stand er fest und sicher da und fuhr mit ihnen Schlitten, wie man so sagt. Keine der eiligst gestammelten Entschuldigungen nahm er an, verlangte eine Abrechnung, zahlte aus, was er ihnen schuldete, und versicherte den bestürzten Herren, mit diesem letzten Blatt müßten sie sein Konto ein für allemal schließen.
So hatte mein Vater das Geschäftliche aufs beste regeln können, aber ihm blieb die Sorge um mein Schicksal. Denn was Andreas, der sich nach Glasgow durchgeschla-

gen hatte, über mich zu berichten wußte, klang besorgniserregend. Der Herzog von Argyle hatte ihn nach der Flucht Robins gründlich ausgefragt und dabei eingesehen, daß dieser wunderliche Mann kein Verschwörer war. Er hatte ihn nicht nur sofort entlassen, sondern ihn auch in den Stand gesetzt, nach Glasgow zurückzukehren, damit er dort melden könnte, daß ich in den Bergen verschollen sei. Den Bericht, den Andreas meinem Vater gab, verstand er so zu färben, daß er den Eindruck erweckte, als sei er bei höchst gefährlichen Abenteuern in den Bergen mein Schutzengel gewesen, der mich in den schauderhaften Zufällen bewahrt und mir durch seine unerschrockene Hilfe mehr als einmal das Leben gerettet hätte.
Der gute Owen zitterte, als er das hörte. Aber mein Vater war Menschenkenner genug – von den Schilderungen, die Andreas auftischte, zog der erfahrene Kaufmann fünfzig bis sechzig Prozent ab; jedoch ergab sich dann immer noch ein bedenklicher Rest. Das war aber nun ausgestanden, und es blieb nur noch, daß mein Vater sich bei Herrn Jarvie für dessen Hilfsbereitschaft zu bedanken hatte. Ich ging zu ihm, um ihm den Besuch meines Vaters anzumelden, und als das verabredet war, ließ der Ratsherr mich nicht gleich wieder gehen.
»Es ist mir lieb«, sagte er, »daß wir uns allein sprechen. Ich muß Sie darauf hinweisen, daß es mir mehr als erwünscht wäre, wenn von den sonderbaren Erlebnissen, die wir in den Bergen durchmachen mußten, hier in Glasgow nichts weiter bekannt würde. Wie die Menschen sind – man könnte mich zum Beispiel mit dem schrecklichen Ende des Morris in Verbindung bringen, und daß ein Glasgower Ratsherr und Zweiter Vorsitzender des Stadtgerichts einem Hochländer den Kilt versengte, braucht auch nicht bekannt zu werden; denn so etwas wird im Gerede immer noch ausgeschmückt und unziemlich erweitert. Was würden die Schandmäuler erst daraus machen, daß ein ehrsamer Glasgower Stadtrat an einem elenden dornigen Ast zwischen Himmel und Erde hing?«

Ich versprach ihm, was er wünschte, und setzte hinzu, ich würde auch Andreas das Nötige ausrichten. Nun kam mein Vater, und er wurde mit Hochachtung empfangen. Dessen warme Dankesworte wollte Herr Jarvie gar nicht hören. »Ich habe nur getan«, sagte er, »was ein jeder hätte tun müssen, und was wäre es für eine schöne Welt, wenn jeder es auch täte!« Daß die Londoner Herren von nun an in Schottland allein mit ihm Geschäfte abschließen würden, war ein Gewinn für ihn, der sich in vielstelligen Zahlen ausdrücken ließ.

So schien sich alles friedlich zu lösen. Aber am andern Morgen stürzte Andreas sehr früh in mein Zimmer, so daß ich aus dem Schlaf auffuhr, und vor Aufregung bebend (oder war es Furcht?) rief er: »Die Hochländer kommen! Alle Clans sind auf den Beinen – und Robin der Rote marschiert mit seinen Leuten direkt auf Glasgow!«

Eilig zog ich mich an und weckte meinen Vater und Owen. Wir sahen, daß die Stadt einem aufgestörten Ameisenhaufen glich, und schon ließen die Wohlhabenden in der Angst um ihr Leben und ihren Besitz ihre Wagen anspannen, um sich und das Kostbarste ihrer Habe in Sicherheit zu bringen.

Es war freilich nur ein leeres Gerücht, das diese Panik hervorgerufen hatte. Immerhin erwies sich als wahr, daß jener unselige Aufstand ausgebrochen war, den die englische Geschichte als die »Rebellion von 1715« verzeichnet. Jetzt war London der Platz, auf den mein Vater gehörte, und so schnell es ging, reisten wir ab, und mit uns Andreas, der vor den Hochländern so zitterte, daß er am liebsten bis in die Neue Welt geflohen wäre. Himmelhoch bat er uns, ihn jetzt sowenig im Stich zu lassen, wie er mich nicht verlassen hätte, als ich nach Glasgow wollte, und mit einer Gutmütigkeit, die an meinem Vater neu war, nahm er ihn als unseren Diener mit.

Der Ausbruch des Aufstands hatte an der Börse einen Kurssturz zur Folge, bei dem die Staatspapiere mehr als die Hälfte ihres Wertes verloren. Mein Vater verband sich sofort mit den Bankiers, die entschlossen waren, die Regierung zu stützen, und ihre großzügige Aktion rettete England vor dem Bankrott. Auch ich blieb nicht untätig. Als ich meinen Vater bat, mir ein Werbepatent zu kaufen, gab er mir sofort die nötigen Mittel, und mit zweihundert gutbewaffneten Männern stieß ich zu dem Heer des Generals Carpenter.

Die Entdeckung kommt spät

Die traurige Geschichte des Feldzugs gegen die Rebellen will ich nun nicht beschreiben. Zu dem großen Bürgerkrieg, auf den sie ihre Hoffnungen gesetzt hatten, kam es nicht. Ihre Lage war daher von Anfang an hoffnungslos. In wenigen Wochen waren sie zerschlagen und zersprengt, und wer im Gefecht gefallen war, der hatte ein besseres Los gezogen als die, welche gefangengenommen wurden, denn auf sie wartete nun der Henker am Schafott. Als ich nach den Kämpfen wieder in London war, lebte von meinen Vettern nur noch Thomas – alle anderen hatten der Reiterschwadron angehört, die am »schwarzen Tag von Glenfalloch« bis auf den letzten Mann aufgerieben wurde. Mein Onkel Hildebrand lag mit vielen Adligen aus Northumberland im Gefängnis von Newgate, das sie nach dem Willen des Königs nur zu ihrem letzten Gang verlassen sollten. Sie gingen ihn aufrecht und stolz, da nichts sie in ihrem Glauben erschüttern konnte, sie hätten bei ihrem Kampf für das Königshaus der Stuarts auf der Seite des Rechts gestanden.
Über Robin den Roten hatte ich gehört, er lebe, aber keiner wußte, wo er sich verbarg, oder, besser gesagt, keiner, der es wußte, verriet sein Versteck. Wer »Seine Exzellenz« war, das war mir nun bekannt – ein britischer Adliger, den der in Frankreich lebende Thronprätendent

Jakob zum Grafen von Beauchamp erhoben und zum Führer der Rebellen ernannt hatte. Ich gab mir die größte Mühe, um zu erfahren, was aus ihm geworden war, und wenn ich überall nach ihm fragte, so fragte ich damit nach Diana — aber es war unmöglich, etwas zu erkunden. War ihnen die Flucht nach Frankreich geglückt? Oder lebten sie wie Robin in einem ganz geheimen Zufluchtsort?

Waren sie umgekommen? Gewiß war nur das eine, was die Gefangenen in Newgate, die man besuchen konnte, aufs bestimmteste versicherten: gefangen war der Graf von Beauchamps nicht.

Das wenige, was mein Vater und ich für seinen Bruder tun konnten, taten wir schweren Herzens. Er war nicht wiederzuerkennen. Der ehedem kraftstrotzende Mann war in seinem Innersten getroffen. Der Verrat seines Jüngsten, der Verlust seiner Söhne, der unglückliche Ausgang der Rebellion — das war zu viel gewesen. Er bewahrte zwar Haltung, aber er glich einem Schiff, das, durch mehrere Stürme hin und her geworfen, in seinem Gefüge erschüttert ist und das plötzlich sinkt, obwohl keine äußere Ursache dafür zu erkennen ist. Sein Leben erlosch, und damit ersparte er dem Henker Arbeit. Mein Vater hatte vielen Widerständen zum Trotz durchgesetzt, daß der Kaplan des sardinischen Gesandten dem Sterbenden beistehen durfte.

Als mein Vater und ich ihn zum letztenmal besuchten, benahm er sich wie ein Herr, der vor einer langen Reise noch dies und jenes zu erledigen hat. Er gab mir eine Urkunde, die eine Abschrift seines Testaments war, und er unterrichtete mich über dessen Inhalt. Er vererbte seinem Sohn Thomas einen Schilling und vermachte mir Schloß Osbaldistone und was noch an Besitzungen dazugehörte. Das Original des Testaments war, wie er mir mitteilte, an den Friedensrichter Inglewood geschickt worden. Ich dankte ihm. Was diese letzte Verfügung für ihn zu bedeuten hatte, war mir klar — er wollte vor aller Welt kundtun, daß er mit dem Sohn, der ihre Sache verriet, gebrochen hatte.

Ehe wir gingen, umarmte er meinen Vater und mich. Das Letzte, was er mir sagte, war: »Sieh bald nach der schwarzen Hühnerhündin Lucie. Sie wird mich vermissen.«

Offen gestanden, ich hatte wenig Lust, das alte Schloß noch einmal aufzusuchen. Die Ungewißheit über Dianas Schicksal zermürbte mich, und ich scheute mich, die Stätte wiederzusehen, die mit ihr so verbunden war. Aber es war mein Vater, der mich dringend bat, dort nach dem Rechten zu sehen. Von dem alten Haus seiner Väter hatte er früher nichts wissen wollen. Nun aber erklärte er, er sei von seinem Vater ganz zu Unrecht enterbt worden und es sei nur eine angemessene Wiedergutmachung alten Unrechts, daß sein Sohn den Besitz zurückbekam. Als er noch erfuhr, Thomas setze Himmel und Hölle in Bewegung, damit das Testament als ungültig erklärt würde, war mein Vater fest entschlossen, diesen Kampf aufzunehmen. »Reite hin!« sagte er. »Vertritt deine Rechte. Das Gut ist über und über verschuldet. Aber wir haben Mittel genug, die Schulden zu begleichen. Bring das mit dem Inglewood ins reine. Was du dazu brauchst, das bekommst du von mir.« Er setzte noch hinzu: »Und nimm den Andreas mit. Hier wird er mir lästig.«

Der Vorschlag war nicht falsch, denn Andreas kannte sich dort ja besser aus als ich. Überdies sah ich das als eine gute Gelegenheit, ihn für immer loszuwerden, indem ich ihn als Schloßgärtner da zurücklassen konnte, wo ich ihn einmal aufgegabelt hatte.

Je mehr wir uns dem Ziel unserer Reise näherten, desto schwerer wurde mir ums Herz. Ich fürchtete mich fast davor, das verödete Schloß zu betreten. Aber vielleicht konnte ich bei dem Friedensrichter etwas erfahren, und so suchte ich ihn auf, ehe ich mich im Schloß blicken ließ.

Der alte Herr sah recht verwittert aus. Wie ich schon einmal erwähnte, hatte er sich aus einem Parteigänger der

Stuarts zu einem Anhänger des englischen Königs durchgemausert. Als der Aufstand ausbrach, sah er sich von lauter Gegnern umgeben, denn der northumberländische Adel erklärte sich zum größten Teil für die Rebellen, und er mußte befürchten, daß sie ihn als einen treulosen Verräter zur Rechenschaft ziehen würden. Durch den raschen Zusammenbruch der Rebellion kam es indessen dazu nicht; im Gegenteil – er stand nun als einer der Wenigen groß da, die dem König in einer Notzeit die Treue gehalten hatten. Jetzt waren die Adligen des Landes entweder gefallen, hingerichtet oder noch gefangen – aber nun kam er nicht darüber hinweg, daß sie in seiner Jugend alle einmal seine Freunde gewesen waren. Ihr bejammernswertes Schicksal ging ihm nahe, und er verwünschte sich, in einer Zeit leben zu müssen, die von dem einzelnen immer wieder schwerwiegende Entscheidungen verlangte, wo man sich doch auf der Welt bei gutem Essen und Weinen von Qualitäten ein so schönes ruhiges Leben machen könnte.

Nur insofern hatte er es jetzt besser, als ihm sein Schreiber Jobson gekündigt hatte. Er war in die Dienste eines Landrichters getreten, der als unerbittlicher Verfolger der Jakobiten Karriere machen wollte, wobei er Jobson als einen vorzüglichen Spürhund gebrauchen konnte.

Herr Inglewood empfing mich zuvorkommend, und mein Besuch war ihm ein willkommener Anlaß, sofort eine Flasche Wein bringen zu lassen, und das erste, bis an den Rand gefüllte Glas leerte er gleich bis auf den Grund. Dabei zeigte er eine gewisse Verlegenheit, denn er wußte nicht, wie er mich einschätzen sollte. Daß ich auf seiten der Londoner Regierung stand, war ihm klar, und er bemühte sich, mir eindringlich darzustellen, was er alles getan habe, um seine früheren Freunde von ihrem falschen Schritt abzuhalten. Als er aber hörte, daß ich das harte Schicksal der Gefangenen von Newgate bedauerte, da nötigte er mich, auszutrinken, füllte die Gläser sofort wieder und forderte mich auf, mit ihm anzustoßen – »auf

die Rose der Wildnis, auf die Heideblume der Cheviot-Berge, auf die arme, liebe Diana Vernon!«
Daß er sie bei ihrem Mädchennamen nannte, überraschte mich aufs höchste.
»Ist sie denn nicht verheiratet?« fragte ich. »Ich denke, Seine Exzellenz —«
»Aus ist es mit der Exzellenz!« rief er. »Aus ist es mit der ganzen Herrlichkeit — geplatzt ist sie wie eine Seifenblase! ›Graf von Beauchamp‹ — ein hohler Titel, leer wie ein Windei; denn der Stuart da in Versailles hat gar kein Recht mehr, einen solchen Titel zu verleihen. Der Vernon heißt wieder wie früher Vernon — und nichts weiter!«
Wieso hieß Dianens Gatte Vernon?
»Er ist ja gewohnt«, so fuhr Inglewood aufgebracht fort, »seinen Namen zu wechseln. Damals, als Sie ihn gesehen haben, hieß er auch nicht Vernon —«
»Ich habe ihn nie gesehen!«
»Haben Sie denn den sogenannten Pater Vaughan nie getroffen?«
»Pater Vaughan?! Ich? Nein, niemals — aber war denn Pater Vaughan —«
»Der alte Vernon spielte die Rolle nicht übel.«
»Er war Dianens Vater? Er lebte bei ihr im Schloß?!«
»Jetzt ist es nicht mehr nötig, ein Geheimnis daraus zu machen. Ich bin überzeugt, er ist schon in Frankreich, und ich bin heilfroh, daß er drüben ist. Denn wenn er mir jetzt über den Weg liefe, dann könnte ich kein Auge mehr zudrücken. Nach der elenden Rebellion weht ein anderer Wind. Jetzt hilft kein Maulspitzen mehr. Jetzt muß gepfiffen werden. Auf der Stelle müßte ich ihn verhaften lassen.«
Ich wußte nicht mehr, wie mir der Kopf stand. »Niemals habe ich etwas davon gehört, daß Dianens Vater noch am Leben war!«
»Unsere Regierung ist bei Gott nicht daran schuld, daß er immer wieder mit dem Leben davonkam. Sie war hinter ihm her, denn er war's, der hinter allen Verschwörungen

stand. Ein geschickter Trick: in französischen Zeitungen war zu lesen, er sei gestorben. Aber er lebte hier mitten unter uns, und für den Stuart war er der wichtigste Mann, denn seine Mutter stammte aus dem Hochland, und von daher hatte er die besten Beziehungen zu dem schottischen Adel. Wir alten Kavaliere kannten ihn alle – aber wir waren eben Kavaliere und schwiegen.«
»Und im Schloß Osbaldistone –«
»Da kannte ihn außer seiner Tochter natürlich nur der Baron und der superkluge Thomas, der ja alles ausspionierte. Deswegen hing Diana von dem Burschen so ab! Wenn sie sich ihm nicht fügte, dann drohte er, ihren Vater anzuzeigen, und sie wußte genau, dazu war er imstande! Aber das ist nun alles vorbei. Die beiden sind in Frankreich – wo sollten sie sonst auch geblieben sein? Sie sind in Sicherheit, und Sie, Herr Francis, sind der Schloßherr von Osbaldistone.«
Er übergab mir das Testament meines Onkels und warnte mich: »Es wird gut sein, daß Sie sich da festsetzen, ehe es sich in der Grafschaft herumgesprochen hat, daß Sie hier sind. Denn dieser Schakal, der Thomas, steckt mit dem Jobson zusammen, wie ich höre. Was sie ausbrüten, weiß ich nicht. Das Testament ist an sich unanfechtbar. Aber der Thomas ist jetzt in London lieb Kind – und wenn man nun etwa den Dreh findet, ein Hochverräter habe nicht das Recht, einen Sohn zu enterben, der sich um König und die vereinigten Königreiche verdient gemacht hat, dann ist das vielleicht ein Trumpf, der heutzutage sticht. Verdient – verdient! Was hat er verdient? Einen Strick um den Hals! Aber laut darf ich das nicht sagen.«

Nimm's! Nimm's! Nimm's!

Ich war wie in einem Rausch. Ich hatte nur einen Gedanken: Diana! Sie war an niemanden gebunden. In einem Nebel war ich herumgetappt. Daß ihr Vater entdeckt würde, das waren ihre Ängste gewesen, das war es, was sie zu fürchten hatte – und jetzt waren er und sie in Sicherheit. Nach Frankreich! So schnell es nun ging nach Frankreich! Dort mußte sie zu finden sein.
Was ich zu tun hatte, stand für mich fest. Die Geschäfte hier mußte ich so rasch wie möglich erledigen, und dann ging's nach Frankreich. Daß mein Vater dem zustimmen würde, daran zweifelte ich keinen Augenblick. Er und ich standen uns nun ganz anders gegenüber als vordem.
Früh am andern Morgen ritt ich mit Andreas zum Schloß. Als ich es erreicht hatte, war mir eigenartig zumute. Diana war nicht mehr hier – und der mächtige Bau lag wie tot vor mir. Türen und Fenster verschlossen, die Pflastersteine mit Gras überwachsen, kein Hundegebell mehr. Daß alles jetzt mir gehören sollte, konnte ich mir noch nicht vorstellen – aber war es nicht herrlich, Diana als Schloßherrin heimzuholen?
Dieses tödliche Schweigen ... Ich stieg nicht vom Pferd. Ich hielt im Schloßhof wie damals, als ich zum erstenmal gekommen war. Verwehrten mir die mächtigen Gestalten meiner toten Vettern wie riesige Gespenster den Zutritt?
Unbekümmert aber ging Andreas vor. Mit kräftigen Faustschlägen donnerte er an jede der verschlossenen Türen, als wäre er der Besitzer, und schrie, man solle ihm sofort aufmachen. Es dauerte eine gute Weile, bis sich an einem der vergitterten Fenster des Erdgeschosses jemand zeigte – es war der Kellermeister des Hauses, der alte Syddal, der es geöffnet hatte, und sofort schrie ihm Andreas zu, er solle auf der Stelle das Tor aufschließen und sich darüber klar sein, von nun an habe er hier nichts mehr zu bestellen.

Ich befahl Andreas, den Mund zu halten, und stellte mich dem offenbar sehr erschrockenen Mann als Besitzer vor. Ich könne mich als der rechtmäßige Eigentümer ausweisen, und er habe daher die Pflicht, mich einzulassen. Wenn er meinem Wunsch nicht folge, dann sähe ich mich leider genötigt, mit einem Gerichtsdiener wiederzukommen. »Mit dem Friedensrichter«, so schloß ich, »habe ich schon gesprochen.«
»Nein, nein, nein!« rief der Alte aufgeregt, und dann hörten wir, wie er sich mühte, eine der kleinen Pforten zu öffnen, die anscheinend durch mehrere Riegel und eine Querstange gesichert war. Er trat heraus, begrüßte mich untertänig und erklärte, er stünde ganz zu meinen Befehlen. Aber es war mir deutlich, daß ich ihm keineswegs willkommen war, und diesen Eindruck hatte auch Andreas. »Was ist denn mit dem alten Schleicher?« flüsterte er mir zu. »Der ist ja im Gesicht weiß wie ein Bettlaken! Und haben Sie gesehen, wie seine Hände zitterten? Herr Francis, hier stinkt's!«
Wir gingen in das Haus, und der Alte erkundigte sich: »Wo soll ich Feuer machen, Euer Gnaden? Es ist überall kalt und ungemütlich. Nach so langer Zeit... Vielleicht reiten Euer Gnaden zum Mittagessen wieder zu Herrn Inglewood zurück?«
»Macht in der Bibliothek Feuer«, sagte ich.
»In der Bibliothek«, wiederholte er. »Gewiß, ja. Ach Gott, wie lange hat da schon kein Mensch mehr gesessen! Der Kamin raucht. Im Frühjahr müssen sich da Dohlen eingenistet haben, und mir ist kein junger Bursche zur Hand, der mir den Schornstein sauber machen kann.«
»Man sitzt lieber am eigenen Feuer als an einem fremden Kamin«, sagte Andreas. »Seine Gnaden lieben die Bibliothek, denn Seine Gnaden halten viel von gelehrten Werken.«
Ich schlug den Weg zur Bibliothek ein, und es blieb dem Alten nichts anderes übrig, als uns zu folgen.
Wir betraten sie, und darin sah es mir keineswegs danach

aus, als ob das Zimmer nicht mehr benutzt würde – es war aufgeräumt, sah sogar wohnlicher aus als früher, und im Feuerrost brannte eine helle Flamme.
»Ich denke, der Kamin raucht!« sagte Andreas.
Der Alte legte Scheite auf, aber mir schien, er täte das vor allem, um seine Verlegenheit zu verbergen. »Jetzt brennt er endlich«, murmelte er. »Aber heute früh rauchte er elend.«
Ich wollte allein sein und trug ihm auf, den Rentmeister zu holen, der etwa eine Viertelmeile vom Schloß wohnte. Syddal ging, jedoch sichtlich ungern. Darauf befahl ich Andreas, ein paar kräftige junge Burschen zu beschaffen. Es schien mir wichtig, sie für den Fall im Hause zu haben, daß Thomas etwa einen Gewaltstreich plante. Andreas war von seinem Auftrag begeistert. Er bemerkte, er werde ein paar Kerle besorgen, die sich weder vor dem Tod noch vor dem Teufel fürchteten, »denn das ist in diesem Hause nötig, Herr Francis! Ob Sie es mir glauben oder nicht – am letzten Abend, ehe wir hier wegritten, habe ich den Mann da im Garten gesehen!«
Er zeigte auf das große Gemälde, das Dianens Großvater darstellte.
»Das geht doch nicht mit rechten Dingen zu! Das ist Teufelswerk, wenn sich Gespenster zeigen. Sie haben mir damals nicht glauben wollen, junger Herr – aber ich halte mich an das, was ich mit eigenen Augen gesehen habe.«
Der Rentmeister ließ mich nicht lange warten, und mir war es eine Wohltat, mit dem verständigen und rechtschaffenen Mann zu tun zu haben. Er prüfte die Dokumente, die ich ihm vorlegte, sehr genau und erkannte ihre Rechtmäßigkeit an. Aber er bedauerte, in welchem Zustand sich das Erbe befand, das ich zu übernehmen hatte – doch als ich ihm sagte, es sei Geld genug da, um alle Schulden abzulösen, freute er sich und versicherte mir, dann werde es nicht schwer sein, hier eine gesunde Wirtschaft in Gang zu bringen. Da war nun vielerlei zu besprechen, und ich behielt ihn zum Mittagessen bei mir,

Syddal war nicht damit einverstanden, daß er es in der Bibliothek servieren sollte; er wandte ein, er habe in der Halle schon Feuer gemacht. Aber ich blieb dabei, denn mir schien es wichtig, daß meine Anordnungen befolgt wurden.

Am Nachmittag kam Andreas mit zwei jungen Männern an, den Brüdern Wingfield, für die er sich verbürgen könnte, wie er versicherte: »Sie haben Mark in den Knochen, und es sind keine verkappten Jakobiten oder heimliche Baalsdiener. In der Kirche haben sie immer nicht weit von mir gesessen, und an keinem Sonntag haben sie gefehlt.«

Mir war das recht, aber wieder war Syddal nicht mit mir zufrieden. »Ich kann nicht erwarten«, sagte er, »daß Euer Gnaden mir mehr vertrauen als Ihrem Diener. Jedoch, Euer Gnaden – was wahr ist, bleibt wahr. Der Ambrosius Wingfield ist ein ehrlicher Kerl, auf den man sich verlassen kann, aber sein Bruder ist, Gott verzeih' mir, ein hinterhältiger Bursche, und offen gesagt: er macht den Spürhund für den Jobson, der hinter den Edelleuten her ist, die mit bei der Rebellion waren. In einem freilich hat Ihr Diener recht: die beiden haben das Gesangbuch, das jetzt das allein richtige ist.«

Das klang nicht unbedenklich. Vielleicht hätte man Hunde haben sollen ... Ich fragte nach der Lucie. »Sie ist verendet, junger Herr. Sie hat nicht mehr fressen wollen, als der Herr Baron fort war. Da habe ich die ganze Meute verkauft. Wenn Euer Gnaden die Abrechnung sehen wollen –«

Ich winkte ab. Der Rentmeister war schon gegangen, so daß ich ihn wegen des einen Wingfield nicht befragen konnte. Ich verschob es auf den andern Tag, und ich verbrachte die Stunden in der Bibliothek. Andreas kam noch einmal und fragte, ob er nicht Kerzen bringen solle; in einem Haus, wo Gespenster umgingen, säße man besser bei Licht. Unwirsch sagte ich ihm, er solle mich mit seinem Unsinn in Ruhe lassen, und er zog wieder ab.

Ich schürte das Holzfeuer an, setzte mich in einen der großen ledernen Lehnsessel, die vordem nicht hier gewesen waren und zu beiden Seiten des Kamins standen. Hier saß ich nun, eine große Hoffnung im Herzen, die mich hätte beleben sollen – war ich vielleicht müde vom Tag? Oder woher kamen mir die trüben Gedanken? Schloßherr von Osbaldistone – aber wo waren die, die es vor mir gewesen waren? Wo waren sie alle, die in diesen Mauern geatmet hatten, geträumt, gehofft? Was sind unsere Hoffnungen und Wünsche? Sie wachen in uns auf, sie entzündet der Wahn, wir könnten erreichen, was wir uns wünschen – sie brennen lichterloh, sie verzehren sich dabei selbst –, und was bleibt von allen Hoffnungen, Leidenschaften und Wünschen? Ein Häufchen ausgebrannter Asche...

Plötzlich hielt ich den Atem an. Ich hatte etwas gehört. Die kleine Tür, die zu dem geheimen Gang führte, war geöffnet worden. Meine Gedanken überstürzten sich. Der Gang endete vor der Tür des Zimmers, das Thomas bewohnt hatte. Vor ihm hatte mich Inglewood so eindringlich gewarnt. Mit einem Male stand wieder vor mir, wie verdächtig Syddal sich benommen hatte.

Wenn etwa Thomas im Haus war – wenn Thomas jetzt – mein Degen lag auf dem Tisch in der Mitte des Raumes – ich sprang auf, wollte zum Tisch – und dachte, ich hätte den Verstand verloren!

Im Flackerlicht des Kaminfeuers sah ich eine Gestalt in einem schwarzen Umhang vor mir stehen, die ganz dem Gemälde glich, das an der Wand hing – und neben ihr stand Diana! Aber eine Diana, die nur noch ein Schatten von dem war, wie ich sie in Erinnerung hatte – bleich, abgezehrt und in dem schmal gewordenen Gesicht die Augen erschreckend groß.

Gespenstisch, wahrhaftig, und doch keine Gespenster. Sir Frederik Vernon mit seiner Tochter... »Wir kommen mit einer Bitte zu Ihnen, Herr Osbaldistone«, sagte Dianens Vater. »Geben Sie uns in Ihrem Hause so lange Obdach, bis wir eine Reise fortsetzen können, die uns vor unseren

Verfolgern retten soll. Sie wissen, daß wir uns nirgends sehen lassen dürfen.«

Selbstverständlich sagte ich ihm zu, daß ich alles tun würde, was mir nur möglich wäre. Nach dem, was sie für mich getan hätten, wäre das meine Pflicht – und ich war ja glücklich, Diana helfen zu können. Aber das äußerte ich natürlich nicht.

In diesem Augenblick öffnete sich die große Tür zum Korridor, Andreas lärmte herein, einen dreiarmigen Leuchter mit Kerzen in der Hand, und er polterte: »Hier bringe ich Ihnen Lichter! Ob Sie die anzünden wollen oder nicht, das ist Ihre Sache – ich dränge mich niemandem auf –«

Ich stürzte zur Tür, durch die er hereinwollte, riß ihm den Leuchter aus der Hand, wobei die Kerzen auf den Boden fielen, schob ihn selbst aus dem Türrahmen, schlug sie hinter ihm zu und schloß sie ab.

Das war getan. Aber war damit auch genug geschehen? Hatte Andreas die beiden erspäht? Und wenn er sie gesehen, wenn er sie erkannt hatte? Siedendheiß wurde mir, als mir Syddals Warnung einfiel, der eine der zwei Brüder Wingfield sei ein Spion –

Hastig bat ich Dianens Vater, mich einen Augenblick zu entschuldigen. Ich schloß die Tür wieder auf und ging, so rasch ich nur konnte, in das Zimmer des Erdgeschosses, in dem sich die Dienerschaft aufzuhalten hatte. Ich hörte Andreas laut und heftig reden. Als ich unerwartet in das Zimmer trat, brach er mitten im Satz ab.

»Was fehlt Euch denn?« fragte ich. »Habt Ihr wieder ein Gespenst gesehen?«

»N–n–n–nein«, stotterte er. »Aber Euer Gnaden waren reichlich ungnädig mit mir.«

»Weil du mich aus dem schönsten Schlaf geweckt hast, und ich war doch so müde. Aber es ist gut, daß Ihr gekommen seid. Syddal hat mir gesagt, er habe kein Bettzeug mehr übrig, und der Rentmeister meinte, wir brauchten nachts keine Wächter im Schloß.«

Ich gab jedem der beiden Brüder einen Kronentaler und empfahl ihnen, das Geld auf mein Wohl zu vertrinken und das Schloß zu verlassen. Sie bedankten sich sehr und rückten ab. Wie mir schien, waren sie zufrieden und nicht mißtrauisch geworden. Andreas hatte ja nur wenige Augenblicke mit ihnen reden können, und ich war ganz zuversichtlich. Aber es ist erstaunlich, wieviel in ein paar Augenblicken angerichtet werden kann – hier sollten sie zwei Menschenleben kosten.

Ich sagte Andreas, er solle zu Bett gehen, und ging wieder in die Bibliothek.

Diana trat auf mich zu. »Nun verstehen Sie meine Heimlichkeiten«, sagte sie. »Und nun werden Sie auch begreifen, daß ich immer in der Angst lebte, Thomas könne meinen Vater verraten.«

Ich hörte nur, daß sie wieder »Sie« zu mir sagte, und mir war, als sei damit etwas sehr Schönes weggewischt, als wäre es nie gewesen ...

»Wir hoffen, das heißt, wir haben begründete Hoffnung«, sagte ihr Vater, »daß wir Ihnen nur noch wenige Tage zur Last fallen werden«, und er hielt sich für verpflichtet, mir zu erklären, weshalb sie gerade hierher hatten flüchten müssen.

»Durch den Verrat eines Nichtswürdigen«, sagte er, »war unsere Sache von Anfang an verloren. In der kleinen Stadt Preston waren wir von weit überlegenen Kräften eingeschlossen. Einen Tag lang verteidigten wir uns noch mit Erfolg. Doch in der Nacht darauf verließ unsere Leute der Mut, und die Offiziere waren bereit, sich auf Gnade oder Ungnade zu ergeben. Aber das hieß für mich, meinen Kopf auf den Henkerblock legen« – und nun schilderte er ihre Flucht.

Mit ein paar Getreuen, die bereit waren, sein Schicksal mit ihm zu teilen, verließen er und Diana die Stadt noch vor Anbruch des Tages. Sie ritten durch die Fischergasse, die in ein sumpfiges Gelände führte, durch das sie an den Ribble-Fluß kamen, wo ihre Begleiter eine sichere Furt kannten. Das Sumpfland war von ihren Feinden nur schwach besetzt worden. Eine Patrouille von Grenadieren überritten sie, durchquerten den Fluß und gewannen die große Straße nach Liverpool, wo sie sich, um nicht aufzufallen, voneinander trennten. Er und Diana gingen zu Freunden nach Wales, aber es glückte ihnen nicht, von dort ein Schiff nach Frankreich zu bekommen. Sie mußten wieder nach Norden, und als ihnen ein zuverlässiger Mann anbot, sie in einem kleinen Fischerboot, einer sogenannten Schlup, aus der Solway-Bucht nach Frankreich zu bringen, da schien Schloß Osbaldistone der beste Zufluchtsort. Von hier war es nicht mehr weit bis in die Irische See. Das Haus war unbewohnt und nur von Syddal bewacht, auf den sie sich verlassen konnten. »Ich half mir wieder damit«, so schloß er, »wie ich mir schon früher die zum Glück abergläubischen Leute vom Leibe gehalten hatte, indem ich als mein Vorfahr hier gespensterte – und nun erwarten wir jeden Tag die Nachricht, daß das Schiff bereit ist.«

Ich versicherte ihm noch einmal, daß er auf mich rechnen könnte, und fragte, ob ihnen noch irgend etwas fehle. Er dankte mir herzlich und wies dann auf Diana. »Sie braucht nur Ruhe«, sagte er. »Diana hat Gefahren und Prüfungen bestanden wie der tapferste Mann. Sie hat dem Tod unter mancherlei Gestalt ins Auge gesehen. Nächtelang hat sie im Dunkel gewacht, damit ich schlafen konnte, und was wir für Strapazen auch durchmachen mußten – nie habe ich von ihr einen Klagelaut gehört. Für mich hat sie so viel getan – und noch ist es ihr nicht genug. Aber ich denke, das wird sie Ihnen selbst sagen wollen.«

Er gab mir die Hand und verließ die Bibliothek durch die kleine Tür hinter dem Vorhang.

Was er mit seinen letzten Worten meinte, war mir unverständlich. Aber ich erschrak. Ich wußte nicht, wovor – es war eine Ahnung von etwas unsagbar Schmerzlichem, das da auf mich zukam.

»Francis«, sagte Diana, »ich habe nicht damit gerechnet,

daß wir uns noch einmal sehen würden. Haben Sie meinen Ring bekommen?« Ich nickte.

»Es sollte mein letzter Gruß an Sie sein. Aber nun, wo wir einander gegenüberstehen, muß ich Ihnen noch etwas sagen. Ich gehöre nicht mehr mir, Francis. Als die Gefahr für meinen Vater am höchsten war, habe ich ein Gelübde getan: Wenn meinem Vater die Flucht gelingt, dann danke ich Gott, indem ich mein Leben in seinem Dienst verbringe, und ich hoffe, es wird mir nicht verwehrt, den Schleier zu nehmen.«

Sie stand vor mir und war mir doch entrückt. Sie war mir so nahe und doch himmelweit entfernt. Die neue Hoffnung, die in mir aufgeflammt war, brach zusammen.

»Bin ich nicht an allem schuld?« fragte sie. »Wenn ich Thomas nicht abgewiesen hätte ... Wenn ich mich überwunden hätte, ihn nicht zurückzustoßen – wäre dann nicht alles anders gekommen? Er hat auch gute Seiten – und mit meinem hoffärtigen Eigensinn habe ich ihn dem Bösen überantwortet, das in ihm steckt ...«

Es drängte mich, sie in meine Arme zu schließen. Aber ich rührte mich nicht. Ich liebte sie – aber gerade, weil ich sie liebte, wagte ich nicht, sie in ihren Entschlüssen irrezumachen. Sie suchte den Frieden – hatte ich ein Recht, sie wieder in die Verwirrung zu reißen?

»Ich wünsche Ihnen«, sagte ich, »daß Ihr Opfer Ihren Vater rettet.«

»Danke«, sagte sie, sah mich noch einmal an und ging.

Ich war wieder allein. Was für Wünsche mich überfluteten, möchte ich verschweigen. Es waren wilde Wünsche. Es waren böse Wünsche. Ich mußte mich zusammenreißen, um mich dahin zu bringen, daß es für mich nur eins gab, das ich zu tun hatte: solange sich Diana und ihr Vater unter meinem Dach aufhielten, durfte ich an nichts als an ihre Sicherheit denken.

Ich rief Syddal in die Bibliothek, aber Andreas in seiner sich aufdrängenden Geschäftigkeit kam mit ihm. Ich durfte ihn nicht wegschicken, damit er nicht mißtrauisch

wurde, und so konnte ich mit dem Alten nicht offen reden. »Ich will hier in der Bibliothek schlafen«, sagte ich, »macht mir hier ein Lager zurecht.«
Das geschah, und dann konnte ich sie mit der Weisung fortschicken, mich nicht vor sieben Uhr zu wecken. Syddal sah mich mit einem vielsagenden Blick an. Er hatte wohl begriffen, daß ich jetzt über die verborgenen Gäste des Hauses Bescheid wußte.
Lange fand ich keinen Schlaf, und als er endlich kam, brachte er mir wilde Träume. Diana und ich waren in die Gewalt von Robins Frau geraten, so träumte ich. Von dem Felsen, von dem die Hochländer den verzweifelten Morris gestürzt hatten, sollten auch wir in den See gestoßen werden. Wir waren aneinandergefesselt und warteten auf das Todeszeichen, das Thomas abgeben sollte. Er stand mit einer glimmenden Lunte an einer Kanone, und wenn er sie abschoß, sollte das unser Ende sein. Es ist nun Jahrzehnte her, daß ich dieses Traumgesicht hatte, aber noch heute bin ich imstande, mir die schweigende und doch mutige Erregung zu vergegenwärtigen, die auf ihrem Gesicht lag... Jetzt hob Thomas die Lunte, das Todessignal flammte auf, der Schuß donnerte und dröhnte in einem vielfachen Echo nach. Ich erwachte und hörte immer noch dröhnende Schläge. Es dauerte einige Sekunden, bis ich begriff, daß es krachende Schläge gegen das Schloßtor waren, die mich geweckt hatten.
Ich sprang auf. Die Fenster der Bibliothek gingen nicht auf den Schloßhof, sondern auf den Garten. So konnte ich nicht sehen, wer da ins Schloß wollte. Es war ja auch noch Nacht. Ich lief zur Treppe und hörte, wie Syddals schwache Stimme gegen sehr lautes Geschrei von draußen ankämpfte. »Im Namen des Königs Georg!« schrie jemand. »Aufmachen! Sofort! Wer die Tür nicht öffnet, der macht sich des Widerstands gegen den König schuldig!« Auch Andreas war zu hören. »Warum machst du denn nicht auf?!« schrie er empört. »Wir sind königstreue Leute! Wir haben nichts zu befürchten!«

Ich rannte die Treppe hinunter. Es war zu spät. Eben schob Andreas den letzten Riegel zurück. Ich kehrte um, rannte wieder in den zweiten Stock, in die Bibliothek und verschloß deren Tür. Dann lief ich in den geheimen Gang, um Diana und ihren Vater zu warnen.
Sie war schon fertig zur Flucht. »Wir entkommen durch den Garten«, sagte sie, »und dann durch das Pförtchen in der Mauer. Den Schlüssel hat mir Syddal gegeben. Von da in den Wald. Dort findet uns keiner, wenn es Ihnen nur gelingt, die Leute etwas aufzuhalten.«
Sie huschte davon, um ihren Vater zu holen. Ich lief zurück in die Bibliothek, gegen deren Tür die Verfolger schon hämmerten. Ich tat, als ob ich an einen Überfall glaubte, und rief: »Ihr elendes Raubgesindel! Den ersten, der hier in das Zimmer dringt, den schieße ich über den Haufen!«
»Machen Sie sich nicht unglücklich, Herr Francis!« schrie Andreas. »Das sind keine Räuber! Das ist eine Amtsperson! Das ist der Gerichtsschreiber Jobson mit seinen Leuten!«
»Ich stehe hier«, krähte Jobsons Stimme, »mit einer Anweisung des Gerichts! Ich habe den Auftrag, flüchtige Hochverräter aufzusuchen, zu greifen und zu verhaften, im Namen des Königs!«
»Warten Sie gefälligst, bis ich angezogen bin!« rief ich zurück. »Ich warne Sie vor jeder Gewalttat! Wenn ich Ihre Vollmacht eingesehen habe, so widersetze ich mich Ihnen nicht.«
»Ich sag's ja!« rief Andreas. »Mein Herr ist königstreu bis in die Knochen! Der ist für den König ins Feld gezogen!«
»Wenn Sie nicht sofort öffnen, sehe ich mich genötigt, die Tür aufsprengen zu lassen!«
Länger konnte ich den Kerl nicht hinhalten, und ich schloß auf. Jobson drängte herein, ihm folgten ein paar Männer mit Laternen, und in einem von ihnen erkannte ich den jüngeren Wingfield. Der Schreiber hielt mir ein Papier hin, und ich las es durch – es war ein Haftbefehl gegen den

Hochverräter Frederik Vernon, gegen die ledige Person Diana Vernon und gegen Francis Osbaldistone, »weil derselbe einen gesuchten Hochverräter bei sich aufgenommen und denselben nicht angezeigt hat.«
Um Zeit zu gewinnen, versuchte ich wohl, mit dem Schreiber zu diskutieren, aber es blieb mir nichts anders übrig, als mich gefangenzugeben.
Darauf riß der Gerichtsschreiber den Vorhang auf, der die geheime Tür verdeckte, öffnete sie und verschwand in dem Gang. Er war offenbar genau unterrichtet worden. Wenige Augenblicke später kam er zurück. »Der Hase ist auf und davon!« rief er. »Aber sein Lager ist noch warm. Die Hunde werden ihn fassen!«
Aus dem Garten klang ein Schrei herauf, und keine fünf Minuten später erschien Thomas, und zwei Männer brachten Diana und ihren Vater herein. »Der Fuchs kannte seinen alten Bau!« sagte Thomas höhnisch, »aber ein guter Jäger kannte sein Schlupfloch. Ich hatte die Gartenpforte nicht vergessen, hochedler Graf von Beauchamp!«
»Was bist du für ein elender Lump!« antwortete Dianas Vater voller Verachtung.
»Ich war ein Lump«, sagte Thomas kalt, »solange ich auf einen Verschwörer hörte, der mich zum Aufstand gegen die Majestät des Königs aufhetzte – aber ich habe meinen Irrtum rechtzeitig erkannt und mache meinen Fehler wieder gut.«
»Ich weiß nicht«, sagte ich, »was widerwärtiger ist – ein Verräter oder ein Heuchler.«
»Ah, Herr Francis ist auch wieder da!« antwortete Thomas. »Sehr willkommen in meinem Haus! Sie werden sich damit abfinden müssen, daß Schloß Osbaldistone mir als dem rechtmäßigen Erben zufällt. Ich verstehe Ihre Empörung. Es ist hart, in *einem* Augenblick nicht nur den Besitz zu verlieren, den Sie sich erschlichen haben, sondern auch noch die Geliebte!« Ich wollte ihm an die Kehle, aber rasch trat Diana zwischen ihn und mich.

So sicher Thomas sich auch gab, so war doch deutlich zu spüren, daß er sich in seiner Haut nicht wohl fühlte, und was Diana jetzt zu ihm sagte, traf ihn vernichtend. »Du tust mir leid, Thomas, du bringst uns ins Unglück — aber ich kann dich nicht einmal hassen. Mich schaudert bei dem Gedanken, wie du vor deinem Gewissen bestehen willst.«
Thomas war nicht imstande, darauf etwas zu erwidern. Er ging an den Tisch, auf dem noch Wein stand, und füllte sich ein Glas. Seine Hand zitterte dabei. Er merkte, daß wir es sahen, und führte dann das Glas an den Mund, ohne einen Tropfen zu verschütten.
»Das ist meines Vaters alter Burgunder«, sagte er zu Jobson. »Gut, daß davon noch mehr im Hause ist. Herr Jobson, Sie werden das Schloß für mich in Verwahrung nehmen. Den alten Trottel setzen Sie sofort an die Luft und auch den Esel, den Gärtner. Bestimmen Sie, wer von Ihren Leuten im Haus bleiben soll. Mit den übrigen werden wir die Gefangenen dem Gericht ausliefern. Ich habe schon befohlen, den Wagen anzuspannen.«
Während wir darauf warteten, fortgebracht zu werden, trug sich etwas zu, von dem wir nichts wußten, das aber unser Schicksal bestimmte. Als nämlich Andreas auf dem Weg ins Dorf war, um dort ein Unterkommen zu suchen, stieß er auf einer Wiese am Waldrand unvermutet auf eine Viehherde, die ihre Treiber über Nacht dort hatten lagern lassen, wie die Schotten das auf dem Zug zum Markte gern taten, um nicht für eine Unterkunft im Stall eines Wirtshauses ein paar Groschen zahlen zu müssen. Wie es seine Art war, zankte Andreas laut vor sich hin, weil ihn das Vieh zu einem Umweg nötigte. Da sprang ein Mann aus dem Grase hoch, in dem Andreas mit Entsetzen einen Hochländer erkannte. Der Fremde warf ihm vor, er mache ihm das Vieh unruhig, und brachte ihn an den Waldrand, wo sich ein ganzer Trupp von Hochländern befand, und Andreas begriff bald, daß die Männer noch etwas anderes vorhatten, als nur ihr Vieh zu verkaufen.

Sie fragten ihn aus, woher er käme, und als sie das erfahren hatten, setzten sie ihm mit genauen Fragen zu, wie es im Schloß aussähe. Als sie das erkundet hatten, machten sie ihm mit rauhen Worten klar, sie würden ihm eine Kugel ins Hirn schießen, wenn er sich von ihnen fortbewegen sollte, und er sah mit an, daß sie ihre Herde vor die Auffahrt zum Schloß trieben. Dann schleppten sie einige gefällte Baumstämme heran und legten sie etwa dreißig Schritte außerhalb der Einfahrt quer über die Straße.
Nun war es hell geworden. Wir mußten einen schwerfälligen Reisewagen besteigen, den vier Pferde zogen, und Jobson setzte sich zu uns. Thomas begleitete uns mit sechs Bewaffneten zu Pferde.
Sobald wir durch das Tor der Auffahrt am äußeren Ende der Allee gefahren waren, wurde es geschlossen, was nicht weiter auffiel; denn daß es ein Hochländer war, der es besorgte, war aus dem Innern des Wagens nicht zu sehen, und es geschah im Rücken der Reiter. Gleich darauf mußte der Kutscher im Schritt fahren, weil die Viehherde im Wege war, und dann wurde bemerkt, daß Baumstämme die Straße versperrten. Der Wagen hielt. Zwei Reiter stiegen ab, um das Hindernis zu beseitigen, während die anderen mit ihren Reitpeitschen auf die Kühe und Ochsen einschlugen.
Eine Stimme rief: »Wer vergreift sich da an unserem Vieh?! Schießt die Kerle nieder!«
Mir schlug das Herz. Die Stimme kannte ich gut...
Sofort schrie Thomas: »Ein Hinterhalt! Ein Hinterhalt!« und schoß seine Pistole auf den Mann ab, der das gerufen hatte, und im Augenblick wimmelte es um uns von Hochländern.
Die Reiter hatten keine Lust, ihr Leben aufs Spiel zu setzen, und daß sie eine dreifache Übermacht vor sich sahen, erhöhte ihre geringe Kampflust nicht. Sie rissen ihre Gäule herum und wollten zurück zum Schloß. Vom Tor her wurden sie aber mit Pistolenschüssen empfangen,

und da sprengten sie nach allen Seiten auseinander. Sie suchten ihr Heil in der Flucht.

Thomas war abgestiegen und ging mit gezogenem Degen auf den Anführer los, den er mit seinem Pistolenschuß verwundet hatte. Der trat ihm mit seinem Breitschwert entgegen, und aus dem Wagenfenster konnte ich sehen, wie heftig er auf Thomas eindrang. Ein mächtiger Hieb schlug Thomas die Waffe aus der Hand, und er selbst schwankte und stürzte zu Boden.

»Thomas Osbaldistone«, rief sein Gegner, »bittest du um einer alten Freundschaft willen um Gnade?«

»Niemals!« lautete die verzweifelte Antwort, und darauf stieß Robin der Rote dem Unterlegenen sein Breitschwert in die Brust.

Jetzt riß Robin den Wagenschlag auf. Er holte Diana aus dem Wagen, dann ihren Vater, hielt auch mir die Hand zum Aussteigen hin, und darauf packte er den vor Schrecken halbtoten Gerichtsschreiber, zerrte ihn heraus und schleuderte ihn zwischen die Wagenräder.

»Ich muß für die sorgen, die in Gefahr sind!« flüsterte mir Robin zu. »Vergessen Sie MacGregor nicht!«

Ein schriller Pfiff – im Nu war die Bande beisammen. Ein Teil von ihnen verschwand mit Diana und ihrem Vater im Unterholz des Waldes; die andern trieben das Vieh fort.

Der Kutscher hatte den Bock verlassen und der Vorreiter sein Pferd. So stand der Wagen unbeweglich vor dem Hindernis, und das war Jobsons Glück, denn sonst hätten ihn die gewaltigen Räder zermalmt. Er war so mitgenommen, daß er allein nicht aufstehen konnte. Ich half ihm auf die Beine und nahm ihn als Zeugen dafür, daß ich an dem Überfall nicht beteiligt war und auch die Gelegenheit zur Flucht nicht ausgenutzt hatte. »Jawohl«, stammelte er, »das bezeuge ich bei meiner Seele Seligkeit.« Ich trug ihm auf, seine Leute aus dem Schloß zu holen, damit sie den Verwundeten helfen könnten. Aber von dem Schrecken, den er ausgestanden hatte, war er so betäubt, daß er wie gelähmt dastand, und es mußte doch rasch gehandelt werden. So wollte ich selbst ins Schloß, stolperte jedoch über einen Mann, der wie tot oder doch wie dem Tode nahe auf dem Boden lag. Als ich aber über ihn hinweggestiegen war, richtete er sich auf und grinste mich an – es war Andreas, dem nichts fehlte und der sich nur totgestellt und damit das bewährte Mittel angewandt hatte, dem Tod zu entgehen.

Ich nahm mir nicht die Zeit, ihn danach zu fragen, wie er hierhergekommen war, sondern wies ihn an, mir zu helfen. Thomas lebte noch, und es galt, ihn ins Schloß zu bringen. Als ich mich über ihn beugte, schloß er die Augen, als könne er meinen Anblick nicht ertragen. Andreas und ich hoben ihn in den Wagen, und ich befahl Jobson, wieder einzusteigen und Thomas zu halten. Er gehorchte, schien jedoch gar nicht mehr zu verstehen, was mit ihm und um ihn geschah. Auch einen seiner Leute, der schwer verwundet war, schafften wir noch hinein, und dann faßten Andreas und ich die Pferde am Halfter, wendeten den Wagen und fuhren langsam dem Tor zu, das ich dann öffnete, und wir hielten vor dem Eingang ins Schloß.

Der Mann, den wir in den Wagen geschafft hatten, war tot. Thomas atmete noch, und wir trugen ihn ins Haus. Er blutete stark, und eine rote Spur führte von der Tür bis in die große Halle, wo wir ihn in einen Lehnstuhl setzten. Jobson hatte nicht zugefaßt; wie geistesabwesend ging er mit uns.

Es war schon zu spät, nach Binden zu suchen oder nach einem Arzt zu schicken. Thomas war sich bewußt, daß er sterben mußte. Er hielt die Augen nicht mehr geschlossen. Er starrte mich an, und seine letzte Lebenskraft bäumte sich in ihm zu einem wilden Ausbruch auf. »Vetter«, keuchte er, »angesichts des Todes sage ich dir, daß ich dich in meinem letzten Augenblick so hasse wie in dem ersten, in dem ich dich sah. Um alles hast du mich gebracht: mich hat sie nicht haben wollen, aber dir wandte sie sich zu. Um alles zu gewinnen, habe ich alles ver-

spielt... Auch mein Erbe fällt dir jetzt noch zu – Nimm's! Nimm's! Nimm's! – und sei verflucht.«
Das war sein Ende. Wie hätte ich es ertragen können, wenn seine Beschuldigungen wahr gewesen wären? Aber das waren sie nicht. Denn nicht an mir war er zugrunde gegangen, sondern an sich selbst. Freilich – durch welche Verkettungen hatte ich dazu dienen müssen, daß er den Weg einschlug, der zu seinem Untergang führte? Wer weiß denn, was er in einem Menschen anrichtet, dem er begegnet?
Es ist nicht mehr viel zu sagen. Ich war geistesgegenwärtig genug, die Erschütterung des elenden Jobson auszunutzen. Auf meine dringenden Fragen gab er zu, daß das Dokument, das er mir vorgezeigt hatte, eine Fälschung war, durch die Thomas mich beiseite schaffen wollte. Ich ließ es mir geben, damit ich es als Beweisstück gegen Jobson in Händen hatte, und dann machte ich dem Schurken klar, daß ich gegen ihn nichts weiter unternehmen würde, wenn er sich nie wieder in Northumberland zeigte, und tatsächlich hatte er sich nie wieder sehen lassen.
Nach geraumer Zeit bekam ich durch einen Franzosen, den seine Geschäfte nach London führten, die Nachricht, daß dem Grafen von Beauchamp die Flucht nach Frankreich geglückt sei. Was das für mich bedeutete, brauche ich nicht darzustellen. Wer ein Herz hat, versteht es, ohne daß ich ein Wort dazu sage.
Sehr viel später, als ich, der neue Schloßherr von Osbaldistone, das Vertrauen der adligen Herren in der Nachbarschaft gewonnen hatte, erfuhr ich, daß das rechtzeitige Eintreffen MacGregors und seiner Hochländer keinem Zufall zu verdanken war. In den Aufstand waren viele nordenglische Edelleute verwickelt, die alle das größte Interesse daran hatten, daß Dianens Vater nicht in die Hände seiner Feinde fiel. Denn er war in die geheime Verbindung so eingeweiht, daß er Unzählige ins Unglück bringen konnte, und um das zu erreichen, hätten sich die Gerichte nicht gescheut, ihn der Folter auszuliefern. Die

Herren wußten, wenn es einen Mann gab, der hier helfen konnte, so war es Robin der Rote. Als sie damit zu ihm kamen, sagte er nicht nein, und dann zeigte er sich als der kühne und überlegene Mann, mit dem das Glück war.
Ja, es war mit ihm. Die alte Regel »Der Krug geht so lange zum Brunnen, bis er bricht« galt für ihn nicht. Man muß aber nicht denken, daß er sich etwa in seiner Lebensführung geändert hätte – wohl aber sahen die hohen Herren der Regierung ein, daß es besser war, einem solchen bemerkenswerten Mann einen beschränkten Herrschaftsbereich zu geben, als sich mit ihm herumzuschlagen. So trugen sie ihm auf, in den entlegenen Gebieten des Hochlands nach altem schottischen Recht für Ordnung zu sorgen, und dort ist er in hohem Alter und in Frieden gestorben. In dem kleinen Dorf Balquidder liegt er begraben. Sein Grabstein trägt seinen Namen nicht, sondern zeigt in einer primitiven Ritzzeichnung ein schottisches Breitschwert.
Ich bin jetzt ein alter Mann. Aus meiner Übersetzung des »Rasenden Roland«, von der ich einmal träumte, ist nichts geworden. Aber ich habe nicht den Eindruck, daß irgendein Mensch sie vermißt. Die Firma Osbaldistone & Tresham besteht nach wie vor und gilt etwas in der Londoner City. Da ich der alleinige Inhaber bin, kann ich mir wohl einiges darauf zugute tun, und ich weiß, die großen Banken rechnen mit mir. Aber ich weiß auch, daß die Herren, wenn sie über mich lobend reden, immer hinzusetzen: »Natürlich – so wie der Vater ist er nicht.«
Auch im Schloß Osbaldistone kann ich mich sehen lassen. Ich habe mir große Mühe gegeben, alle Ländereien und Höfe, die einmal dazugehörten, wieder zusammenzubringen, und was mehr ist: hier wird kein Pächter übervorteilt, und kein Tagelöhner muß darben. Mit meinem Nachbarn, einem Gutsbesitzer Leading, bin ich herzlich befreundet, und nur auf sein Drängen habe ich die aufregenden Abenteuer aus meiner Jugendzeit aufgeschrieben. Sein zweiter Sohn wird mein Erbe sein, denn geheiratet habe ich nicht.

Eine eigene Künstler-Bibliothek

Jetzt kannst du dir deine eigene kleine
Kunst-Sammlung zusammenstellen – mit den
»Künstler-Miniaturen« der Edition Popp.
So heißt eine neue, preisgünstige Reihe
kleiner, kostbar gebundener Kunstbände.
Neben einer informativen Einführung
bieten sie in hervorragender Vierfarb- und
Schwarzweiß-Wiedergabe die wichtigsten
Werke der betreffenden Künstler.
Für wenig Geld kannst du dir so
eine wertvolle Kunstbibliothek zulegen.
»Künstler-Miniaturen« gibt es unter anderem von
Dürer, Brunelleschi, Donatello, Michelangelo,
Tizian, Rubens, Toulouse-Lautrec.
Jeder Band 160 Seiten, viele vierfarbige und
schwarzweiße Illustrationen, Kunstledereinband
mit Goldprägung, Goldschnitt, nur DM 9,80.

Klassische Abenteuererzählungen als Arena-Taschenbücher

Jules Verne
Ein Winter im Eis
Kapitän Cornbutte bricht zu einer Expedition im Nordpolarmeer auf, um seinen verschollenen Sohn zu suchen. Todesmutig setzen sich die Seeleute gegen Eisberge und Schneestürme zur Wehr, bis das Schiff im Treibeis einfriert. Nach monatelangem Kampf ums Überleben erlöst sie der kurze arktische Sommer aus ihrer Gefangenschaft im Eis.
Band 1283   Jungen und Mädchen ab 12

1184   Jules Verne
Abenteuer auf Chairman
Gefährliche Erlebnisse auf einer einsamen Insel im Pazifik
Ein hilflos im Sturm treibendes Segelschiff und eine einsame Insel sind die Schauplätze der sich überstürzenden Ereignisse. Die Helden aller Abenteuer aber sind fünfzehn Jungen eines Internats, die ursprünglich eine Ferienreise geplant hatten und denen nun ein unbestimmtes Schicksal das letzte an Mut, Erfindungsgabe und Kameradschaft abverlangt.
                                   Jungen und Mädchen ab 12

1292   Gabriel Ferry
Der Waldläufer
Ein Roman von Jägern, Goldsuchern und Indianern im wilden Mexiko
Der Held dieses berühmten Indianerromans ist die prächtige Gestalt des Waldläufers Rosenholz, der mit seinem Freund José wie ein Löwe für seinen Pflegesohn Fabian gegen Banditen, Indianer und wilde Tiere kämpft.   Jungen und Mädchen ab 12

Arena

Gebundene Ausgaben der bekanntesten Abenteuerromane in der »Arena-Bibliothek der Abenteuer«

Eine Auswahl der wichtigsten und spannendsten Abenteuerromane der Weltliteratur liegt hier in moderner Gestaltung vor. Die Reihe wendet sich an junge und erwachsene Freunde der Abenteuerliteratur.

Marjorie Bowen: Der Tyrann von Mailand

James F. Cooper: Der Rote Freibeuter

Daniel Defoe: Robinson Crusoe

D. Defoe: Die späteren Fahrten des Robinson Crusoe

Conan Doyle: Die vergessene Welt

Alexandre Dumas: Die drei Musketiere

A. Dumas: Die neuen Abenteuer der drei Musketiere

F. Gerstäcker: Die Regulatoren in Arkansas

Jatvigo Linquez: Der Cid

Jack London: Alaska-Kid / Kid und Co.

Herman Melville: Moby Dick

E. A. Poe / J. Verne: Das Rätsel des Eismeeres

Walter Scott: Der Bogenschütze des Königs

H. Smith / H. Höfling: Das Schatzschiff

R. L. Stevenson: Die Schatzinsel

B. Traven: Der Schatz der Sierra Madre

Mark Twain: Tom Sawyers Abenteuer

Mark Twain: Huckleberry Finns Abenteuer

Jules Verne: Der Kurier des Zaren

Jules Verne: Reise um die Erde in 80 Tagen

Jeder Band der preiswerten »Arena-Bibliothek der Abenteuer« hat 224 bis 576 Seiten und einen mehrfarbigen Schutzumschlag.

**Die »Arena-Bibliothek der Abenteuer«
im Taschenbuchprogramm**

Sammle dir die wichtigsten Abenteuerromane der Weltliteratur. Du bekommst sie in den preisgünstigen Arena-Taschenbuchausgaben:

AB 1 Robert Louis Stevenson
Die Schatzinsel
Mit der »Hispaniola« auf der Suche nach dem Schatz des Piratenkapitäns Flint

AB 2 Herman Melville
Moby Dick
Kapitän Ahab jagt den weißen Wal

AB 3 Mark Twain
Tom Sawyers Abenteuer
Die Erlebnisse eines Lausbuben am großen Fluß

AB 4 Jules Verne
Reise um die Erde in 80 Tagen
Eine Weltreise voller Hindernisse und Abenteuer

AB 5 Walter Scott
Der Bogenschütze des Königs
Das abenteuerliche Leben des Quentin Durward im Dienst des Königs von Frankreich

AB 6 Charles Sealsfield
Die Prärie am Jacinto
Eine Erzählung aus dem »Kajütenbuch«

Arena

**Bücher, die jede Familie braucht:
Die Arena-Standard-Bibliothek**

Die Arena-Standard-Bibliothek bringt zu den wichtigsten und interessantesten Themen die besten Nachschlagewerke, die heute in keiner Familie fehlen dürfen. Bereits über 800 000 Bände der Standard-Bibliothek, die heute von Jugendlichen und Erwachsenen gleichermaßen benutzt werden, beweisen die Beliebtheit dieser stets aktuellen Arena-Reihe.

Georg Popp
Die Großen der Welt, Band 1
Von Echnaton bis Gutenberg (Altertum und Mittelalter)
280 S., 16 Kunstdruckt., mehrf. Schutzumschlag

Die Großen der Welt, Band 2
Von Kolumbus bis Röntgen
280 S., 16 Kunstdruckt., mehrf. Schutzumschlag

Die Großen des 20. Jahrhunderts
Persönlichkeiten, die unsere Zeit geprägt haben
292 S., 16 Kunstdruckt., mehrf. Schutzumschlag

Heinrich Pleticha
Geschichte aus erster Hand
Die Weltgeschichte von Thutmosis bis Kennedy
480 Seiten, mehrfarbiger Schutzumschlag

H. Harrer / H. Pleticha
Entdeckungsgeschichte aus erster Hand
Reisen und Expeditionen aus drei Jahrtausenden
416 Seiten, Fotos, mehrfarbiger Schutzumschlag

G. Popp / H. Pleticha
Wir leben seit fünf Sekunden
Die Geheimnisse des Weltalls und der Erde
408 S., Fotos, Bildleseseiten, mehrf. Schutzumschlag

**Unsere neuen Reihen-Symbole
erleichtern die Auswahl**

Unter diesen Zeichen findet ihr in der Arena-Taschen-
buch-Reihe Bände aus euren Interessengebieten:

 Großschrift-Reihe –
vierfarbig illustriert

 Tiererzählungen

 Abenteuer –
ferne Länder

 Sachbücher

 Indianer-
bücher

 Bücher zum
Diskutieren

 Sportbücher

 Science-fiction

 Rätselbücher –
Basteln – Hobby

 Kriminal-
erzählungen

 Weihnachts-
bücher

 Mädchen-
erzählungen

Ihr begegnet den Zeichen auch auf den drei folgenden
Seiten mit dem Verzeichnis der lieferbaren Arena-
Taschenbücher.

Arena

Arena-Taschenbücher
modern gestaltet, spannend geschrieben

Abenteuer – ferne Länder – spannende Erzählungen

1163	K. R. Seufert, Karawane der weißen Männer ♛	J E
1169	Kurt Lütgen, Kein Winter für Wölfe ♛	J M ab 12
1184	J. Verne, Abenteuer auf Chairman	J M ab 12
1186	Kurt Lütgen, Allein gegen die Wildnis	J M ab 12
1190	Herbert Kaufmann, Roter Mond und Heiße Zeit ♛	J E
1202	Franz Braumann, Die schwarzen Wasser ♛	J M ab 12
1213	Kurt Lütgen, Das merkwürdige Wrack	J E
1228	Herbert Tichy, Das verbotene Tal ♛	J M ab 12
1237	Hugo Kocher, Der Schatz auf der Kokosinsel	J M ab 10
1240	Heinz Straub, Die Pirateninsel	J M ab 12
1258	F. Hetmann, Von Trappern und Scouts	J E
1262	L. Ugolini, Im Reiche des Großkhans	J M ab 12
1264	N. Kalashnikoff, Mein Freund Yakub	J M ab 12
1267	H. Kaufmann, Des Königs Krokodil ♛	J E
1274	F. Hetmann, Goldrausch in Alaska	J M ab 12
1276	Franz Braumann, Gold in der Taiga ♛	J M ab 12
1283	J. Verne, Ein Winter im Eis	J M ab 12
1284	F. Hetmann, Mustangs, Rinder, Schienenstrang	J M ab 12
1289	Benno Pludra, Tambari ♛	J M ab 12
1292	Gabriel Ferry, Der Waldläufer	J M ab 12
1294	J. B. Priestley, Snoggle von der Milchstraße	J M ab 10
1300	Th. Burger, Das Gespenstergespenst	J M ab 10
1302	Bartos-Höppner, Kosaken geg. Kutschum-Khan	J M ab 12
1313	O. F. Lang, Das Haus auf der Brücke	J M ab 10
1317	Tim Maran, Eine Falle für den Dieb	J M ab 10
1319	Auguste Lechner, Die Nibelungen	J M ab 12

Tiererzählungen

1149	Nicholas Kalashnikoff, Faß zu, Toyon! ♛	J M ab 12
1223	May d'Alencon, Florian und Roter Blitz ♛	J M ab 8
1234	M. Mackay, Der Ritt auf dem Delphin	J M ab 8
1245	W. Corbin, Christoph und sein Hund ♛	J M ab 12
1257	Farley Mowat, Wol und Wieps	J M ab 10
1266	Hugo Kocher, Der silberne Räuber	J M ab 12
1277	Tim Maran, El Demonio	J M ab 10
1295	J. Hagenbeck, Aug' in Aug' mit 1000 Tieren, Bd. II	J M ab 12
1301	A. Carstairs, Der Kampf des letzten Pferdes	J M ab 10
1303	Tim Maran, Der Plantagen-Panther	J M ab 10
1314	W. Corbin, Ein Pferd im Haus	J M ab 12

Mädchenerzählungen

1126	E. Ziegler-Stege, Kristina und das Glück der Erde	ab 12
1199	Mary Stolz, Liebe hat Zeit ♛	ab 12
1212	Ursula Bruns, Hindernisse für Huberta	ab 12
1232	Hans Weber, Tilli	ab 12
1248	M. Lee, Wer sein Ziel nicht kennt ♛	ab 12
1256	Siv Widerberg, Ein Freund – wofür?	ab 12
1270	Irene Rodrian, Die Welt in meiner Hand ♛	ab 12
1297	M. Tränkel, Und dann die Sache mit Enzo	ab 12

Arena ♛ ausgezeichnetes oder besonders empfohlenes Arena-Taschenbuch

**Arena-Taschenbücher
günstig im Preis**

Kriminalerzählungen

1012	N.-O. Franzén, Meisterdetektiv Agaton Sax I ♛	J M ab 10
1025	N.-O. Franzén, Meisterdetektiv Agaton Sax II ♛	J M ab 12
1039	N.-O. Franzén, Meisterdetektiv Agaton Sax III	J M ab 10
1087	Jo Pestum, Der Kater spielt Pik-As	J M ab 12
1118	Jo Pestum, Der Kater und die rote Katze ♛	J M ab 12
1144	N.-O. Franzén, Meisterdetektiv Agaton Sax IV	J M ab 12
1156	Jo Pestum, Wer schießt auf den Kater	J E
1172	W.Buchanan, Das Schloß mit den Geheimgängen	J M ab 12
1179	Roy Brown, Die jungen Detektive ♛	J M ab 10
1193	Jo Pestum, Der Kater jagt die grünen Hunde	J M ab 12
1194	N.-O. Franzén, Meisterdetektiv Agaton Sax V	J M ab 10
1229	Mark Twain, Detektiv am Mississippi	J M ab 10
1236	Howard Pease, Schiffbruch in der Südsee	J M ab 12
1244	Howard Pease, Schiff ohne Mannschaft	J M ab 12
1259	Willi Wegner, Tödliche Oliven	J M ab 12
1268	J. Aiken, Verschwörung auf Schloß Battersea	J M ab 10
1280	Leon Garfield, Der Fremde im Nebel	J M ab 11
1320	Irene Rodrian, Der Mann im Schatten	J M ab 12

Sachbücher

1196	Karl Rolf Seufert, Polizeiwache Peking ♛	J M ab 12
1220	Kurt Lütgen, Das Rätsel Nordwestpassage ♛	J E
1233	Herbert Kranz, Schwarzweißrot u. Schwarzrotgold	J E
1250	Schmid/Pleticha, Zeitgeschichte aus erster Hand ♛	J E
1279	M. Bacher, Nasen in den Wind ♛	J E
1304	H. Pleticha, Ritter, Burgen und Turniere	J M ab 12
1311	Franz Braumann, Sonnenreich des Inka	J E

Bücher zum Diskutieren

1113	Hans-Georg Noack, Der gewaltlose Aufstand	J E
1242	W. Fährmann, Es geschah im Nachbarhaus ♛	J E
1251	Charles Raymond, Die schwarze Liga ♛	J M ab 12
1263	Peter Berger, Im roten Hinterhaus ♛	J E
1287	Bob Teague, Du wirst mit ihnen leben	J E
1299	Ingeborg Bayer, Der Teufelskreis ♛	J E
1309	Ota Hofman, Die Flucht ♛	J M ab 12

Rätselbücher – Basteln – Hobby

1016	Walter Blüm, Fröhliche Fragezeichen	J M ab 10
1130	P. Pauker, Wer jemals auf der Schulbank saß	J M ab 10
1138	Herwig Damm, Pfiffiges für helle Köpfe	J M ab 10
1185	Wilfried Reinehr, Frag mich 222 Mal	J M ab 8
1209	W. Blüm, Kniffeln, knobeln, Nüsse knacken	J E
1214	Herwig Damm, Mitgemacht und nachgedacht	J M ab 10
1285 ■	K. Walther, Modellieren, gießen, schmelzen, drücken	J M ab 8
1308	M. Bacher, Das Schiefe Glas von Pisa	J M ab 10
1310	W. Blüm, Das fröhliche Bastelbuch	J M ab 6

Arena